聊斋志异

第一册

〔清〕蒲松龄 著
李楠 编译

图书在版编目（CIP）数据

聊斋志异/［清］蒲松龄著．—北京：北京工艺美术出版社，2019.4
（品读经典：双色线装）
ISBN 978-7-5140-1597-3

Ⅰ．①聊… Ⅱ．①蒲… Ⅲ．①笔记小说–中国–清代
Ⅳ．①I242.1

中国版本图书馆CIP数据核字（2018）第212451号

出 版 人：陈高潮
责任编辑：张怀林
装帧设计：书心瞬意
责任印制：宋朝晖

聊斋志异

〔清〕蒲松龄 著

出　　版　北京工艺美术出版社
发　　行　北京美联京工图书有限公司
地　　址　北京市朝阳区化工路甲18号
　　　　　中国北京出版创意产业基地先导区
邮　　编　100124
电　　话　（010）84255105（总编室）
　　　　　（010）64283630（编辑室）
　　　　　（010）64280045（发　行）
传　　真　（010）64280045/84255105
网　　址　www.gmcbs.cn
经　　销　全国新华书店
印　　刷　三河市文通印刷包装有限公司
开　　本　889毫米×1194毫米　1/16
印　　张　40
版　　次　2019年4月第1版
印　　次　2019年4月第1次印刷
印　　数　1～3000
书　　号　ISBN 978-7-5140-1597-3
定　　价　380.00（全四册）

前言

谈起《聊斋》，就不得不说说蒲松龄。蒲松龄生于1640年6月，字留仙，又字剑臣，号柳泉居士，是清代著名的小说家、文学家，著有文言文短篇小说集《聊斋志异》，世称聊斋先生，自称异史氏。蒲松龄虽然满腹才华，却没有官运亨通的福气。出身没落地主家庭的他，曾连续四次参加举人考试，最终全部落榜。而直到72岁的时候，赴青州补为贡考的他，才算在仕途上终于有了点成绩。蒲松龄于1715年正月寿终正寝，享年75岁。

蒲老先生的经历由于《聊斋》而尽人皆知，小孩子们都知道有这么个倒霉的老先生，一辈子不仕不举，日子倒也过得悠闲自在。他在家门口摆上个凉茶摊子，供过往的行人歇脚，作为回报，那些南来北往的行人们将自己途中或经历或听闻的异事讲给提着茶壶忙活的老先生听。就这么着，行客们灌了一肚子的茶水，老先生也灌了一肚子的故事。蒲老先生白日在茶棚里招待形形色色的过客，晚上便点起一盏油灯，肚里玄虚化为纸上乾坤，在那茅草屋中搭出了自己的琉璃世界——《聊斋志异》。

《聊斋》共8卷，有491篇故事，共40余万字。至于其内容，则光怪陆离，无奇不有，郭沫若描述为：写鬼写妖高人一等，刺贪刺虐入木三分。上半句说了书中的内容，多为鬼怪离奇之事；下半句则说出了写书的目的，刺贪刺虐，聊斋中的鬼怪离奇，不过是人间的另一张脸罢了。本书中虽多为儒家正统不屑讨论的怪力乱神，但是它的立足点还是现实。本书中文章可以划分为五类：

第一类，反映社会黑暗，揭露封建社会的残酷。作为一生没有博取到功名的底层小民，蒲松龄当然深知民间疾苦，对于不合理规则的认知也比那些地位超然、不问世事的文人们要深切得多。这样一个人，写起来底层百姓的被压迫和挣扎自然是入情入理。

第二类，反对封建婚姻，揭露封建婚姻规则对人的压迫。婚姻是人生大事，但是在封建社会中，婚姻安排极大地抹杀了人性中的自由，双方素不相识，却要在几日内生活到一起，其中的问题自然不会少。而封建社会中的男尊女卑、三从四德等腐朽的规则将女性放在了一个极为低下的位置，这使得悲剧丛生。蒲松龄在《聊斋志异》中写了许多这样的事例，从字里行间透出了对女性悲惨命运的不平，以及希望女性勇敢追求自己幸福的期许。

第三类，揭露和批判科举制度，披露科举制度对人性的侵蚀。作为一个终身没有取得功名的老秀才，蒲松龄当然深知其中三味。古代科举制度，尤其是到了明清时期，愈加腐朽。『学成文武艺，卖与帝王家』，『朝为田舍郎，暮登天子堂』，民间流传的这些谚语，恰恰就是封建社会的真实写照。普通百姓要想出人头地，只能投身科举，将自己置身于故纸堆中，从青春年华熬到双鬓斑白。不仅在《聊斋》中，很多古代文学作品中也涉及了对于科举制度的批判。如《儒林外史》中的范进中举，就深入地刻画了科举制度对人性的侵蚀。

第四类，歌颂人民反抗精神，鼓励人们追求自由。作为封建社会中屡试不第的秀才，蒲松龄所意识到的自由，当然跟我们如今所说的自由平等有所不同，他所鼓励的那种反抗精神，很大一部分是脱离客观背景的，不在乎现实中的沟壑坎坷，而是拥有类似于剑仙狐妖那种任侠豪迈、无拘无束的意气。在现实中，处处碰壁，而在文章中，却有无数自由的不受拘束的灵魂。

第五类，总结生活经验教训。这类题材较为轻松，大多是百业者从生活或者从职业中得到的经验教训，文章也较为短小，但小文章中有大道理，读起来让人恍然有所悟。

现在，《聊斋志异》仍有着重要的价值。通过一些细微的描写，我们可以从中领会出当时社会生活的特征；《聊斋志异》的文学价值也是极高的，蒲松龄遣词用句之精妙，情节铺垫之跌宕，都值得我们学习。

王士祯，清朝著名的文人，蒲松龄的好友，曾经为《聊斋志异》写下这么一首序诗：

姑妄言之姑听之，豆棚瓜架雨如丝。

料应厌做人间语，爱听秋坟鬼唱诗。

希望读者在看这本书的时候，也带着一份寒凉的雨意，充分体会到《聊斋志异》的离奇之美。

目录

第一册

卷一

考城隍 一
耳中人 二
瞳人语 三
画壁 六
捉狐 八
荞中怪 九
宅妖 一〇
偷桃 一一
劳山道士 一三
犬奸 一六
雹神 一八
三生 一九
真定女 二〇
成仙 二一
灵官 二七
王成 二八
青凤 三四
画皮 三九
贾儿 四三

卷二

金世成 四八
董生 四八
陆判 五二
婴宁 五八
聂小倩 六七
海公子 七四
海大鱼 七六
凤阳士人 七六
耿十八 七九
珠儿 八一

胡四姐 八五
祝翁 八八
快刀 九〇
侠女 九〇
阿宝 九五
九山王 一〇〇
巧娘 一〇三
口技 一一〇
红玉 一一一
林四娘 一一七

卷三

江中 一二〇
鲁公女 一二〇
戏术 一二五
丐僧 一二六
蛰龙 一二七
苏仙 一二七
李伯言 一二九
黄九郎 一三一
金陵女子 一三七
连琐 一三八
霍生 一四四
赌符 一四六

第二册

小髻 一四九
连城 一四九
商三官 一五五
庚娘 一五七
宫梦弼 一六二
刘海石 一六七
梦别 一七〇
番僧 一七〇
李司鉴 一七一

毛　狐　一七二
翩　翩　一七四
卷四
杨千总　一七九
罗刹海市　一七九
田七郎　一八八
促　织　一九三
柳秀才　一九八
库　官　一九九
狐　谐　二〇〇
驱　怪　二〇四
姊妹易嫁　二〇六
龙取水　二〇九
辛十四娘　二一〇
蹇偿债　二一九
胡四相公　二二〇
鼠　戏　二二四
泥书生　二二四
寒月芙蕖　二二五
卷五
阳武侯　二二九
赵城虎　二三〇
武　技　二三二
秦　生　二三四
鸦　头　二三五
木雕美人　二四一
封三娘　二四二
农　人　二四九
金永年　二五〇
武孝廉　二五一
长治女子　二五四
义　犬　二五六
伍秋月　二五七
绿衣女　二六一

荷花三娘子 二六三
柳氏子 二六八
上仙 二七〇
侯静山 二七一
郭生 二七二
彭海秋 二七四
梁彦 二八〇

卷六

马介甫 二八一
绛妃 二九一
河间生 二九四
云翠仙 二九五
铁布衫法 三〇二
白莲教 三〇二
杜翁 三〇三
吴门画工 三〇四
刘亮采 三〇五

第三册

小谢 三〇七
胡大姑 三一四
美人首 三一六
蕙芳 三一七
山神 三二〇
菱角 三二一
向杲 三二四
董公子 三二六
聂政 三二七
山市 三二八
江城 三二九

卷七

罗祖 三三八
郭秀才 三三九
阿英 三四一
青娥 三四八

金姑夫 三五四
梓潼令 三五五
仙人岛 三五五
颠道人 三六四
胡四娘 三六六
禄数 三七〇
冤狱 三七一
甄后 三七四
小翠 三七八
商妇 三八六
卷八
局诈 三八八
放蝶 三九三
钟生 三九四
黄将军 三九九
三朝元老 三九九
夜明 四〇〇
夏雪 四〇〇
禽侠 四〇二
周克昌 四〇三
嫦娥 四〇四
盗户 四一三
司文郎 四一五
吕无病 四二二
姚安 四三〇
崔猛 四三一
鹿衔草 四三八
邢子仪 四三九
蒋太史 四四二
邵士梅 四四二
陈锡九 四四三
卷九
邵临淄 四五〇
狂生 四五一

凤仙　四五二
张贡士　四五九
单父宰　四六〇
孙必振　四六一
元宝　四六二
张不量　四六二
牧竖　四六三
王司马　四六三

第四册

岳神　四六五
药僧　四六五
于中丞　四六六
绩女　四六八
红毛毡　四七一
张鸿渐　四七一
王子安　四七九
郭安　四八一
义犬　四八二
安期岛　四八三
鸟语　四八五
天宫　四八六
乔女　四九〇

卷十

王货郎　四九四
真生　四九四
布商　四九七
何仙　四九八
席方平　五〇〇
胭脂　五〇六
瑞云　五一四
仇大娘　五一七
珊瑚　五二七

卷十一

冯木匠	五三三
黄　英	五三四
书　痴	五三九
齐天大圣	五四三
晚　霞	五四六
白秋练	五五一
衢州三怪	五五八
拆楼人	五五八
陈云栖	五五九
蚰　蜒	五六七
织　成	五六七
狐　女	五七一
汪可受	五七三
乐　仲	五七四
韦公子	五七九
石清虚	五八二

卷十二

车　夫	五八七
苗　生	五八七
老龙船户	五九〇
青城妇	五九一
元少先生	五九二
田子成	五九四
王桂庵	五九七
周　生	六〇一
褚遂良	六〇二
姬　生	六〇四
韩　方	六〇七
粉　蝶	六〇九
锦　瑟	六一三
秦　桧	六二一

卷一

考城隍

予姊丈之祖，宋公讳焘，邑廪生。一日，病卧，见吏人持牒，牵白颠马来，云：『请赴试。』公言：『文宗未临，何遽得考？』吏不言，但敦促之。公力疾乘马从去。路甚生疏。至一城郭，如王者都。移时入府廨，宫室壮丽。上坐十余官，都不知何人，惟关壮缪可识。檐下设几、墩各二，先有一秀才坐其末，公便与连肩。几上各有笔札。俄题纸飞下。视之，八字云：『一人二人，有心无心。』二公文成，呈殿上。公文中有云：『有心为善，虽善不赏；无心为恶，虽恶不罚。』诸神传赞不已。召公上，谕曰：『河南缺一城隍，君称其职。』公方悟，顿首泣曰：『辱膺宠命，何敢多辞？但老母七旬，奉养无人，请得终其天年，惟听录用。』上一帝王像者，即命稽母寿籍。有长须吏，捧册翻阅一过，曰：『有阳算九年。』共踌躇间，关帝曰：『不妨令张生摄篆九年，瓜代可也。』乃谓公：『应即赴任；今推仁孝之心，给假九年，及期当复相召。』又勉励秀才数语。二公稽首并下。秀才握手，送诸郊野，自言长山张某。以诗赠别，都忘其词，中有『有花有酒春常在，无烛无灯夜自明』之句。公既骑，乃别而去。及抵里，豁若梦寤。时卒已三日。母闻棺中呻吟，扶出，半日始能语。问之长山，果有张生，于是日死矣。后九年，母果卒。营葬既毕，浣濯入室而殁。其岳家居城中西门内，忽见公镂膺朱，舆马甚众，登其堂，一拜而行。相共惊疑，不知其为神。奔讯乡中，则已殁矣。公有自记小传，惜乱后无存，此其略耳。

【译文】

我姐夫的祖父宋公，名字叫焘，是县里的廪生。一天，宋公正卧病在床，见差役拿着名帖，牵着一匹额头上长着白毛的马来说：『请你去考试。』宋公说：『考官并没有驾临，怎么忽然就要考试？』差役也不答话，只是催促他快走。宋公只好勉强拖着生病的身体，骑上马跟他走了。走了一路陌生的道路，最后来到一个像是国王的王都一样的城市。不一会儿，进入一座官衙，宫室都很高大壮丽，殿上坐着十几个官员，都不知道什么人，其中的关公方才认识。在大殿外的屋檐下摆着两张桌子和两个坐墩，有一个秀才已经坐在那儿，宋公便与他并肩坐下，桌上摆着笔和纸。一会儿试卷发下来，宋公一看，上面有八个字：『一人二人，有心无心。』两人把文章写好后呈给殿上的官员。宋公的文章中有这样一句话：『有意去行善，即使做了善事也不奖赏；无意犯了过错，即使错了也不责罚。』官员们传看一遍，都称赞不已，就把宋公叫上去，说：『河南缺一个城隍神，你很称职。』宋公恍然大悟，明白自己已经死了，叩头哭着说：『蒙神仙们宠爱信任，我很荣幸。可是我家有70多岁的老母无人奉养，请求你准许我给老母送终后，再听凭录用。』殿上一个像是帝王模样的人命查宋公母亲的寿命，就有一个长胡子的官吏捧过一本册子翻了翻，禀报道：『还有寿命九年。』殿上的神仙们踌躇起来。这时关公大帝说：『不妨先让张秀才代理就任九年，期满后再让宋生接任。』于是，神仙们对宋公说：『本应该让你立即赴任，念及你的仁孝之心，给假九年，期满后还要召你来。』又勉励了那个秀才几句，二人方叩头退下。那个秀才握着宋公的手，一直送到郊外，自称是长山县的张某，还留了一首诗给宋公。已经忘了内容，只记得一句：『有花有酒春常在，无烛无灯夜自明。』宋公骑上马，与张秀才作别而去。等到了家里，恍若梦醒，这时他已死了三天了。宋公的母亲听到棺材中有呻吟声，打开棺材把他扶了出来，过了半天才能开口说话。后来打听了打听，长山县果然有个姓张的秀才，也是这天死的。九年后，宋公的母亲果然去世。宋公把母亲的丧事办完，沐浴更衣，进入室内安然去世。宋公的岳父家住在城中西门内，这天忽然见宋公骑着装饰华丽的大马，带着众多侍从，到了岳父家，拜了拜就走了，大家都很惊疑，不知道他已经成了神。赶紧到宋公家问讯，才知道他已经去世了。宋公自己写有自传，可惜兵荒马乱没有保存下来，这里的记载只是一个大略而已。

耳中人

谭晋玄，邑诸生也。笃信导引之术，寒暑不辍，行之数月，若有所得。一日，方趺坐，闻耳中小语如蝇，曰：『可以见矣。』开目即不复闻；合眸定息，又闻如故。谓是丹将成，窃喜。自是每坐辄闻。因思俟其再言，当应以觇之。一日，又言。乃微应曰：『可以见矣。』俄觉耳中习习然，似有物出。微睨之，小人长三寸许，貌狞恶如夜叉状，旋转地上。心窃异之，姑凝神以观其变。忽有邻人假物，扣门而呼。小人闻之，意张皇，绕屋而转，如鼠失窟。谭觉神魂俱失，不复知小人何所之矣。遂得颠疾，号叫不休，医药半年，始渐愈。

【译文】

谭晋玄是淄川县的秀才。他非常信奉方士所传授的吐纳导引的技术，每日练习，寒暑不断，一段时间之后，似乎有很大进展。

一天，正盘膝静坐，忽听耳中有细小的声音像苍蝇嗡嗡似的说：『可以见到了。』一睁眼，已无声。双目闭上，屏住呼吸，又能听到。心想：定是『丹』已经炼成功了，暗暗高兴。从此，每逢静坐，就能听到。他准备等再听到时就做出反应。一日，又听到同样的话，于是小声应道：『可以见到了。』一会儿觉得耳中有东西出来，眯眼看去，有小人长不过三寸，形状狰狞，有如夜叉，在地上绕着圈子走。心里感到奇怪，姑且全神贯注地看他如何变化。这时，忽有邻居来借什物，敲门大叫，小人听到后，慌慌张张地在屋里乱撞，活像老鼠找不到洞穴。老谭也像丢魂失魄一样，再不会理会小人到哪里去了。从此他便得下癫疯症，每日哭叫，医治半年，才慢慢好转。

瞳人语

长安士方栋，颇有才名，而佻脱不持仪节。每陌上见游女，辄轻薄尾缀之。清明前一日，偶步郊郭。见一小车，朱茀绣；青衣数辈，款段以从。内一婢，乘小驷，容光绝美。稍稍近觇之，见车幔洞开，内坐二八女郎，红装艳丽，尤生平所未睹。目眩神夺，瞻恋弗舍，或先或后，从驰数里。忽闻女郎呼婢近车侧，曰：『为我垂帘下。何处风狂儿郎，频来窥瞻！』婢乃下帘，怒顾生曰：『此芙蓉城七郎子新妇归宁，非同田舍娘子，放教秀才胡觑！』言已，掬辙土扬生。生眯目不可开。才一拭视，而车马已渺。惊疑而返。觉目终不快。倩人启睑拨视，则睛上生小翳；经宿益剧，泪簌簌不得止；翳渐大，数日厚如钱；右睛起旋螺，百药无效。懊闷欲绝，颇思自忏悔。闻《光明经》能解厄，持一卷，浼人教诵。初犹烦躁，久渐自安。旦晚无事，惟趺坐捻珠。持之一年，万缘俱净。忽闻左目中小语如蝇，曰：『黑漆似，叵耐杀人！』右目中应云：『可同小遨游，出此闷气。』渐觉两鼻中，蠕蠕作痒，似有物出，离孔而去。久之乃返，复自鼻入眶中。又言曰：『许时不窥园亭，珍珠兰遽枯瘠死！』生素喜香兰，园中多种植，日常自灌溉；自失明，久置不问。忽闻其言，遽问妻：『兰花何使憔悴死？』妻诘其所自知，因告之故。妻趋验之，花果槁矣。大异之。静匿房中以俟之，见有小人自生鼻内出，大不及豆，营营然竟出门去。渐远，遂迷所在。俄，连臂归，飞上面，如蜂蚁之投穴者。如此二三日。又闻左言曰：『隧道迂，还往甚非所便，不如自启门。』右应云：『我壁子厚，大不易。』左曰：『我试辟，得与而俱。』遂觉左眶内隐似抓裂。有顷，开视，豁见几物。喜告妻。妻审之，则脂膜破小窍，黑睛荧荧，才如劈椒。越一宿，幛尽消。细视，竟重瞳也，但右目旋螺如故，乃知两瞳人合居一眶矣。生虽一目眇，而较之双目者，殊更了了。由是益自检束，乡中称盛德焉。

异史氏曰：『乡有士人，偕二友于途，遥见少妇控驴出其前。戏而吟曰：「有美人兮！」顾二友曰：「驱之！」相与笑骋。俄追及，乃其子妇。心赧气丧，默不复语。友伪为不知也者，评骘殊亵。士人忸怩，吃吃而言曰：「此长男妇也。」各隐笑而罢。轻薄者往往自侮，良可笑也。至于眯目失明，又鬼神之惨报矣。芙蓉城主，不知何神，岂菩萨现身耶？然小郎君生辟门户，鬼神虽恶，亦何尝不许人自新哉？』

【译文】

长安城里有个叫方栋的书生，是个远近闻名的才子。但是，他的言行却不太好，为人轻浮，一见到漂亮的女孩子就色心大起。清明节的前一天，方栋独自在郊外散步，忽然看见几个骑马的婢女守护着一辆卷着大红绣花帘子的马车从大路那边缓缓而来。他发现其中有个婢女长得十分标致，就走近几步准备细看，却发现敞开的车帘内端端正正地坐着一位穿红着绿宛若天仙的女子。方栋生平第一次见到如此俊美的女子，顿时心头痒痒的。他跟着车子跑前跑后地想看个够，不觉已走出好几里路。这时，车内女子忽然把一个婢女叫到车旁，『快给我把车帘放下来，哪来这样一个疯少年，一直跟着偷看！』婢女放下车帘，生气地盯着方栋说：『你知道吗？这是仙境芙蓉城七郎子的新娘，现在要回娘家。你当是一般的乡下女子，可以叫你这个穷书生随便看的？』说完顺手从车辙下抓了一把尘土，使劲朝方栋头顶扬去。等方栋用衣袖挥尽尘土，揉揉眼睛再看时，马车已经消失不见了。方栋满腹惊疑地回到家里，觉得眼睛里很不好受，叫人翻开眼皮一看，原来里面长了薄薄的一层膜。过了一夜，他的眼睛难受得更厉害了，一天到晚流泪不止。薄膜长得很快，几天就到了铜钱一般厚。特别是右眼，里面竟长了一个螺旋状的肉块，即使用遍所有的药也不能治愈。从此，方栋就什么也看不见了。方栋双目失明以后，心里十分烦闷。想起那天的举动，他后悔得要死。后来听说念《光明经》可以消灾除难，就找来一卷，找人教他读诵。初学时，方栋心里不免有些烦躁，后来也就慢慢安下心来。一年后，他心中的各种杂念都渐渐消除了。一天，方栋正盘坐在那里专心念经，忽然听见左眼里有人说：『这里活活憋死人呢。』『咱们一块儿到外边透透气吧。』右眼里立刻有人回答。虽说声音细小得像蚊子叫，却也听得清清楚楚。方栋正觉得奇怪，又感到鼻孔里痒痒的，好像有么东西从里面钻出来。过了一会儿，鼻孔又痒起来，觉得那东西顺着鼻孔又爬到眼眶里了。接着，眼睛里又传出了说话声：『哎呀，好久没到花园去了，珍珠兰怎么都枯死了？』方栋平时十分喜欢珍珠兰，以前在花园里种了不少，他经常亲自浇灌，珍珠兰长得非常旺盛。自从他双目失明后，一直没再过问这些花草，刚才听了眼睛里的话，就把妻子叫来问：『花园里的珍珠兰怎么都枯死了，你没有及时浇灌它们吗？』妻子问他怎么会知道这事，方栋就把眼睛里有说话的事告诉了她。妻子急忙跑到花园里查看，果然如此。

方栋的妻子觉得很奇怪，想看看到底从丈夫鼻孔里会爬出什么东西，就一声不响地藏了起来。时间不长，她就看见有两个豆粒大小的东西从丈夫的鼻孔里钻了出来。仔细一看，是两个长着翅膀的小人儿，刚落到地上，便一前一后出门了。过了一会儿，又『嗖』的一声飞到丈夫的脸上，像蜜蜂找窝似的爬来爬去，最后钻到鼻孔里去了。就这样，这两个长翅膀的小人儿，在方栋的鼻孔里进进出出闹了好几天。方栋又听见左眼里说：『路弯弯曲曲的，走起来真不方便，咱们干脆自己开个门吧。』『不行，我前面的障碍太厚了，要开个门哪有那么容易？』长了螺旋状肉块的右眼里回答道。『那就我先来试试，要是能办成，咱们打通一道门好了。』左眼里的说话声刚刚停止，方栋就觉得这只眼睛痛得厉害，好像要被人抓破似的。就这样剧痛了一阵儿，方栋再一睁开眼，哎呀，他的眼睛居然又能看见东西了。方栋高兴极了，叫妻子过来看看他的眼。妻子发现他左眼里铜钱厚的膜破了一个胡椒粒大小的洞，黑油油的瞳仁闪着亮光。又过了一夜，左眼里的膜全部褪掉了，再仔细一看，里面竟有两个瞳孔。右眼依然没有什么变化，正应了眼里说的『打通一道门』那句话。方栋虽然只有一只眼睛看东西，但视力并不比原来两只眼睛的时候差。从此，方栋不管做什么事，言谈举止格外检点，人们都夸他是个品行端正的人。

异史氏说：『乡下有个老书生，和两个朋友一同走在路上，远远望见一个少妇骑着驴子，走在他们前面，就用戏谑的口气吟了一句：「前面有美人啊！」又看着两个朋友说，「快跑，追上她！」互相调笑着往前奔跑。不一会儿就追上了，原来是他儿媳。于是羞愧难当，垂头丧气，默默地不再说话了。两个朋友假装不知道，还评头品足，说得很下流。老书生忸怩了半天，才吞吞吐吐地说：「这是我大儿子媳妇。」两个朋友暗笑着也就罢了。轻薄的人，常常自己侮辱自己，实在是可笑。至于迷了眼睛，双目失明，更是鬼神的无情报复了。芙蓉城的主人，不知是位什么神仙，难道是菩萨现身吗？但是眼睛里的小瞳仁，硬是劈开一个小门，鬼神虽然凶恶，又何尝不许人们改过自新呢？』

画壁

江西孟龙潭，与朱孝廉客都中。偶涉一兰若，殿宇禅舍，俱不甚弘敞，惟一老僧挂搭其中。见客入，肃衣出迓，导与随喜。殿中塑志公像。两壁图绘精妙，人物如生。东壁画散花天女，内一垂髫者，拈花微笑，樱唇欲动，眼波将流。朱注目久，不觉神摇意夺，恍然凝想。身忽飘飘，如驾云雾，已到壁上。见殿阁重重，非复人世。一老僧说法座上，偏袒绕视者甚众。朱亦杂立其中。少间，似有人暗牵其裾。回顾，则垂髫儿，辗然竟去。履即从之。过曲栏，入一小舍，朱次且不敢前。女回首，举手中花，遥遥作招状，乃趋之。舍内寂无人；遽拥之，亦不甚拒，遂与狎好。既而闭户去，嘱勿咳，夜乃复至，如此二日。女伴觉之，共搜得生，戏谓女曰：『腹内小郎已许大，尚发蓬蓬学处子耶？』共捧簪珥，促令上鬟。女含羞不语。一女曰：『妹妹姊姊，吾等勿久住，恐人不欢。』群笑而去。生视女，髻云高簇，鬟凤低垂，比垂髫时尤艳绝也。四顾无人，渐入猥亵，兰麝熏心，乐方未艾。忽闻吉莫靴铿铿甚厉，缧锁锵然；旋有纷嚣腾辨之声。女惊起，与生窃窥，则见一金甲使者，黑面如漆，绾锁挈槌，众女环绕之。使者曰：『全未？』答言：『已全。』使者曰：『如有藏匿下界人，即共出首，勿贻伊戚。』又同声言：『无。』使者反身鹗顾，似将搜匿。女大惧，面如死灰。张皇谓朱曰：『可急匿榻下。』乃启壁上小扉，猝遁去。朱伏，不敢少息。俄闻靴声至房内，复出。未几，烦喧渐远，心稍安；然户外辄有往来语论者。朱跼蹐既久，觉耳际蝉鸣，目中火出，景状殆不可忍，惟静听以待女归，竟不复忆身之何自来也。时孟龙潭在殿中，转瞬不见朱，疑以问僧。僧笑曰：『往听说法去矣。』问：『何处？』曰：『不远。』少时，以指弹壁而呼曰：『朱檀越何久游不归？』旋见壁间画有朱像，倾耳伫立，若有听察。僧又呼曰：『游侣久待矣。』遂飘忽自壁而下，灰心木立，目瞪足软。孟大骇，从容问之，盖方伏榻下，闻扣声如雷，故出房窥听也。共视拈花人，螺髻翘然，不复垂髫矣。朱惊拜老僧，而问其故。僧笑曰：『幻由人生，贫道何能解？』朱气结而不扬，孟心骇而无主。即起，历阶而出。

异史氏曰：『幻由人生，此言类有道者。人有淫心，是生亵境；人有亵心，是生怖境。菩萨点化愚蒙，千幻并作，皆人心所自动耳。老婆心切，惜不闻其言下大悟，披发入山也。』

【译文】

江西有个叫孟龙潭的人，和一个姓荣的举人客居在京城里。一日，他们偶然走进一座寺院，寺院中的殿堂僧舍都不是很宽敞，只有一位云游四方的老和尚暂时投宿在里面。老和尚看见有客人进来，便整理好衣服出来迎接，带领客人在寺院内四处游览。大殿中央有一座高僧宝志的塑像。两侧墙壁上的壁画精致美妙，壁画上的人物栩栩如生。东侧墙壁上画着好多散花的天女，其中有一位垂发的少女，手里拿着鲜花面带微笑，樱桃小嘴仿佛要开口说话，眼神仿佛也像水波流动着。朱举人目不转睛地看了很久，不知不觉间神魂飘荡，恍恍惚惚沉浸在倾心爱慕的凝思当中。他的身子忽然间飘飘然飞起，如同腾云驾雾般，已经飞到了壁画中。只见殿堂楼阁一重又一重，不再是人间气象。一位老和尚在高座上讲经说法，很多穿着僧衣的和尚围绕着老和尚听讲。朱举人也站立在其中。不一会儿，好像有人暗暗拉扯他的衣襟。回头一看，正是那个垂发的女子，朝他嫣然一笑转身离开，朱举人就抬脚跟在她身后。经过一段曲折的长廊，女子走进一间小屋，朱举人欲行又止不敢再上前。那女子回过头来，举着手里的花儿，远远地招呼他，朱举人于是快步跟了进去。小屋里寂静无人，他就立刻拥抱那女子，女子也不怎么抗拒，于是两人便交欢玩闹。过后，少女关好房门离去，叮嘱朱举人不要咳嗽出声，夜里她又回到小屋。就这样过了两天。那女子的伙伴们察觉到了，一起把朱举人搜了出来，对那女子开玩笑说：『肚子里的孩子已经这么大了，还想垂着头发装小姑娘吗？』都拿来头簪和耳环，催促她把垂发梳成少妇的发髻。少女羞得说不出话来。一个女伴说：『姊妹们，我们不要在这里久留，恐怕人家会不高兴的。』众女伴都嬉笑着离去了。朱举人再看那女子，只见她像云一样的发髻高耸着，发髻上的凤钗垂得低低的，比垂发时更加美艳绝伦。他看四周无人，便慢慢地又和少女亲昵起来，兰花麝香的气味沁人心脾，两人沉浸在欢乐之中。可忽然听到皮靴走路的铿铿声，还有哗哗啦啦的绳锁声。旋即又传来纷杂的喧哗争辩声。那女子惊慌地坐起来，和朱举人一起偷偷地向外看，只看到一个穿着金甲的使者，黑脸如漆，握着绳锁，提着大槌，众女子将他团团围住。金甲使者问：『全到来了吗？』众女子回答说：『全都到了。』使者又说：『如果有藏匿下界凡人的，你们要立即告发，不要自找麻烦。』众女子又齐声回答说：『没有。』金甲使者转过身来像老鹰一样凶狠地四处扫视，好像要搜查藏匿的人。那女子非常害怕，吓得面如死灰，惊慌失措地对朱举人说：『快藏到床底下去。』她自己则打开墙上的小门，匆忙逃走了。朱举人趴在床底下，大气不敢出。过了一会儿听到皮靴声进到屋内，又走了出去。没过多久，喧嚣声渐渐远去，朱举人心里才稍稍安定下来，可是门外总是有来来往往说话议论的人。朱举人心神不安地躲藏了很久，总觉得耳鸣如蝉声不绝，眼前直冒金星，那情形几乎没法忍受。但也只能静静地听着，等待那女子回来，竟然再想不起自己是从哪里来的了。这时孟龙潭在大殿中，转眼不见了朱举人，就很奇怪地问老和尚。老和尚笑着说：『去听讲经说法去了。』孟龙潭问：『到什么地方？』老和尚回答：『不远。』过了一会儿，老和尚用手指弹弹墙壁呼唤道：『朱施主，怎么游玩这么久还不回来？』随即就看到壁画上出现了朱举人的画像，他静静地站立着，侧耳像是听见了什么。老和尚又呼唤道：『你的游伴等你很久了。』于是，朱举人飘飘忽忽从墙壁上下来，心如死灰，木头似的呆立着，目瞪口呆，手脚发软。孟龙潭大吃一惊，于是慢慢地问他原因，原来朱举人刚才正伏在床下，忽然听到一阵雷鸣般的叩击声，所以出房门来窥听，结果就回来了。两人再看壁画上拈花的女子，发现她已经螺髻高翘，不再是垂发了。朱举人惊异地向老和尚行礼，问他是怎么原因。老和尚笑着说：『幻觉本由人心而生，贫僧怎么能说得清呢？』朱举人胸中气闷，很不舒畅，孟龙潭大为惊骇，心神无主。两人随即起身告辞，顺阶而下离开了寺庙。

异史氏说：一切幻境都是由人自己生出来的，这话真是很有道理的。人如果有了淫荡的心思，就会产生猥亵的幻境；一个人如果有了猥亵之心，就会产生恐怖的情境。菩萨点化愚昧无知的人，千万种幻境共同呈现，一切幻境都是从人的心里生出来的。大师苦口婆心，可惜愚昧的人没有听了他的话大彻大悟，隐居山林啊。

捉狐

孙翁者，余姻家清服之伯父也。素有胆。一日，昼卧，仿佛有物登床，遂觉身摇摇如驾云雾。窃意无乃魇狐耶？微窥之，物大如猫，黄毛而碧嘴，自足边来。蠕蠕伏行，如恐翁寤。逡巡附体：着足，足痿；着股，股软。甫及腹，翁骤起，按而捉之，握其项。物鸣急莫能脱。翁亟呼夫人，以带絷其腰。乃执带之两端，笑曰：『闻汝善化，今注目在此，看作如何化法？』言次，物忽缩其腹，细如管，几脱去。翁大愕，急力缚之，则又鼓其腹，粗于碗，坚不可下；力稍懈，又缩之。翁恐其脱，命夫人急杀之。夫人张皇四顾，不知刀之所在。翁左顾示以处。比回首，则带在手如环然，物已渺矣。

【译文】

有个姓孙的人，是我亲家清服的伯父，胆子一向很大。一天，他在家午睡，感觉仿佛有东西爬到床上，于是觉得身体摇摇晃晃，好像腾云驾雾一般。心想，难道是狐作怪吗？眯眼微看，有个像猫的东西，黄毛碧嘴，正从自己脚边蠕蠕往上爬，唯恐被人发现。慢慢靠近身体，接触脚，脚瘫软；接触腿，腿也软绵绵的。等它爬到腹部时，孙翁突然起身，一把捉住，死死地卡住它的脖子。怪物急得叫起来，却挣扎不脱。孙翁急喊妻子拿绳来系着它的腰，用两只手勒住绳的两头，笑着说：『听说你最会变，现在盯住你，看你如何变？』正说着，那东西忽然把肚子缩小像根笔管，差点脱去绳索。孙大吃一惊，立即尽力勒紧。但它又把肚子鼓起来像碗口般粗，而且非常坚硬。稍微松懈，又缩小。孙翁唯恐它逃跑，忙叫妻拿刀将它杀掉。妻到处找不到刀，等老孙用眼示意刀放在何处，眨眼间就不见了它，手里空握着一条如环的绳。

荞中怪

长山安翁者，性喜操农功。秋间荞熟，刈堆陇畔。时近村有盗稼者，因命佃人，乘月辇运登场；俟其装载归，而自留逻守。遂枕戈露卧。目稍瞑，忽闻有人践荞根，咋咋作响。心疑暴客。急举首，则一大鬼，高丈余，赤发须，去身已近。大怖，不遑他计，踊身暴起，狠刺之。鬼鸣如雷而逝。恐其复来，荷戈而归。迎佃人于途，告以所见，且戒勿往。众未深信。越日，曝麦于场，忽闻空际有声，翁骇曰：『鬼物来矣！』乃奔，众亦奔。移时复聚，翁命多设弓弩以俟之。翼日，果复来。数矢齐发，物惧而遁。二三日竟不复来。麦既登仓，禾秸杂沓，翁命收积为垛，而亲登践实之，高至数尺。忽遥望骇曰：『鬼物至矣！』众急觅弓矢，物已奔翁。翁仆，龁其额而去。共登视，则去额骨如掌，昏不知人。负至家中，遂卒。后不复见。不知其何怪也。

【译文】

长白山有一位姓安的老翁，生性喜欢干农活。有一年秋天，荞麦熟了，老翁就把荞麦收割完堆在地里。这段时间邻村常有人偷庄稼，老翁就命令佃户把荞麦用小车运到麦场里。等佃户走了后，老翁自己留下看守，露宿在麦地里，枕戈待旦。他刚一闭眼，忽听有人踩着麦茬走来，发出嚓嚓的响声。老翁怀疑是盗贼来了，急忙抬头一看，只见一个大鬼，高一丈多，红色的头发、卷曲的胡须，离自己已经很近了。老翁非常害怕，来不及多想，跳起身来，用戈狠狠刺去。大鬼发出雷鸣般的吼声，逃走了。老翁怕鬼再来，扛着戈走回家。路上碰见佃户，就把见鬼的事说了，并且告诫佃农们不要去。大家还不大相信。隔了一天，大家正在场上晒麦子，忽听天空有声音。老翁恐惧地说：『鬼来了。』急忙逃跑了，大家也跟着逃走了。过了一会儿，大家又聚在一起，老翁命佃户们多预备弓箭，等鬼再来。第二天，鬼果然来了，这时佃农们弓箭齐放，鬼害怕逃走了，两三天没有再来。麦子入仓后，光剩下荞麦秆散落一地，老翁就命把麦秆收起来堆成垛，自己爬到垛顶用脚踩实，渐渐地垛已有几尺高。忽然老翁望着远方惊骇地说：『鬼又来了。』大家急忙寻找弓箭，鬼已直奔老翁而去。老翁被扑倒在垛上，鬼在他额头上咬了一口走了。众人爬上垛顶，只见老翁的额头上被咬了巴掌大的一块骨头，已经昏迷过去。众人把老翁背回家后，他就死了。后来，再也没见过那鬼，也不知是什么怪物。

宅妖

长山李公，大司寇之侄也。宅多妖异。尝见厦有春凳，肉红色，甚修润。李以故无此物，近抚按之，随手而曲，殆如肉软。骇而却走。旋回视，则四足移动，渐入壁中。又见壁间倚白梃，洁泽修长。近扶之，腻然而倒，委蛇入壁，移时始没。康熙十七年，王生俊升设帐其家。日暮，灯火初张，生着履卧榻上。忽见小人，长三寸许，自外入，略一盘旋，即复去。少顷，荷二小凳来，设堂中，宛如小儿辈用粱秸心所制者。又顷之，二小人舁一棺入，仅长四寸许，停置凳上。安厝未已，一女子率厮婢数人来，率细小如前状。女子蓑衣，麻绠束腰际，布裹首；以袖掩口，嘤嘤而哭，声类巨蝇。生睥睨良久，毛森立，如霜被于体。因大呼，遽走，颠床下，摇战莫能起。馆中人闻声毕集，堂中人物杳然矣。

【译文】

长山县有个叫李公的人，是刑部尚书李化熙的侄子。他的住宅里时常有怪事发生。他曾经亲眼见到过房里有一个长木凳呈现出肉红色，非常润滑。李公知道家里并没有这样的东西，于是，就走到跟前去用手抚摸，那东西随着手势变弯曲了，像肉那样柔软，他吓了一大跳，转身就走。走了几步，回过头一看，只见那凳子的四个腿开始向前移动，过了一会儿，慢慢地进入到墙壁里。他又看见有一根白木杖靠在墙壁上，那木杖又长又光亮。李公走到跟前用手一扶，那木杖滑腻腻地触手而倒了，弯弯曲曲地钻到了墙壁里，过了一会儿就消失了。

康熙十七年的时候，秀才王俊升在家里教书。有一天黄昏，到了掌灯时分，他没有脱鞋，和衣躺在床上歇息。这时，他突然看见有一个小人儿大约三寸多长，从屋外进来，但小人儿只到屋里略略打了盘旋，就即刻离去了，过了片刻时间，那小人儿又在肩上扛了两条小凳子进到屋里，摆在堂中。那小凳子像是小孩子们用高粱秆芯做成的。又过了片刻，有两小人儿抬着一副棺材进来，只见那棺材仅仅有四寸多长，两个小人儿把棺材放在堂中的小凳子上。棺材在凳子上还没有放好，又见一个女子带着几个丫鬟进来，这些人也都不过三寸来长。那女子身穿孝服，头上裹着白布，腰里束着麻绳，用衣袖捂着口，嘤嘤地哭泣着，声音像苍蝇一样细小微弱。王生微睁双眼，偷偷窥视了很长时间，吓得他毛骨悚然，头发直往上竖，全身直打冷战，像被浇了雪水似的。所以他失声大叫，从床上滚跌下来，想赶快逃走，但浑身颤抖，站都站不起来。学堂的人闻声纷纷赶来，然而堂中空寂如旧，什么东西也没有。

偷桃

童时赴郡试，值春节。旧例，先一日，各行商贾，彩楼鼓吹赴藩司，名曰『演春』。余从友人戏瞩。是日游人如堵。堂上四官皆赤衣，东西相向坐。时方稚，亦不解其何官。但闻人语哜嘈，鼓吹聒耳。忽有一人率披发童，荷担而上，似有所白；万声汹动，亦不闻为何语。但视堂上作笑声。即有青衣人大声命作剧。其人应命方兴，问：『作何剧？』堂上相顾数语。吏下宣问所长。答言：『能颠倒生物。』吏以白官。少顷复下，命取桃子。术人声诺，解衣覆笥上，故作怨状，曰：『官长殊不了了！坚冰未解，安所得桃？不取，又恐为南面者所怒。奈何！』其子曰：『父已诺之，又焉辞？』术人惆怅良久，乃云：『我筹之烂熟。春初雪积，人间何处可觅？惟王母园中，四时常不凋谢，或有之。必窃之天上，乃可。』子曰：『嘻！天可阶而升乎？』曰：『有术在。』乃启笥，出绳一团，约数十丈，理其端，望空中掷去；绳即悬立空际，若有物以挂之。未几，愈掷愈高，渺入云中；手中绳亦尽。乃呼子曰：『儿来！余老惫，体重拙，不能行，得汝一往。』遂以绳授子，曰：『持此可登。』子受绳有难色，怨曰：『阿翁亦大愦愦！如此一线之绳，欲我附之，以登万仞之高天。倘中道断绝，骸骨何存矣！』父又强呜拍之，曰：『我已失口，悔无及。烦儿一行。儿勿苦，倘窃得来，必有百金赏，当为儿娶一美妇。』子乃持索，盘旋而上，手移足随，如蛛趁丝，渐入云霄，不可复见。久之，坠一桃，如碗大。术人喜，持献公堂。堂上传视良久，亦不知其真伪。忽而绳落地上，术人惊曰：『殆矣！上有人断吾绳，儿将焉托！』移时，一物堕。视之，其子首也。捧而泣曰：『是必偷桃，为监者所觉。吾儿休矣！』又移时，一足落；无何，肢体纷堕，无复存者。术人大悲，一一拾置笥中而阖之，曰：『老夫止此儿，日从我南北游。今承严命，不意罹此奇惨！当负去瘗之。』乃升堂而跪，曰：『为桃故，杀吾子矣！如怜小人而助之葬，当结草以图报耳。』坐官骇诧，各有赐金。术人受而缠诸腰，乃扣笥而呼曰：『八八儿，不出谢赏，将何待？』忽一蓬头僮首抵笥盖而出，望北稽首，则其子也。以其术奇，故至今犹记之。后闻白莲教，能为此术，意此其苗裔耶？

【译文】

在我还是小孩的时候，有一次去参加郡试，正好赶上立春。按照先前习俗，立春前一日，各个行当的商人们都会用彩带扎成棚架，一路抬着，吹吹打打地来到官府门前，这就叫个『演春』。

那一天，我也是跟着朋友去看热闹，隔着好远，就看到官府门前人头攒动，四处都被围得密不透风。我好不容易才钻到了前面，抬头一看，只见公堂上端坐着四位官员，身穿绯红色官服，东西两面对坐着。可惜当时我年纪小，也不知道他们到底是什么官。这时，从人群中走出一个卖艺的人，领着一个披头散发的小孩，挑着副担子走上公堂，口里还念念有词。但是四周说话声、鼓乐声响成一片，我根本听不清他说些什么。只看到堂上的几位官员被逗得哈哈大笑，有个穿青衣的衙役对卖艺的人高声吆喝，要他赶快变戏法。艺人连忙答应，问道：『诸位大人想看什么戏法？』堂上的官员们相互看看，低声交谈几句后，问：『你最擅长什么？』艺人回答说：『我善于颠倒生物的季节。』官员说：『那就变桃子吧。』艺人恭敬地说了声『遵命』，站起身来，不慌不忙地把衣服脱下，盖在箱篓上，装出一副很苦恼的样子，说：『大人真是糊涂！现在冰雪还没融化，从哪儿能弄来桃子呀？可我若是不取，又怕大人们发怒，真是左右为难啊！』他的儿子说：『爹爹既然答应了，又怎么能推辞呢？』艺人皱眉想了好一阵子，才说：『这时节，在人间哪有桃子可摘？只有王母娘娘的蟠桃园四季长春，或许有桃子，看来必须从天上偷桃才行。』儿子歪着头，问：『天那么高，没有梯子怎么爬上去呢？』艺人显然是胸有成竹，笑着说：『我有法术。』接着，他打开箱子，取出一捆绳子，大约有几十丈长，拿着一端就朝天空抛去。说来奇怪，这绳子竟然直直地竖在空中，就好像挂在什么东西上。不一会儿，绳子越抛越高，很快就消失在云里。等手中的绳子全部抛完了，艺人招呼儿子过来，说：『儿啊，为父年老体衰，不中用了，你替我上天走一趟吧。』儿子接过绳子，一脸的不情愿，埋怨道：『您老也太糊涂了！要我拿着这么细的一根绳子，爬上万丈高空，万一绳子断了，孩儿可就摔得粉身碎骨了！』艺人摸着儿子的头，哄他：『我已经失口答应了，后悔也来不及了，只有麻烦你去一趟。儿啊，千万别怕苦。只要偷来桃子，大人一定赏你许多钱，到时候就给你娶个漂亮媳妇，好吗？』儿子无奈地点点头，攀着绳子，盘旋而上，手每移一下，脚便跟着挪一下，如同蜘蛛沿着丝爬行一般。一会儿，他就渐渐地爬到云霄上面，下面的人再也看不到身影了。大家都目不转睛地看着天上，生怕错过什么好戏。过了很长时间，就见一个碗口大的桃子突然掉了下来，艺人手忙脚乱地接住，扬声道：『大人，桃来了。』说完，就喜滋滋地将桃捧着献到公堂上。官员们拿着左看右看，也无法分辨真假。众人正啧啧称奇时，忽然间，绳子坠落到地上，艺人一看，顿时面色灰白，大叫一声不好，惊慌地说：『上面有人砍断了我的绳子，我儿子怎么下得来啊？』不一会儿，天上又掉下个东西，大家定睛一看，竟然是艺人儿子的头。艺人捧起头大声号哭：『肯定是我儿子偷桃子时，被看园的人发现了，被砍了头了！』过了一会儿，艺人儿子的手脚四肢也纷纷掉下来，没有一块完整的。艺人悲痛万分，含着泪把残骸一一拾起来，放入箱子里，合上盖子，伤心地说：『老汉我就只有这么一个儿子，整日跟着我走南闯北，没过上一天好日子。今天他奉大人的命令，到天上偷桃子，谁料到死得这么凄惨！事到如今，我也只能埋了这可怜的孩子。』他走上公堂，跪着哀求道：『我儿子是为了偷桃才断送了性命。诸位大人，如果可怜小人，就帮我安葬他吧，小人来世当牛做马也要报答各位的大恩大德。』那四位官员又惊又怕，赶忙赏赐银两，想打发他走。艺人接过后缠在腰袋里，走回箱子旁，咚咚敲了两下，喊道：『我的儿，还不快出来叩谢大人们的赏钱？』话音刚落，一个头发蓬乱的小孩用头抵开箱盖，跳了出来，笑嘻嘻地向堂上磕头，众官员吓得倒抽一口气。众人伸长脖子看过去，那小孩不正是艺人的儿子吗？手足完好，毫发未伤。这个戏法实在是太奇妙了，所以至今都让我记忆犹新。后来听人说白莲教能表演这样的戏法，我想那父子俩可能就是白莲教的后代吧！

劳山道士

邑有王生，行七，故家子。少慕道，闻劳山多仙人，负笈往游。登一顶，有观宇，甚幽。一道士坐蒲团上，素发垂领，而神观爽迈。叩而与语，理甚玄妙。请师之。道士曰：『恐娇惰不能作苦。』答言：『能之。』其门人甚众，薄暮毕集。王俱与稽首，遂留观中。凌晨，道士呼王去，授以斧，使随众采樵。王谨受教。过月余，手足重茧，不堪其苦，阴有归志。一夕归，见二人与师共酌，日已暮，尚无灯烛。师乃剪纸如镜，粘壁间。俄顷，月明辉室，光鉴毫芒。诸门人环听奔走。一客曰：『良宵胜乐，不可不同。』乃于案上取壶酒，分赉诸徒，且嘱尽醉。王自思：七八人，壶酒何能遍给？遂各觅盎盂，竞饮先釂，惟恐樽尽；而往复挹注，竟不少减。心奇之。俄一客曰：『蒙赐月明之照，乃尔寂饮。何不呼嫦娥来？』乃以箸掷月中。见一美人，自光中出。初不盈尺，至地遂与人等。纤腰秀项，翩翩作『霓裳舞』。已而歌曰：『仙仙乎，而还乎，而幽我于广寒乎！』其声清越，烈如箫管。歌毕，盘旋而起，跃登几上，惊顾之间，已复为箸。三人大笑。又一客曰：『今宵最乐，然不胜酒力矣。其饯我于月宫可乎？』三人移席，渐入月中。众视三人，坐月中饮，须眉毕见，如影之在镜中。移时，月渐暗；门人燃烛来，则道士独坐而客杳矣。几上肴核尚存。壁上月，纸圆如镜而已。道士问众：『饮足乎？』曰：『足矣。』『足宜早寝，勿误樵苏。』众诺而退。王窃欣慕，归念遂息。又一月，苦不可忍，而道士并不传教一术。心不能待，辞曰：弟子数百里受业仙师，纵不能得长生术，或小有传习，亦可慰求教之心；今阅两三月，不过早樵而暮归。弟子在家，未谙此苦。道士笑曰：『我固谓不能作苦，今果然。明早当遣汝行。』王曰：『弟子操作多日，师略授小技，此来为不负也。』道士问：『何术之求？』王曰：『每见师行处，墙壁所不能隔，但得此法足矣。』道士笑而允之。乃传一诀，令自咒毕，呼曰：『入之！』王面墙不敢入。又曰：『试入之。』王果从容入，及墙而阻。道士曰：『俯首骤入，勿逡巡！』王果去墙数步，奔而入；及墙虚若无物；回视，果在墙外矣。大喜，入谢。道士曰：『归宜洁持，否则不验。』遂助资斧遣之归。抵家，自诩遇仙，坚壁所不能阻。妻不信。王效其作为，去墙数尺，奔而入，头触硬壁，蓦然而踣。妻扶视之，额上坟起，如巨卵焉。妻揶揄之。王惭忿，骂老道士之无良而已。

异史氏曰：『闻此事，未有不大笑者；而不知世之为王生者，正复不少。今有伧父，喜疢毒而畏药石，遂有舐痈吮痔者，进宣威逞暴之术，以迎其旨，绐之曰：「执此术也以往，可以横行而无碍。」初试未尝不小效，遂谓天下之大，举可以如是行矣，势不至触硬壁而颠蹶不止也。』

【译文】

某县有位姓王的读书人，在兄弟中排行第七位，之前本是望族世家子弟。王生少年时喜欢道学。有一天，他听闻劳山这地方有很多神仙，于是背上书箱，专程前往那里游学。

他登上一座山顶，发现有一座道观，格外幽静。道观里有一个道士盘腿坐在蒲团上，长长的白发披垂在肩头，精神焕发，气度豪迈。他叩拜见礼和道士攀谈，感觉到其中道理非常妙，于是就请求拜道士为师。道士摇摇头说：『看你娇生惯养的样子，恐怕受不了这等清苦。』王生自信地说：『只要师父肯收我为徒，我保证能吃这份苦。』道士的门徒非常多，傍晚时分，便都聚集在一起。王生对他们很敬慕，向他们一个一个行礼，于是就留在观内学道。

第二天一大清早，道士把王生叫去，交给他一把斧子，叫他跟着大伙，起上山去砍柴，王生很恭敬地接受了安排。过了一个多月时间，他的手脚都磨起了一层厚茧，他实在忍受不了这种苦了，心里暗暗起了回家的念头。一天晚上，他回到观里，看见师父和两位客人喝酒。这时，四周已经一片黑暗，灯盏蜡烛，师父就拿起一张纸剪成圆镜形状，把它粘贴在墙壁上，顷刻间，室内生光，明亮得像有一轮圆月映照一般，连细的头发也能看得清清楚楚，门徒们在一旁伺候着师父和客人，在庭堂上奔走不停，非常殷勤。其中一位客人说道：『这样美好的夜晚，饮酒为乐，能不让大家共享欢乐？』客人说完，就从桌案上取下一把酒壶来，交给门徒们，让大家放开畅饮，一醉方休。王生心想：门徒有七八个人，只有一壶酒，怎么能人人都喝上呢？他还在纳闷时，只见大家各自分头去寻找酒具，争先喝酒，生怕轮到自己跟前酒壶空了。但是说来也怪，那小小的一壶酒，你斟我酌，倒来倒去，却总有美酒，犹如甘泉一般不断涌流出来，并不见有所减少，王生感到十分诧异。这时，又听见另一位客人说道：『承蒙道长赐予明月相照，像这般默然饮酒，不免有些寂寞，为何不把嫦娥请来为我们起舞同乐？』客人说完，即把一根筷子抛进月中，于是就看见一个美女风姿翩翩地从月亮中走出，刚开始一尺来长，等落到地上，很快就和常人一样大小。只见美女秀颈颀长，纤腰柔细。她将长袖款款扬动着，跳起了『霓裳羽衣舞』。随后又唱道：仙君啊仙君，你何时归还？为什么要我幽禁在月宫呢？歌声清丽激越，清脆如管箫之声。唱完后，在空中盘旋了一圈，然后登上了桌子。大家正看得惊讶，而那仙女依旧变成了一根筷子。道士和客人们开怀大笑。又有一个客人说：『今夜最快乐，我喝得有点醉了，你们在月宫为我饯行可以吗？』三个人离筵席而去，慢慢地进入月亮中。大家清清楚楚地看见他们坐在月亮里继续开饮。三个人的胡子眉毛逼真清楚，就像映在明镜里的身影。过了不久，月光渐渐暗淡下来，直到完全消失，有一个门徒点亮蜡烛，这时大家分明看见观里只有师父一人独坐，却无那两位客人踪影。桌上吃剩的饭菜残渣依然存在；墙壁上的那轮明月，只不过是一张像圆镜一样的白纸罢了。师父问大家：『你们都喝好了吗？』大家回答：『喝好了。』师父又说：『喝好了就趁早睡觉去，不要误了明天砍柴。』于是，大伙应声各自走散。

王生心里很羡慕，从此又打消了回家的念头。又过了一个月，实在艰苦难熬，但是还未得到道士的一点传授。王生心下怎么也不愿意再待下去了，于是向师父告辞说：『弟子不辞辛苦，跋涉了几百里的路程来向师父学道，即使得不到长生之术，哪怕得到一点小小的功夫，也可稍稍慰藉下我的求教之心。现在我已经来了两三个月了，每天所能干的不过就是早出砍柴，晚上归宿而已。弟子当初在家里时，从未遭受过这等艰苦。』道士听完，却不经意地笑笑说：『我一开始就说过，你恐怕受不了这份苦。怎么样？今天果真应验了。明天一大清早就送你回去。』王生又说：『弟子毕竟在观里劳作多日，还请师父略教我一点小技，不白来这一趟就行了。』道士问道：『你想学什么道术？』王生回答：『我每次看见师父行走时，能够穿墙越壁而过，什么也不能阻挡，我只请求能学到这样的本领就满足了。』道士笑着答应了。道士教给他一段口诀，让他自己默念一遍，然后大声命令道：『进吧！』王生面朝墙壁却不敢进去。道士又重复一遍：『试着进。』王生小心翼翼地往前走去，碰到墙面被挡住了。道士向他提醒说：『低着头就可以进去，不要犹豫。』王生退后几步，然后跑过去，等触到墙壁时却感觉什么阻碍也没有，再回头一看，发现自己果然已在墙壁另一边了。这时他欣喜若狂，立即过去向道士致谢，道士告诫他说：『回家后一定要洁持操守，否则法术就不灵了。』于是，给了他一些路费，让他回家。到家以后，王生便向家人自夸说遇到了神仙，学到了道术，再坚硬的墙壁都不能阻挡他。妻子不相信他的话，他就按照道士教的法儿，在离墙壁几步远的地方向前猛奔过去，结果额头碰在坚硬的墙壁上，一下子跌倒在地上。妻子扶他起来，发现他额头上隆起一个大疙瘩。妻子耻笑他吹牛，王生又惭愧又气愤，咒骂那道士没安好心，欺骗了他。

异史氏说：『听了这故事，没有不大笑的。可是像王生这类人，在世上多的是。现在有很多粗鄙的家伙，喜欢阿谀奉承而害怕良言忠告。于是，就有了那些无耻的谄媚奉迎之徒，为主子们出一些逞强逞暴、作威作福的害人之计，以取得欢心，并且欺骗说「坚持这样去做，可以横行无阻」。开始尝试时，未曾不无小小的效应，于是，自以为即使这样大的天下，也都可以横行霸道，为所欲为。不落得个头触硬壁倒地血流的下场不会停止。』

犬奸

青州贾某，客于外，恒经岁不归。家蓄一白犬，妻引与交，犬习为常。一日，夫归，与妻共卧。犬突入，登榻，啮贾人竟死。后里舍稍闻之，共为不平，鸣于官。官械妇，妇不肯伏，收之。命缚犬来，始取妇出。犬忽见妇，直前碎衣作交状。妇始无词。使两役解部院，一解人而一解犬。有欲观其合者，共敛钱赂役，役乃牵聚令交。所止处，观者常数百人，役以此网利焉。后人犬俱寸磔以死。呜呼！天地之大，真无所不有矣。然人面而兽交者，独一妇也乎哉？

异史氏为之判曰：『会于濮上，古所交讥；约于桑中，人且不齿。乃某者，不堪雌守之苦，浪思苟合之欢。夜叉伏床，竟是家中牝兽；捷卿入窦，遂为被底情郎。云雨台前，乱摇续貂之尾；温柔乡里，频款曳象之腰。锐锥处于皮囊，一纵股而脱颖；

留情结于镞项，甫饮羽而生根。忽思异类之交，真属匪夷之想。龙吠奸而为奸，妒残凶杀，律难治以萧曹；人非兽而实兽，奸秽淫腥，肉不食于豺虎。呜呼！人奸杀，则女拟以剐；至于犬奸杀，阳世遂无其刑。人不良，则罚人作犬；至于犬不良，阴曹应穷于法。宜肢解以追魂魄，请押赴以问阎罗。」

【译文】

青州有位商人，客居在异地，经常整年都不回家。他的家中养着一条白犬，妻子忍受不了寂寞，就和这条犬相交。时间长了，白犬也习以为常。有一天，丈夫突然回家来了，夫妻同床共眠。这时，白犬也突然进到屋里，像平常一样上了床，竟将男主人咬死。后来，邻居渐渐得知事实真相，大家都愤愤不平，就将此事告到官府衙门。官府将妇人捉拿归案，但是妇人不肯服罪，便将她囚禁起来。审讯官命令将白犬绑了牵来，又将妇人从狱中提出来。白犬忽然看见妇人，直扑上去咬烂妇人的衣服，要和她相交，妇人这才无话可说。审讯官命令手下两个差役押解到上级衙门去，一人押人，一人押犬。有人想要观看人犬相交的情景，就凑了一笔钱去贿赂差役，差役便将人犬牵聚在一起，使其交媾。所停之处，总有数百人观看。差役因此大获其利。最终人犬都受到寸断肢解的酷刑而死。唉！天地如此广大，真是无奇不有啊。然而，貌似人面目而做出兽性相交举动的，难道只是这样一个妇人吗？

异史氏为此案判决说：『私会于濮水之畔，古人讥讽嘲笑；约见于桑林之中，人们不值一提。这人忍受不了守活寡的苦私享苟合交欢的快乐。晚上趴在其床的，竟然是家中的狗；敏捷进洞的白狗，便成了被子底下的情郎。在云雨台上，乱摇续貂的大尾巴；在温柔的身上，不断牵动象一般的腰。锐利的锥子置于皮囊，大腿一纵便脱颖而出，把情欲凝结在箭头之后，箭深入没羽便如同生根一样牢不可拔。忽然想那异类性交，真叫人难以想象。猛犬防奸却自去行奸，又妒忌而凶残杀人，用国法很难以治罪。人不是兽而实际与兽一样，作奸者污秽，淫荡者腥臊，豺狼虎豹都不吃其肉。唉！人因奸而杀人，就用千刀万剐之刑判处女方；至于狗因奸而杀人，人世间还没有这种法刑。人不善，就罚他来世做狗；至于狗不善，阴曹地府应该也没有办法。对其应加以肢解，并追摄魂魄，押赴到地狱让阎王问罪。』

雹神

王公筠仓，莅任楚中。拟登龙虎山谒天师。及湖，甫登舟，即有一人驾小艇来，使舟中人为通。公见之，貌修伟。怀中出天师刺，曰：『闻驺从将临，先遣负弩。』公讶其预知，益神之，诚意而往。天师治具相款。其服役者，衣冠须鬣，多不类常人。前使者亦侍其侧。少间，向天师细语。天师谓公曰：『此先生同乡，不之识耶？』公问之。曰：『此即世所传雹神李左车也。』公愕然改容。天师曰：『适言奉旨雨雹，故告辞耳。』公问：『何处？』曰：『章丘。』公以接壤关切，离席乞免。天师曰：『此上帝玉敕，雹有额数，何能相徇？』公哀不已。天师垂思良久，乃顾而嘱曰：『其多降山谷，勿伤禾稼可也。』又嘱：『贵客在座，文去勿武。』神出，至庭中，忽足下生烟，氤氲匝地。俄延逾刻，极力腾起，才高于庭树，又起，高于楼阁。霹雳一声，向北飞去，屋宇震动，筵器摆簸。公骇曰：『去乃作雷霆耶！』天师曰：『适戒之，所以迟迟；不然，平地一声，便逝去矣。』公别归，志其月日，遣人问章丘，是日果大雨雹，沟渠皆满，而田中仅数枚焉。

【译文】

淄川的王筠仓，明万历年间来到楚地上任，准备登龙虎山拜见张天师。走到鄱阳湖，刚上船，就有人驾小艇来，通过船户请见。王筠仓接见时，见他面貌魁伟，从怀里掏出张天师名帖，说：听说大驾光临，特来领路。王筠仓奇怪他预先知道，更加虔敬。天师设宴款待，宴会上服务人员，相貌、着装都与常人不同。原先驾小艇来的人也侍立在侧。片刻间他向天师细语，天师就对王公说：『这是先生同乡，不认识吗？』王问是谁，天师说：『这就是世上传说的雹神李左车。』王公听了，非常惊骇。天师说：『他刚才说奉旨降雹，特来告辞。』王公问：『雹降何处？』说：『章丘。』王公因章丘与淄川搭界，站起身请求免降。天师说：『这是上帝玉旨，雹有一定数额，怎能徇私情？』王公苦苦哀求，天师想了许久，对李左车说：『可以多降在山谷，不伤害庄稼好了。』又叮嘱：『有贵客在座，动身时要文明。』雹神出到庭中，忽脚下冒生云气，过了片刻，才往上腾飞。初与庭树一样高，又往上一跳，高过楼阁。轰隆一声，向北飞去，房屋震动，桌上杯盘摇摆颠簸。王公大吃一惊，说：『动身要响炸雷吗？』天师说：『我刚才告诫他，所以迟迟而起，不然平地一声雷就离去了。』王公回来，把这个日子做了记录。以后派人到章丘察问，果然这天大雨，降了冰雹，溪河猛涨，不过田里只有几颗雹子。

三生

刘孝廉，能记前身事。与先文贲兄为同年，尝历历言之。一世为缙绅，行多玷。六十二岁而殁。视见冥王，待以乡先生礼，赐座，饮以茶。觑冥王盏中，茶色清澈；己盏中，浊如醪。暗疑迷魂汤得勿此耶？乘冥王他顾，以盏就案角泻之，伪为尽者。俄顷，稽前生恶录；怒，命群鬼捽下，罚作马。即有厉鬼絷去。行至一家，门限甚高，不可逾。方趑趄间，鬼力楚之，痛甚而蹶。自顾，则身已在枥下矣。但闻人曰：『骊马生驹矣，牡也。』心甚明了，但不能言。觉大馁，不得已，就牝马求乳。逾四五年，体修伟。甚畏挞楚，见鞭则惧而逸。主人骑，必覆障泥，缓辔徐徐，犹不甚苦；惟奴仆圉人，不加鞯装以行，两踝夹击，痛彻心扉。于是愤甚，三日不食，遂死。至冥司，冥王查其罚限未满，责其规避，剥其皮革，罚为犬。意懊丧，不欲行。群鬼乱挞之，痛极而窜于野。自念不如死，愤投绝壁，颠莫能起。自顾，则身伏窦中，牝犬舐而腓字之，乃知身已复生于人世矣。稍长，见便液亦知秽；然嗅之而香，但立念不食耳。为犬经年，常忿欲死，又恐罪其规避。而主人又豢养，不肯戮。乃故啮主人脱股肉。主人怒，杖杀之。冥王鞫状，怒其狂猘，笞数百，俾作蛇。囚于幽室，暗不见天。闷甚，缘壁而上，穴屋而出。自视，则身伏茂草，居然蛇矣。遂矢志不残生类，饥吞木实。积年余，每思自尽不可，害人而死又不可；欲求一善死之策而未得也。一日，卧草中，闻车过，遽出当路；车驰压之，断为两。冥王讶其速至，因蒲伏自剖。冥王以无罪见杀，原之，准其满限复为人，是为刘公。公生而能言，文章书史，过辄成诵。辛酉举孝廉。每劝人：乘马必厚其障泥；股夹之刑，胜于鞭楚也。

异史氏曰：『毛角之俦，乃有王公大人在其中；所以然者，王公大人之内，原未必无毛角者在其中也。故贱者为善，如求花而种其树；贵者为善，如已花而培其本：种者可大，培者可久。不然，且将负盐车，受羁，与之为马；不然，且将啖便液，受烹割，与之为犬；又不然，且将披鳞介，葬鹤鹳，与之为蛇。』

【译文】

刘举人，他能记得自己前生的事。他自己曾经说：第一世是个绅士，品行不端，六十二岁死了。初见阎王，阎王以礼相待，为他赐坐，请喝茶。他见阎王杯中的茶是清的，自己杯中的茶污浊如胶。暗念：莫非是『迷魂汤』？乘阎王不注意，悄悄倒在桌子下，假装喝完。

一会儿，考查他生前罪恶，发怒，命群鬼揪他下去，罚令做马。立刻就有恶鬼将他捆绑，送到一家，门槛很高，跨不过。

正踟蹰着，恶鬼用力打他，他痛得跌倒。一看，身已在马枥中。听到有人说：『黑马产小驹了，是匹雄的。』他心里清楚，但说不出话。一时，觉得肚子饿，不得已靠近母马吃奶。过了四五年，长得高大雄伟，最怕抽打。见到鞭子就逃。主人骑，必披鞍慢慢地行走，还不太苦；仆人、马夫，不用鞍鞯，双腿夹紧，痛到心里。他气不过，三天不吃，死了。到了阎罗殿，一查，罪限未满。剥去皮，罚做犬。不愿去，群鬼一顿乱揍。忍痛不住，逃至野外。想不如死了的好，往悬崖一跳，跌下地，不能爬起。一看，已在狗窝中，母狗正舐着。方知又生在人世了。稍大，见着粪便，知是秽物，但闻有香气。不过决心不吃。大约一年，常气得要寻死，又害怕罪限未满。主人喂养不肯杀。于是故意咬主人。主人大怒之下用棍打死。阎王审讯，恨疯狗，鞭打数百，又罚做蛇。被关在暗室，不见天日。缘墙壁往上爬，出来自视已置身荒草中，居然是蛇了。发誓不残害生物，饿了就吃树上的果子。过了一年多，常常想：自杀不可，害人而死又不可，怎么才会有一条好好死去的上策呢？一天，睡在荒野，听有车声，忙出来挡在路上，被压成两段。

阎王奇怪为何提早到来。伏地申诉，阎王认为无罪而死，可以原谅，允许到期重新做人。这就是刘公。生下来就会说话，读书过目不忘，因而考中举人。常奉劝人：骑马必须有鞍，用腿夹紧比鞭打更厉害。

异史氏说：『禽兽中有大人先生在，其原因是大人先生中未必没有禽兽。所以贫贱之人做好事，好比求花就要种树；贵族做好事，好比已经有了花，更加要培养根基。种树要大、培基要久。不然，拉车、受笼套，便是做马了；再不然，就要吃粪便、受烹割，做犬；又不然，便要做蛇了。』

真定女

真定界有孤女，方六七岁，收养于夫家。相居一二年，夫诱与交而孕。腹膨膨而以为病也，告之母。母曰：『动否？』曰：『动。』又益异之。然以其齿太稚，不敢决。未几，生男。母叹曰：『不图拳母，竟生锥儿！』

【译文】

真定境内，有一孤个独生子女，才六七岁，收养在婆婆家里。和婆婆一起住了一两年，丈夫引诱与她发生关系，因此怀了孕。她肚子鼓鼓的以为自己生病了，就告诉了婆婆。婆婆问她说：『动吗？』孤女说：『动。』婆婆更觉奇怪。但是因为她年龄太小，就没敢往那里想。不久，孤女生下一个男孩子。婆婆感叹地说道：『没想到拳头大的一个妈妈，竟生出个锥子把般的儿子。』

成仙

文登周生，与成生少共笔砚，遂订为杵臼交。而成贫，故终岁常依周。以齿则周为长，呼周妻以嫂。节序登堂，如一家焉。周妻生子，产后暴卒。继聘王氏，成以少故，未尝请见之也。一日，王氏弟来省姊，宴于内寝。成适至。家人通白，周坐命邀之。成不入，辞去。周移席外舍，追之而还。甫坐，即有人白别业之仆为邑宰重笞者。先是，黄吏部家牧佣，牛蹊周田，以是相诟。牧佣奔告主，捉仆送官，遂被笞责。周诘得其故，大怒曰：『黄家牧猪奴，何敢尔！其先世为大父服役；促得志，乃无人耶！』气填吭臆，忿而起，欲往寻黄。成捺而止之曰：『强梁世界，原无皂白。况今日官宰半强寇不操矛弧者耶？』周不听。成谏止再三，至泣下，周乃止。怒终不释，转侧达旦。谓家人曰：『黄家欺我，我仇也，姑置之；邑令为朝廷官，非势家官，纵有互争，亦须两造，何至如狗之随嗾者？我亦呈治其佣，视彼将何处分。』家人悉怂恿之，计遂决。具状赴宰，宰裂而掷之。周怒，语侵宰。宰惭恚，因逮系之。辰后，成往访周，始知入城讼理。急奔劝止，则已在囹圄矣。顿足无所为计。时获海寇三名，宰与黄赂嘱之，使捏周同党。据词申黜顶衣，搒掠酷惨。成入狱，相顾凄酸。谋叩阙。周曰：『身系重犴，如鸟在笼；虽有弱弟，止足供囚饭耳。』成锐身自任，曰：『是予责也。难而不急，乌用友也！』乃行。周弟赆之，则去已久矣。至都，无门入控。相传驾将出猎。成预隐木市中；俄驾过，伏舞哀号，遂得准。驿送而下，着部院审奏。时阅十月余，周已诬服论辟。院接御批，大骇，复提躬谳。黄亦骇，谋杀周。因赂监者，绝其食饮；弟来馈问，苦禁拒之。成又为赴院声屈，始蒙提问，业已饥饿不起。院台怒，杖毙监者。黄大怖，纳数千金，嘱为营脱，以是得蒙胧题免。宰以枉法拟流。周放归，益肝胆成。成自经讼系，世情尽灰，招周偕隐。周溺少妇，辄迂笑之。成虽不言，而意甚决。别后，数日不至。周使探诸其家，家人方疑其在周所；两无所见，始疑。周心知其异，遣人踪迹之，寺观壑谷，物色殆遍。时以金帛恤其子。又八九年，成忽自至，黄巾氅服，岸然道貌。周喜，把臂曰：『君何往，使我寻欲遍？』笑曰：『孤云野鹤，栖无定所。别后幸复顽健。』周命置酒，略通间阔，欲为变易道装。成笑不语。周曰：『愚哉！何弃妻孥犹敝屣也？』成笑曰：『不然。人将弃予，其何人之能弃。』问所栖止，答在劳山之上清宫。既而抵足寝，梦成裸伏胸上，气不得息。讶问何为，殊不答。忽惊而寤，呼成不应；坐而索之，杳然不知所往。定移时，始觉在成榻。骇曰：『昨不醉，何颠倒至此耶！』乃呼家人。家人火之，俨然成也。周故多髭，以手自捋，则疏无几茎。取镜自照，讶曰：『成生在此，我何往？』已而大悟，知成以幻术招隐。意欲归内，弟以其貌异，禁不听前。周亦无以自明。即命仆马往寻成。数日入劳山。马行疾，仆不能及。休止树下，见羽客往来甚众。内一道人目周，周因以成问。道士笑曰：『耳其名矣，似在上清。』言已径去。周目送之，见一矢之外，又与一人语，亦不数言而去。与言者渐至，乃同社生。见周，愕曰：『数年不晤，人以君学道名山，今尚游戏人间耶？』周述其异。生惊曰：『我适遇之，而以为君也。去无几时，或当不远。』周大异，曰：『怪哉！何自己面目觌面而不之识！』仆寻至，急驰之，竟无踪兆。一望寥廓，进退难以自主。自念无家可归，遂决意穷追。而怪险不复可骑，遂以马付仆归，迤逦自往。遥见一童独坐，趋近问程，且告以故。童自言为成弟子，代荷衣粮，导与俱行，星夜露宿，逴行殊远。三日始至，又非世之所谓上清。时十月中，山花满路，不类初冬。童入报客，成即遽出，始认己形。执手入，置酒宴语。见异彩之禽，驯人不惊，声如笙簧，时来鸣于座上。心甚异之。然尘俗念切，无意留连。地下有蒲团二，曳与并坐。至二更后，万虑俱寂，忽似瞥然一盹，身觉与成易位。疑之。自捋颔下，则于思者如故矣。既曙，浩然思返。成固留之。越三日，乃曰：『乞少寐息，早送君行。』甫交睫，闻成呼曰：『行装已具矣。』遂起从之。所行殊非旧途。觉无几时，里居已在望中。成坐候路侧，俾自归。周强之不得，因踽踽至家门。叩不能应，思欲越墙，觉身飘似叶，一跃已过。凡逾数重垣，始抵卧室，灯烛荧然，内人未寝，哝哝与人语。舐窗以窥，则妻与一厮仆同杯饮，状甚狎亵。于是怒火如焚，计将掩执，又恐孤力难胜。遂潜身脱扃而出，奔告成，且乞为助。成慨然从之，直抵内寝。周举石挝门。内张皇甚。擂愈急，内闭益坚。成拔以剑，划然顿辟。周奔入，仆冲户而走。成在门外，以剑击之，断其肩臂。周执妻拷讯，乃知被收时即与仆私。周借剑决其首，挂肠庭树间，乃从成出，寻途而返。蓦然忽醒，则身在卧榻。惊而言曰：『怪梦参差，使人骇惧！』成笑曰：『梦者兄以为真，真者乃以为梦。』周愕而问之。成出剑示之，溅血犹存。周惊怛欲绝，窃疑成诱张为幻。成知其意，乃促装送之归。荏苒至里门，乃曰：『畴昔之夜，倚剑而相待者，非此处耶！吾厌见恶浊，请还待君于此；如过晡不来，予自去。』周至家，门户萧索，似无居人。还入弟家。弟见兄，双泪遽堕，曰：『兄去后，盗夜杀嫂，刳肠去，酷惨可悼。于今官捕未获。』周如梦醒，因以情告，戒勿究。弟错愕良久。周问其子，乃命老妪抱至。周曰：『此襁褓物，宗绪所关，弟好视之。兄欲辞人世矣。』遂起，径出。弟涕泗追挽，笑行不顾。至野外，见成，与俱行。遥回顾曰：『忍事最乐。』弟欲有言，成阔袖一举，即不可见。怅立移时，痛哭而返。周弟朴拙，不善治家人生产，居数年，家益贫。周子渐长，不能延师，因自教读。一日，早至斋，见案头有函书，缄封甚固，签题『仲氏启』。审之为兄迹。开视，则虚无所有，只见爪甲一枚，长二指许。心怪之。以甲置砚上。出问家人所自来，并无知者。回视，则砚石灿灿，化为黄金。大惊。以试铜铁，皆然。由此大富。以千金赐成氏子，因相传两家有点金术云。

【译文】

周生和成生都是山东文登县的人，两人从小一起长大，又一起读书，所以感情很好，就结拜为兄弟。成生因为年幼一点，就自然而然地把周生夫妇当作自己的亲兄嫂；又因为自己家贫，就经常寄住在周生家里，跟他们相处得很和睦，出出进进就像一家人一样。

后来，周生的妻子生了个男孩儿，得了月子病，突然死去了。周生又续娶了王家女儿，因王氏年轻美貌，成生始终没有拜见她。有一天，周生的内弟来看望姐姐，周生就在卧室设家宴招待他。这时成生也正好来了，周生让仆人请他进来。成生知道周生在摆家宴，不便进去，只得借故告辞了。但是成生没走多远，就被周生追了回来，专门在外室设了酒宴。周生拉着成生刚刚坐下，就有人慌慌张张跑来告诉周生：『他家的长工正在田里做活，见黄吏部家有个放猪的仆人骑着牛把庄稼踩倒了，长工上去辩理，和那仆人吵起来。仆人跑回去告诉了主人，就把长工送到县衙，打了个半死不活。』周生一听，见黄家欺人太甚，不觉大怒道：『黄家个放猪的，怎么敢如此无礼！他家上一辈人还在我祖父手下做过事呢，才得了势，就目中无人了！』周生越说越气，站起来就要去找黄家辩理。成生一把拖住周生按在椅子上，说：『算了吧，在这豺狼当道的世界上，有什么青红皂白可分！更何况如今这些做官的，又有多少是不拿枪刀的强盗呢？』成生再三劝阻，周生只是咽不下这口气。成生急得哭了，周生才答应不到黄家去了。话虽那样说了，但周生依然怒气未消，夜里躺在床上翻来覆去，思前想后，睡不安稳。第二日天明，他对家里人说：『黄家这样欺侮我，是我的仇人哪，暂且放着他。县官是朝廷的命官，不是哪一个有权有势人家的官，就是互相有争执，县官也应该两下调解，为什么像狗那样听人唆使呢？我也写个状子求县官惩治黄家的仆人，看他怎么办？』家里人听说，都说应该这样做，周生也就打定了主意。周生拿着状纸来到县衙，县官接过一看，见是状告黄家，也不问缘由，就把状纸撕个粉碎，扔在地上。周生见县官如此横行霸道，气得把他骂了一顿。谁知这一骂，县官更火了，把惊堂木一拍，便叫差役们将周生捆了起来。这天早饭后，成生去看周生，听说周生一大早到城里告状；知道事情不好，急忙赶去劝阻时，周生已经被投在监狱里，急得他干跺脚也没有办法。恰好这时县里捕住三个海盗，县官就和黄家串通一气，诬陷周生是海盗的同党，革去他的秀才，用尽毒刑，只把他折磨得死去活来。成生到狱中去看周生，两个人抱头痛哭一场后，商议去告御状。周生说：『你看我身上戴着枷锁，像关在笼子里的鸟；虽然有个弟弟，年纪还小，只能给我送送饭罢了。』

成生听到这里，立即向周生表示，他愿意替周生去告御状，他对周生说：『你再不要说什么连累的话了，这是我的责任！你在难中，我怎能见死不救？否则，还要朋友干什么？』说完又安慰了周生几句，离了县衙。周生的弟弟听说成生要替哥哥去告御状，就拿了许多银两为成生送行，成生却早已走了。成生一路忍饥挨饿，夜宿晓行，不日来到京都，但无人引进，好久也没有把状纸递上去。有一天，他忽然听说皇上将要外出打猎，就事先在树林里隐藏起来。不久，皇上的车驾果然来了。等车走近了，他就连忙跪在路当中，磕头礼拜，喊冤叫屈。皇上一时高兴，居然准了他的状纸，责成山东巡抚审理，并将结果上报。

这时已经过了十多个月，周生一直得不到消息，又受不了严刑拷问，已被屈打成招，问了死罪。巡抚接到皇上亲笔批文，不觉大吃一惊，命人去提取案犯，准备亲自复审。

黄家听说周家告了御状，心里十分害怕，为了杀人灭口，竟花钱买通监狱看守，想把周生活活饿死。成生见周生的弟弟几次送不了饭，便又到巡抚衙催促办案，但是到提审的时候，周生已经饿得站不起来了。巡抚大人发了怒，就把那个看守打死了。黄家更是怕得要命，上上下下花了几千两银子才买了自己一条命。县官因犯贪赃枉法罪而被流放到边远地方。

周生回家以后，自然对成生更加敬重，发誓与他有福同享。但成生自从这个案子马马虎虎了结后，对人情、世态看得越来越淡薄了。他几次劝周生一起到深山隐居，而周生因为恋着年轻美貌的妻子，不仅不肯走，还笑他是个傻子。每逢这时，成生总是不言不语，决心却是早已下定了。这样过了一些日子，周生见成生好久没来，就派人到他家看他忙些什么，可是到了一问，成生的妻子说还以为成生在周家呢。成生两个家都不在，那他到哪里去？周生想起成生说过要隐居的话，就打发人到处去找，可是不知找了多少寺院和深山，连个人影也没有。

成生失踪后，周生不断送些钱财和衣物去周济他的妻子、儿女。

光阴荏苒。一天，周生正在家里闲坐，忽见成生独自走了进来，细细一看，是一身道士打扮。周生又惊又喜，连忙跑上去握住他的手说：『你这一向到哪里去了？害得我好找呀。』

成生笑了笑说：『我像一片孤云，又似一只野鹤，哪有什么固定的地方？分别几年，你还是这样结实，我真高兴。』周生叫人摆了酒席，二人又说了些别后相思的话，周生便要他把道服换下来。成生只是笑，也不说话，也不动弹。周生见他这样，就对他说：『你真傻呀，为什么对老婆、孩子像扔破鞋那样随便离弃呢？』成生又笑了，说：『这话就不对了。人世要抛弃你，你怎么能躲得脱呢？』接着他又告诉周生，他住在崂山上清宫。二人说着话，不觉已到夜深，就打了通铺睡了。周生一合上眼，就梦见成生赤着身子压在他胸脯上，压得他喘不上气来。他问成生这是干什么，成生也不答话，便忽然惊醒了。他叫成生没人应声，坐起来一摸，也摸不见，定了定神再看，成生分明在席榻上，不觉奇怪地自语道：『夜里并没有喝醉呀，怎么糊涂到这等地步！』于是便喊起家里的人来。家里人点上灯烛一看，坐在床上的不是周生而是成生。周生原来生着许多胡茬儿，可他自己用手一摸，却只有稀稀拉拉的几根。他又对着镜子一看，不由得惊叫起来：『成生还在这里，我到哪里去了呢？』周生沉思片刻，终于醒悟到，这是成生用幻术想叫他去隐居。这时，周生想到里边见妻子，弟弟见他不是周生的相貌，不让他进去。周生实在没办法解释清楚，只得带了一个仆人，骑着马找成生去了。周生骑马一连走了好几天，终于来到崂山。马走得很快，仆人紧赶慢赶也赶不上，于是周生便在一棵树下停下来。只见旁边许多道士来来往往走动，周生见其中有个道士一直看他，便上去打听成生住在哪里。道士笑着说：『嗯，是听说有这么个人，大概在上清宫吧。』说完便扬长而去。周生目送道士走出一箭之地。见他在同一个人说话，也是只说了一句就走了。与那个道士说话的人过来了。周生一看，原来是他的同学。同学一见周生便惊讶地说：『好几年不见了，都说你在名山学道，原来你现在还在人间混日子呀。』周生一听，知道同学把自己当成了成生，就把那天的怪事说了一遍。同学更奇怪了，说：『刚才和你说话的那个道士，我以为就是你哩，也许他现在还没有走远。』周生说：『不对呀，刚才那道士也同我说了一句话，要是那样，我怎么连自己的面目也认不出来了？』周生正在那里发愣，明白了。周生急忙打马去追赶刚才的那个道士，竟是毫无踪影。再看那大山，莽莽苍苍，连绵不绝，弄得他进退两难。当他想到，回到家妻子也不会认他时，才不得不下决心继续追下去。但这时路却越走越难，周生见再也不能骑马了，就把马交给仆人带回去，又独自上路了。周生走着走着，远远看见山顶有个道童立在那里，便上去问路，并说明了自己的来意。道童立刻告诉他说自己是成生的徒弟，道童接过周生的行李，引他一起向山里走去。周生跟着道童走了三天，才来到上清宫。但这上清宫却和世间传说的大不相同，虽已是十月天气，但依然是一路山花，满山松竹。周生趁道童进去通报的机会观赏周围景色，不知不觉成生已来到他面前，这时周生才又变回了自己的相貌。成生和周生手拉手来到上清宫内，一边吃酒，一边说话。周生看见许多叫不上名来的鸟，舞动着五光十色的羽翅，飞来飞去娇啼婉鸣，比笙簧所奏的音乐还好听。那些鸟好像并不怕人，还不时飞落到座位上来。周生越看越感到奇异，但一心想着妻子儿女，也就不多留意了。地上放着两个草编的坐垫，喝过酒，成生便又拉了周生并排坐在上面，一直坐到二更天，周生觉得似乎打了个盹儿，又和成生换了个位置。他心存怀疑地摸了一下胡茬儿，发觉自己又变成了成生。周生就这样休息了一夜，第二天一早便想要回家，成生再三挽留，才勉强住了三日。夜里成生对他说：『请稍歇一会儿，马上就送你回去。』周生正昏昏欲睡，忽听成生喊他说：『行李准备好了。』于是便跟着成生走了。周生见走的并非是来时旧路，觉得走不多时，自己的家乡已经遥遥在望。这时，成生便坐在路旁，让他自己回去。周生要成生同行，成生只是不肯。

周生独自来到家门口，敲了半天门，没人应声，正想着爬墙进去，就觉得身子像树叶一样轻，一跳就过去了。就这样翻过几道墙，才来到自己的卧室，只见室内灯光明亮，又听见妻子唧唧咕咕地不知在和谁说话。用舌尖舔开窗纸一看，原来是妻子和一个仆人，用同一个杯子你喂他一口他喂你一口地喝酒。周生见此情景，不觉怒火烧心，有心进去捉拿，又怕自己势单，于是便悄悄开了大门，跑去向成生求助。成生毫不犹豫地跟着他径直来到卧室。周生举起石头对着门就砸，室内妻子和仆人十分慌乱，外面敲得愈急，里面关得愈紧。这时，成生拔出剑来，『哗啦』一声就把门劈开了。

周生跑进卧室，那仆人却猛地从门口冲出去，正好遇上成生，被成生一剑砍下一条胳膊。周生捉住妻子一拷问，才知道自己被关进监狱时，她就和仆人发生了关系。于是一把夺过成生的剑把妻子的头砍了下来，并把她的肠肚挖出来挂在院里的树上。周生又跟着成生出来，正准备寻路返回崂山，忽然发现自己已经醒了，原来自己依然躺在上清宫里的床上。周生吃惊地对成生说：『我刚才做了个奇怪的梦，真要把人活活吓死！』

这时成生笑了起来说：『明明是梦，你却以为是真的；明明是真的，你却以为是梦。』周生不由得打了个冷战，问成生这话是什么意思，成生就拿剑让他看，只见剑上还有血迹。

周生一见血迹又惊又怕，但心里还是暗暗怀疑是成生变了戏法糊弄他。成生一眼就看出周生的心思，就连忙收拾行李要送他回去。成生把周生送到村外，说：『昨天夜里你在梦中，我不就是拿着剑在这里等你吗？好了，你自己去吧，我不愿意见到肮脏的东西，就还在这里等你吧。如果太阳出来你还不来，我就独自去了。』周生来到家里，冷冷落落，不见一人，于是便来到弟弟家里。弟弟一见哥哥，不禁双泪交流，说：『你走后，一天夜里来了个响马，把嫂子杀了，肠子都被挖去了，死得真惨啊！到现在还没有抓到凶手。』周生一听，这才如梦初醒，就把见到成生前前后后的事讲了一遍，并告诉弟弟不要再追究了。弟弟见哥哥说得那样奇怪，早被惊呆了。后来又见哥哥问起儿子，才叫一个老妈妈领了来。周生看看儿子，对弟弟说：『这个吃奶的孩子，可是咱们周家的后代，你要好生抚养他，我就要离开尘世了。』周生说完便站起来，一直向门外走去。弟弟哭着想把他追回来，但他边笑边走连头也不回。周生出了村，见到成生，便一起走了；走出很远，又回过头来嘱咐弟弟说：『凡事要忍让，才能得到最大的快乐。』这时弟弟也似乎有话要跟他说，但成生却把袍袖一抖，立刻就不见了。周生的弟弟只得呆呆站了一会儿，哭着返回去了。周生的弟弟是个朴实、蠢笨的人，不善于料理家务，几年以后，家境越来越穷。这时周生的儿子已经长大了，但因请不起先生，只好自己在家教孩子读书。有一天，周生的弟弟一早来到书房，见桌子上有封信，上面写着『弟弟亲启』，一看便知道是哥哥的笔迹，连忙拆开信看，却并无片纸只言，只有一枚二寸长的指甲。他心里觉得奇怪，随手把指甲放在砚台上，去问家里人信是谁送来的，但没人知道。等他返回书房再看时，那个放指甲的砚台竟然变成了一块黄金，不禁大吃一惊。他又拿了指甲放到铜器和铁器上去试，也都一一变成了黄金。从此，周生的弟弟便成了一个大富翁。后来，周生的弟弟又拿出一千两黄金赠给了成生的儿子。于是，周、成两家有点金术的故事就传开了。

灵官

朝天观道士某，喜吐纳之术。有翁假寓观中，适同所好，遂为玄友。居数年，每至郊祭时，辄先旬日而去，郊后乃返。道士疑而问之。翁曰：『我两人莫逆，可以实告：我狐也。郊期至，则诸神清秽，我无所容，故行遁耳。』又一年，及期而去，久不复返。疑之。一日忽至，因问其故。答曰：『我几不复见子矣！曩欲远避，心颇怠，视阴沟甚隐，遂潜伏卷瓮下。不意灵官粪除至此，瞥为所睹，愤欲加鞭。余惧而逃。灵官追逐甚急。至黄河上，濒将及矣。大窘无计，窜伏溷中。神恶其秽，始返身去。既出，臭恶沾染，不可复游人世。乃投水自濯讫，又蛰隐穴中几百日，垢浊始净。今来相别，兼以致嘱：君亦宜引身他去，大劫将来，此非福地也。』言已，辞去。道士依言别徙。未几而有甲申之变。

【译文】

在北京朝天观有一位道士，很喜欢吐纳气功的技术。有个老头儿借住在观中，恰好也喜欢吐纳气功，于是二人就变成了道友。在这里住了好几年，每到帝王郊祭的时候，老头儿总是提前十天离开这里，郊祭后再返回观中。道士不解，就问他缘故。老头儿说：『我们两人是莫逆之交，我可以实话告诉你：我是狐狸啊。郊祭的日子一到，各路神仙都要打扫卫生，我无处容身，只好自行逃走。』

又过了一年，到郊祭时他又走了，很久也没有返回观中。道士不明白怎么回事。一天，老头儿突然回来了。道士问他怎么了。他回答说：『我差点儿就见不到你了！很早就想远远躲避，但是心里不免懈怠，看到阴沟里很隐蔽，我就潜伏在一口大缸下面。没想到灵官打扫到这里，一眼被他看见，生气地要鞭打我。我惧怕地逃走。灵官追赶得很急。我跑到黄河边上，眼看就要追上了。我实在没有办法，就躲到厕所里。神人嫌太脏臭，才返身回去。我出来以后，身上沾染了恶臭，不能再在人世间出现。于是跳到水里清洗干净，又隐居洞中过了几百天，污垢秽浊才除干净了。今天来和你告别，并嘱咐几句话：你也应该离开这里到别处去隐居，一场大劫难就要来临了，这里不是个好地方啊。』说完，就告别了。道士听从了他的话，迁到别的地方去了。不久，就发生了李自成进京、明朝灭亡的甲申之变。

王成

王成，平原故家子。性最懒，生涯日落，惟剩破屋数间，与妻卧牛衣中，交谪不堪。时盛夏燠热，村外故有周氏园，墙宇尽倾，唯存一亭；村人多寄宿其中，王亦在焉。既晓，睡者尽去；红日三竿，王始起，逡巡欲归。见草际金钗一股，拾视之，镌有细字云：『仪宾府造。』王祖为衡府仪宾，家中故物，多此款式，因把钗踌躇。欻一妪来寻钗。王虽故贫，然性介，遽出授之。妪喜，极赞盛德，曰：『钗直几何，先夫之遗泽也。』问：『夫君伊谁？』答云：『故仪宾王柬之也。』王惊曰：『吾祖也。何以相遇？』妪亦惊曰：『汝即王柬之之孙耶？我乃狐仙。百年前，与君祖缱绻。君祖殁，老身遂隐。过此遗钗，适入子手，非天数耶！』王亦曾闻祖有狐妻，信其言，便邀临顾。妪从之。王呼妻出见，负败絮，菜色黯焉。妪叹曰：『嘻！王柬之之孙子，乃一贫至此哉！』又顾败灶无烟。曰：『家计若此，何以聊生？』妻因细述贫状，呜咽饮泣。妪以钗授妇，使姑质钱市米，三日外请复相见。王挽留之。妪曰：『汝一妻不能自存活，我在，仰屋而居，复何裨益？』遂径去。王为妻言其故，妻大怖。王诵其义，使姑事之，妻诺。逾三日，果至。出数金，籴粟麦各石。夜与妇共短榻。妇初惧之；然察其意殊拳拳，遂不之疑。翼日，谓王曰：『孙勿惰，宜操小生业，坐食乌可长也！』王告以无资。曰：『汝祖在时，金帛凭所取；我以世外人，无需是物，故未尝多取。积花粉之金四十两，至今犹存。久贮亦无所用，可将去悉以市葛，刻日赴都，可得微息。』王从之，购五十余端以归。妪命趣装，计六七日可达燕都。嘱曰：『宜勤勿懒，宜急勿缓；迟之一日，悔之已晚！』王敬诺。囊货就路，中途遇雨，衣履浸濡。王生平未历风霜，委顿不堪，因暂休旅舍。不意淙淙彻夜，檐雨如绳。过宿，泞益甚。见往来行人，践淖没胫，心畏苦之。待至亭午，始渐燥，而阴云复合，雨又大作。信宿乃行。将近京，传闻葛价翔贵，心窃喜。入都，解装客店，主人深惜其晚。先是，南道初通，葛至绝少。贝勒府购致甚急，价顿昂，较常可三倍。前一日，方购足，后来者，并皆失望。主人以故告王。王郁郁不得志。越日，葛至愈多，价益下。王以无利不肯售。迟十余日，计食耗烦多，倍益忧闷。主人劝令贱鬻，改而他图，从之。亏资十余两，悉脱去。早起，将作归计，启视囊中，则金亡矣。惊告主人。主人无所为计。或劝鸣官，责主人偿。王叹曰：『此我数也，于主人何尤？』主人闻而德之，赠金五两，慰之使归。自念无以见祖母，踟蹰内外，进退维谷。适见斗鹑者，一赌辄数千；每市一鹑，恒百钱不止。意忽动，计囊中资，仅足贩鹑，以商主人。主人亟怂恿之。且约假寓饮食，不取其直。王喜，遂行。购鹑盈担，复入都。主人喜，贺其速售。至夜，大雨彻曙。天明，衢水如河，淋零犹未休也。居以待晴。连绵数日，更无休止。起视笼中，鹑渐死。王大惧，不知计之所出。越日，死愈多；仅余数头，并一笼饲之；经宿往窥，则一鹑仅存。因告主人，不觉涕堕。主人亦为扼腕。王自度金尽罔归，但欲觅死，主人劝慰之。共往视鹑，审谛之曰：『此似英物。诸鹑之死，未必非此之斗杀之也。君暇亦无所事，请把之；如其良也，赌亦可以谋生。』王如其教。既驯，主人令持向街头，赌酒食。鹑健甚，辄赢。主人喜，以金授王，使复与子弟决赌，三战三胜。半年，积二十金。心益慰，视鹑如命。先是，大亲王好鹑，每值上元，辄放民间把鹑者入邸相角。主人谓王曰：『今大富宜可立致；所不可知者，在子之命矣。』因告以故，导与俱往。嘱曰：『脱败，则丧气出耳。倘有万分一，鹑斗胜，王必欲市之，君勿应；如固强之，惟予首是瞻，待首肯而后应之。』王曰：『诺』。至邸，则鹑人肩摩于墀下。顷之，王出御殿。左右宣言：『有愿斗者上。』即有一人把鹑，趋而进。王命放鹑，客亦放；略一腾踔，客鹑已败。王大笑。俄顷，登而败者数人。主人曰：『可矣。』相将俱登。王相之，曰：『睛有怒脉，此健羽也，不可轻敌。」命取铁喙者当之。一再腾跃，而王鹑铩羽。更选其良，再易再败。王急命取宫中玉鹑。片时把出，素羽如鹭，神骏不凡。王成意馁，跪而求罢，曰：「大王之鹑，神物也，恐伤吾禽，丧吾业矣。」王笑曰：「纵之。脱斗而死，当厚尔偿。」成乃纵之。玉鹑直奔之。而玉鹑方来，则伏如怒鸡以待之；玉鹑健啄，则起如翔鹤以击之；进退颉颃，相持约一伏时。玉鹑渐懈，而其怒益烈，其斗益急。未几，雪毛摧落，垂翅而逃。观者千人，罔不叹羡。王乃索取而亲把之，自喙至爪，审周一过。问成曰：「鹑可货否？」答云：「小人无恒产，与相依为命，不愿售也。」王曰：「赐尔重重，中人之产可致。颇愿之乎？」成俯思良久，曰：「本不乐置；顾大王既爱好之，苟使小人得衣食业，又何求？」王请直，答以千金。王笑曰：「痴男子！此何珍宝而千金直也？」成曰：「大王不以为宝，臣以为连城之璧不过也。」王曰：「如何？」曰：「小人把向市廛，日得数金，易升斗粟，一家十余食指，无冻馁忧，是何宝如之？」王言：「予不相亏，便与二百金。」成摇首。又增百数。成目视主人，主人色不动。乃曰：「承大王命，请减百价。」王曰：「休矣！谁肯以九百易一鹑者！」成囊鹑欲行。王呼曰：「鹑人来，鹑人来！实给六百，肯则售，否则已耳。」成又目主人，主人仍自若。成心愿盈溢，惟恐失时。曰：「以此数售，心实怏怏；但交而不成，则获戾滋大。无已，即如王命。」王喜，即秤付之。成囊金，拜赐而出。主人怼曰：「我言如何，子乃急自鬻也？再少靳之，八百金在掌中矣。」成归，掷金案上，请主人自取之，主人不受。又固让之，乃盘计饭直而受之。王治装归，至家，历述所为，出金相庆。妪命置良田三百亩，起屋作器，居然世家。妪早起，使成督耕，妇督织；稍惰，辄诃之。夫妇相安，不敢有怨词。过三年，家益富。妪辞欲去。夫妻共挽之，至泣下。妪亦遂止。旭旦候之，已杳矣。

异史氏曰：「富皆得于勤，此独得于惰，亦创闻也。不知一贫彻骨，而至性不移，此天所以始弃之而终怜之也。懒中岂果有富贵乎哉！」

【译文】

王成，曾经是平原县旧时官僚家的子弟。但他生性懒惰，家境一天天地没落下去。只剩下几间破屋子，他和妻子睡在破草席上，还经常互相埋怨指责，日子很难过。

当时正值盛夏季节，村子外边本来有个周家的花园，现在墙倒屋塌，只剩下一个亭子。村里许多人都在这里乘凉过夜，王成也是其中一个。一天天亮后，睡在这里的人都走了。太阳升到三竿高，王成才起来，磨磨蹭蹭地想要回家。忽然，他看到草从中有一支金钗，捡起来一看，上面刻着『仪宾府造』一行小字。王成的祖父原来是衡恭王府的仪宾，家中的旧物，好多都是与此相同的款式，因此王成拿着金钗犹豫猜测了半天。这时有位老婆婆来寻找金钗。王成虽然很贫穷，但生性耿直，立即拿出来交给了她。老婆婆很高兴，大大称赞王成的美德，说：『这支金钗不值几个钱，但这是我故去丈夫的遗物。』王成问：『您丈夫是谁？』老婆婆回答说：『就是已故的仪宾王柬之。』王成吃惊地说：『他是我的祖父。你们怎么能相遇？』老婆婆也吃惊地说：『你就是王柬之的孙子吗？我是狐仙。一百年前，和你祖父结为夫妻。你祖父死后，我就隐居起来了。今天路过这里时遗失了金钗，恰好被你捡到，这不是上天的安排吗！』王成也曾听说祖父有个狐妻，相信了老婆婆的话，邀请老婆婆到家中。老婆婆跟他去了。王成叫妻子出来相见，只见她身穿破烂衣服，面色黄黑。老婆婆叹息说：『唉！王柬之的孙子，竟然贫穷到这种地步了！』又看到破锅旧灶上没有一星烟火。老婆婆说：『家境这样，靠什么维持生活呢？』王妻就把家里贫苦的状况细说了一遍，忍不住呜咽地哭起来。老婆婆把金钗交给王妻，让她去换了钱买些米，说三天之后再来与他们相见。王成挽留她，老婆婆说：『你连自己的妻子都养活不了，我在这里，看着屋顶发呆，又有什么用呢？』说完径自走了。王成对妻子说了老婆婆的来历，妻子非常害怕。王成又称颂了她的仁义，让妻子像侍奉婆婆一样侍奉她，妻子答应了。三天后，老婆婆果然来了。她拿出一些银子，让王成各买一石米和面。晚上她和王成的妻子同睡在一张床上。王成的妻子开始有些害怕，后来看她一片真心，就不再疑心了。第二天，老婆婆对王成说：『孙儿你不要再懒惰了，应该做些小买卖。坐吃山空怎么能长久呢？』王成告诉她说没有本钱。老婆婆说：『你祖父在世时，金银绸缎任凭我取。我因为自己是世外之人，不需要这些东西，所以没有多拿过，只积攒了买胭脂花粉的四十两银子，至今还留着。长久放在我那儿也没什么用处，你可以拿去全部买成葛布，立即赶到京城出售，可以赚点利钱。』王成听了她的话，就买了五十多匹回来。老婆婆让他立即收拾行装，估算着六七天可以赶到京城。她还叮嘱王成说：『你要勤快不要懒惰，要快不能慢。如果晚到一天，就后悔莫及了！』王成恭敬地答应了。

王成带着货物上路了，中途遇到下雨，衣服和鞋子都湿透了。他平日从没经历过风霜之苦，疲倦不堪，就决定暂时在旅店休息。没想到大雨一直不停地下了一整夜，房檐上雨水流得像一根根绳子似的。过了一夜，道路更加泥泞。王成看到往来的行人，积水都没过了脚脖子，心里十分怕吃苦。等到中午时分，路刚刚有些干燥，却又阴云密布，下起了大雨。王成只好又住了一晚才继续赶路。快到京城时，听说京城葛布价格飞涨，王成心里暗暗高兴。进京后，解下行装进入客店，店主深深地惋惜他来晚了。

原来，京城到南方的道路刚通，葛布运至京城的很少。贝勒府急着购买，因此葛布价格顿时上涨，大约是平日的三倍。前一天，贝勒府刚购买足额，后来运到葛布的人，都非常失望。店主人把原委告诉王成后，王成心里闷闷不乐。又过了一天，葛布运到京城的越来越多，价格更加下跌。王成因为没有利润不肯出售。这样迟疑了十几天盘算着食宿等耗费很多，王成更加烦闷忧愁。店主劝他把葛布便宜卖掉，改做别的打算，王成听从了他的劝告。亏了十几两银子，王成将布全都脱手了。早上起来，王成准备回去，打开行囊一看，银子不见了。王成吃惊地告诉店主人，店主人也没有办法。有人劝王成去告官，也有人责令店主赔偿。王成叹息说：『这是我命中注定，和店主有什么关系？』店主听后非常感激他，赠送了他五两银子，劝慰他回家。王成想着没脸回去见祖母，屋里屋外地犹豫徘徊，进退两难。恰好这时王成看到了斗鹌鹑的，一赌就是几千文钱，每买一只鹌鹑，常常花费不止一百文。他心中忽然一动，盘算了行囊中的钱，刚好够贩卖鹌鹑的，就回去找店主商量。店主极力怂恿他去试试，还约定好让他借宿吃饭，不收他钱。王成非常高兴，就上路了。王成买了满满一担鹌鹑，回到京城。店主很高兴，祝贺他早点卖光。夜里，一场大雨一直下到天明。天亮后，街上水流如河，雨还下个没完。王成只得住在旅店里等待天晴。雨一连下了好几天，都没有停止。王成起来查看，笼中的鹌鹑一只只死去。王成害怕极了，不知道怎么办好。过了一天，死去的鹌鹑更多了，只剩下几只，就把它们合并到一个笼子里养。过了一夜再看，只剩下一只还活着。王成于是把情况告诉了店主，不禁泪流满面。店主也为他的不幸叹息。王成感慨银两亏尽，有家难回，悲痛地只想寻死，店主极力劝慰他。王成和店主一起去看那只活下的鹌鹑，店主仔细打量一番，说：『这好像是个不寻常的良种。其他鹌鹑死去，未必不是它咬斗死的。你眼下闲着没事，就驯养它，如果是个良种，用它来赌斗也可以谋生。』王成遵照店主的话去做。驯好之后，店主让他拿到街头，和人赌酒饭。这只鹌鹑非常健壮，总是取胜。店主非常高兴，给了王成一些银子，让他去和富家子弟赌，结果三战三胜。这样半年光景，王成积攒了二十两银子。他心里更加宽慰，把这只鹌鹑看得像性命一样。刚开始，大亲王喜欢斗鹌鹑，每逢正月十五元宵节，就让民间养鹌鹑的人进王府来与他的鹌鹑较量。店主跟王成说：『如今发财的机会马上就到了，不能预料的，就是你的运气啊。』于是就把大亲王府斗鹌鹑的事情告诉了他，带他一起前去。店主叮嘱说：『如果败了，就自认晦气。要是万一斗胜了，大亲王肯定会把它买下来，你不要答应。如果他坚持要买，你看我的脸色行事，等我点头后你再答应他。』王成说：『好的。』

到了王府，只见斗鹌鹑的人已经拥挤在殿阶下。不一会儿，亲王走出御殿。左右随从宣告说：『有愿意斗的上来。』立即有人手把鹌鹑，快步上去。亲王命令放出王府的鹌鹑，客人也放出自己的鹌鹑，两只鹌鹑刚一腾跃相斗，客人的就已经失败了。亲王大笑。不一会儿，登台败下来的已经有好几个人了。店主说：『可以了。』两人就相跟着登上台。亲王端详了一下王成的鹌鹑，说：『眼睛里有怒气，这是一只凶猛善斗的鸟，不可轻敌。』下令取出一只叫铁嘴的鹌鹑来对阵。经过一番腾跃搏斗，王府的鹌鹑败下阵来。亲王又选出更好的来斗，但是换一只败一只。亲王急忙命取来宫中的玉鹑。片刻就有人捧着这只鹌鹑出来了，只见它全身雪白如同鹭鸟一样，神采骏逸，非同凡响。王成心中胆怯，跪在地上恳求不要斗了，说：『大王的玉鹑，是天上神物，恐怕会伤了我的鸟，毁了我的生计啊！』亲王笑着说：『放出来吧。如果你的斗死了，我会重重地赔偿你的。』王成这才放出鹌鹑。亲王的玉鹑直扑过来。玉鹑正冲过来时，王成的鹌鹑就像发怒的鸡一样静伏在那里等待；玉鹑奋力一啄，王成的鹌鹑却突然跃起像仙鹤似的去攻击它。两只鹌鹑进退起落，相持了大约一个时辰，玉鹑渐渐招架不住，而王成的鹌鹑却怒气更盛，越斗越急。不一会儿，玉鹑雪白的羽毛纷纷被啄落，垂落着翅膀逃走了。周围观看的有上千人，没有不赞叹羡慕王成的鹌鹑。亲王于是把这鹌鹑要过来放在手上亲自看着它，从嘴到爪，审视一遍，问王成说：『你的鹌鹑卖吗？』王成回答说：『小人没什么产业，与它相依为命，不愿卖它。』亲王说：『赐你好价钱，中等人家的财产马上可以到手，你愿意吗？』王成低头思索了许久说：『本来不愿意卖，大王既然这么喜欢它，如果大王真能让我得到一份衣食不愁的产业，我还有什么可求的呢？』亲王便问了价钱，王成回答说一千两银子。亲王笑着说：『痴男子！这是什么珍宝，能值一千两银子？』王成说：『大王不认为它是宝，臣民我却认为价值连城的宝玉也没它值钱。』亲王说：『为什么？』王成说：『小人每天拿着它到市上去赌斗，每次能得到几两银子，换成一升半斗的米，一家十几口人靠它吃饭，没有挨饿受冻的忧虑了，什么宝物能比得上它呢？』亲王说：『我不亏待你，给你二百两银子』。王成摇了摇头。亲王又加了一百两。王成看了店主一眼，见店主神色不动，便说：『承蒙大王的命令，我愿意减去一百两银子。』亲王说：『算了吧，谁会愿意用九百两银子换一只鹌鹑！』王成装起鹌鹑就要走。亲王忙喊：『养鹌鹑的人回来，养鹌鹑的人回来！我实实在在给你六百两银子，肯就卖，不肯就算了！』王成又看了一眼店主，店主仍旧神色自若。王成已经非常满足，唯恐错失了这次机会，说：『以这个价钱卖给你，心里实在不情愿。但讨还了半天价钱若买卖不成，得罪了王爷我也担当不起。没有办法，就按照王爷的话办吧！』王爷非常高兴，立即秤了六百两银子给他。王成装好银子，拜谢赏赐就出来了。店主埋怨道：『我怎么说的，你就这样急着卖了？再稍微还一下价，八百两银子就到手了。』

王成回去，把银子放在桌上，请店主自己拿，店主却不要。王成执意要给，店主才用算盘算清了他这几个月的饭钱收下了。王成整治好行装回到家中，一五一十地述说了自己的经历，拿出银子全家相庆。老婆婆让他买了三百亩良田，盖起房子，置办器具，居然又恢复了祖上世家的景象。老婆婆每天很早就起床，让王成督促雇工耕种，王成的妻子督促家人纺织，稍有懒惰，老婆婆就斥责他们。夫妇两人安于承受，不敢有什么怨言。三年后，家中更富有了，老婆婆辞别要走。王成夫妇共同挽留她，以至难过地流下了眼泪，老婆婆这才留了下来。可第二天清晨，夫妻二人去请安时，老婆婆已经杳无踪影了。

异史氏说：『富裕都来自勤劳，唯独王成的富裕却来自懒惰，也是闻所未闻的了。人们不知道王成虽然一贫如洗，但他那份至真至诚的天性是不变的，所以上天才在一开始抛弃他，最终却又怜悯他。懒惰之中果真还能有富有吗！』

青凤

太原耿氏，故大家，第宅弘阔。后凌夷，楼舍连亘，半旷废之。因生怪异，堂门辄自开掩，家人恒中夜骇哗。耿患之，移居别墅，留老翁门焉。由此荒落益甚。或闻笑语歌吹声。耿有从子去病，狂放不羁。嘱翁有所闻见，奔告之。至夜，见楼上灯光明灭，走报生。生欲入觇其异。止之，不听。门户素所习识，竟拨蒿蓬，曲折而入。登楼，殊无少异。穿楼而过，闻人语切切。潜窥之，见巨烛双烧，其明如昼。一叟儒冠南面坐，一媪相对，俱年四十余。东向一少年，可二十许；右一女郎，才及笄耳。酒胾满案，团坐笑语。生突入，笑呼曰：『有不速之客一人来！』群惊奔匿。独叟出叱问：『谁何入人闺闼？』生曰：『此我家闺闼，君占之。旨酒自饮，不一邀主人，毋乃太吝？』叟审睇曰：『非主人也。』生曰：『我狂生耿去病，主人之从子耳。』叟致敬曰：『久仰山斗！』乃揖生入，便呼家人易馔。生止之。叟乃酌客。生曰：『吾辈通家，座客毋庸见避，还祈招饮。』叟呼：『孝儿！』俄少年自外入。叟曰：『此豚儿也。』揖而坐，略审门阀。叟自言：『义君，姓胡。』生素豪，谈议风生，孝儿亦倜傥；倾吐间，雅相爱悦。生二十一，长孝儿二岁，因弟之。叟曰：『闻君祖纂《涂山外传》，知之乎？』答：『知之。』叟曰：『我涂山氏之苗裔也。唐以后，谱系犹能忆之；五代而上无传焉。幸公子一垂教也。』生略述涂山女佐禹之功，粉饰多词，妙绪泉涌。叟大喜，谓子曰：『今幸得闻所未闻。公子亦非他人，可请阿母及青凤来共听之，亦令知我祖德也。』孝儿入帏中。少时，媪偕女郎出。审顾之，弱态生娇，秋波流慧，人间无其丽也。叟指妇云：『此为老荆。』又指女郎：『此青凤，鄙人之犹女也。颇惠，所闻见，辄记不忘，故唤令听之。』生谈竟而饮，瞻顾女郎，停睇不转。女觉之，辄俯其首。生隐蹑莲钩，女急敛足，亦无愠怒。生神志飞扬，不能自主，拍案曰：『得妇如此，南面王不易也！』媪见生渐醉，益狂，与女俱起，遽搴帏去。生失望，乃辞叟出。而心萦萦，不能忘情于青凤也。至夜，复往，则兰麝犹芳，而凝待终宵，寂无声欬。归与妻谋，欲携家而居之，冀得一遇。妻不从，生乃自往，读于楼下。夜方凭几，一鬼披发入，面黑如漆，张目视生。生笑，染指研墨自涂，灼灼然相与对视。鬼惭而去。次夜，更既深，灭烛欲寝，闻楼后发扃，辟之然。生急起窥视，则扉半启。俄闻履声细碎，有烛光自房中出。视之，则青凤也。骤见生，骇而却退，遽阖双扉。生长跽而致词曰：『小生不避险恶，实以卿故。幸无他人，得一握手为笑，死不憾耳。』女遥语曰：『惓惓深情，妾岂不知？但叔闺训严，不敢奉命。』生固哀之云：『亦不敢望肌肤之亲，但一见颜色足矣。』女似肯可，启关出，捉之臂而曳之。生狂喜，相将入楼下，拥而加诸膝。女曰：『幸有夙分；过此一夕，即相思无用矣。』问：『何故？』曰：『阿叔畏君狂，故化厉鬼以相吓，而君不动也。今已卜居他所，一家皆移什物赴新居，而妾留守，明日即发。』言已，欲去，云：『恐叔归。』生强止之，欲与为欢。方持论间，叟掩入。女羞惧无以自容，俯首倚床，拈带不语。叟怒曰：『贱婢辱吾门户！不速去，鞭挞且从其后！』女低头急去，叟亦出。尾而听之，诃诟万端。闻青凤嘤嘤啜泣。生心意如割，大声曰：『罪在小生，于青凤何与？倘宥凤也，刀锯铁钺，小生愿身受之！』良久寂然，生乃归寝。自此第内绝不复声息矣。生叔闻而奇之，愿售以居，不较直。生喜，携家口而迁焉。居逾年，甚适，而未尝须臾忘凤也。会清明上墓归，见小狐二，为犬逼逐。其一投荒窜去，一则皇急道上。望见生，依依哀啼，翦耳辑首，似乞其援。生怜之，启裳衿，提抱以归。闭门，置床上，则青凤也。大喜，慰问。女曰：『适与婢子戏，遘此大厄。脱非郎君，必葬犬腹，望无以非类见憎。』生曰：『日切怀思，系于魂梦。见卿如获异宝，何憎之云！』女曰：『此天数也，不因颠覆，何得相从？然幸矣，婢子必以妾为已死，可与君坚永约耳。』生喜，另舍舍之。积二年余，生方夜读，孝儿忽入。生辍读，讶诘所来。孝儿伏地，怆然曰：『家君有横难，非君莫拯。将自诣恳，恐不见纳，故以某来。』问：『何事？』曰：『公子识莫三郎否？』曰：『此吾年家子也。』孝儿曰：『明日将过，倘携有猎狐，望君之留之也。』生曰：『楼下之羞，耿耿在念，他事不敢预闻。必欲仆效绵薄，非青凤来不可！』孝儿零涕曰：『凤妹已野死三年矣！』生拂衣曰：『既尔，则恨滋深耳！』执卷高吟，殊不顾瞻。孝儿起，哭失声，掩面而去。生如青凤所，告以故。女失色曰：『果救之否？』曰：『救则救之；适不之诺者，亦聊以报前横耳。』女乃喜曰：『妾少孤，依叔成立。昔虽获罪，乃家范应尔。』生曰：『诚然，但使人不能无介介耳。卿果死，定不相援。』女笑曰：『忍哉！』次日，莫三郎果至，镂膺虎韔，仆从甚赫。生门逆之。见获禽甚多，中一黑狐，血殷毛革；抚之，皮肉犹温。便托裘敝，乞得缀补。莫慨然解赠。生即付青凤，乃与客饮。客既去，女抱狐于怀，三日而苏，展转复化为叟。举目见凤，疑非人间。女历言其情。叟乃下拜，惭谢前愆。喜顾女曰：『我固谓汝不死，今果然矣。』女谓生曰：『君如念妾，还乞以楼宅相假，使妾得以申反哺之私。』生诺之。叟赧然谢别而去。入夜，果举家来。由此如家人父子，无复猜忌矣。生斋居，孝儿时共谈宴。生嫡出子渐长，遂使傅之；盖循循善教，有师范焉。

【译文】

太原姓耿的一家，过去是大户人家，房宅相当宽敞。但是，后来他的家道败落了，一幢连一幢的房宅，很多都空废了。于是就常常出现一些怪事，屋门往往自开自关，吓得家人常常半夜里惊叫起来。姓耿的对此非常忧虑，只好搬到别墅里，留下一个老头儿看门。这样一来，宅院更加荒凉衰败得厉害了。有时还能听到里边有说有笑，有吹有唱。姓耿的有个侄子叫耿去病，狂放不羁，嘱咐看门老头儿说，如果听见什么或看到什么，就赶紧告诉他。到了晚上，老头儿看见楼上灯光一闪一闪的，就跑去告诉耿生。耿生要进去看看有何怪异。老头儿劝阻他，他不听。因为门户都是他平素熟悉认识的，他拨开蓬蒿，弯弯曲曲地进去。上了楼，一点怪异也没有。穿过楼道，听见有人窃窃私语。偷偷一看，见里面点着两支大蜡烛，明亮得如同白天。一个身穿儒服头戴儒帽的老头儿朝南坐着，一个老妇人坐在他对面，都有四十多岁。朝东坐着一位少年，有二十来岁；右边坐着位女郎，才十五六岁。桌上摆满酒菜，他们围坐笑语。耿生突然闯进去，笑着大声说：『有个客人不请自来！』那几个人大惊之下纷纷躲藏。只有那个老头质问他：『你是何人，怎到人家闺房来？』耿生说：『这是我家的闺房，被你占了。你们却在这里自己饮酒，也不邀请主人，是不是太吝啬了？』老头儿仔细看了看耿生，说：『你不是主人。』耿生回答：『我是狂生耿去病，是主人的侄子。』老头儿向他致敬说：『久仰大名如泰山北斗！』于是作揖请耿生入席，并叫家人重摆酒菜。耿生忙制止他。老头儿就给耿生斟上酒。耿生说：『我们算是通家了，座上的各位不必回避，还请叫来一块儿喝酒。』老头喊道：『孝儿！』立即那位少年从外面进来。老头儿说：『这是我的小儿。』少年作揖后坐下，简要说了说家世情况。老头说：『我叫胡义君。』耿生生性豪爽，谈笑风生，孝儿也倜傥不羁；倾心畅谈之间，两个都非常喜欢对方。耿生二十一岁，比孝儿大两岁，因此称孝儿弟弟。老头儿问耿生：『听说你祖父写过《涂山外传》，你知道吗？』耿生说：『知道。』老头儿说：『我是涂山氏的后代。唐虞以后的家谱族谱，我还能记得；五代以上的没传下来。希望公子赐教。』耿生简要地讲述了女娲帮助大禹治水的功劳，他有意虚构夸张，说得天花乱坠。老头对孝儿说：『今天很荣幸听到了过去没有听说的事。耿公子不是外人，去请你母亲一起听一听，也让她们知道我们祖先的功德。』孝儿便入闺房。一会儿，老妇人带着女郎出来了。耿生仔细打量青凤，见她柔弱的体态很娇美，秋波般的眼睛里流露着聪慧，世间找不到这样的美人儿。老头儿指着老妇人说：『这是我的妻子。』又指着女郎说：『这是青凤，我的侄女儿。她很聪明，凡是听过见过的，就不会忘记，所以让她来听听。』耿生讲完了，就喝酒，时不时看一看青凤，最后目不转睛地盯着她。青凤觉察到了，老是低下头。耿生暗中踩青凤的三寸金莲，青凤急忙把脚收回来，但是也没有怒色。耿生不觉神志飞扬，不能控制自己，一拍桌子说：『如得到这样的美女做妻子，皇帝我也不和他换！』老妇人见耿生逐渐醉了，越来越口无遮拦，便与青凤一起站起，急忙掀起帘子进屋去了。耿生颇有失落感，就告别老头儿出来了。但是心心念念地，老是忘不了青凤。晚上，耿生又去了，屋里仍然散发着兰花麝香的芳香，他静静地等了一个通宵，悄无声息，连声咳嗽都没有。他回家和妻子商量，想带着全家住进去，希望还能见到青凤。妻子不答应，他就一个人搬进去住，在楼下读书。夜里正在伏案读书，一个鬼披头散发地进来，脸黑漆漆的，瞪着眼睛看着他。他笑笑，用手指在砚台里蘸上墨汁，在自己的脸上胡乱一抹，忽闪着明亮的眼睛，和鬼对视。鬼羞惭地退走了。第二天晚上，夜深了，他熄灯欲睡，忽然听到楼后有人拨开门闩，哗啦开了楼门。他忙起来偷看，见楼门半开着。一会儿，就听到一阵细碎的脚步声，有人拿着灯从房子里出来。一看，竟然是青凤。青凤突然见到耿生，吓得往后一退，立即关上了两扇门。耿生跪在地上对青凤说：『我不避险恶，就是为了你呀。幸好没有别人，能够握握你的手看你笑一笑，我就死而无憾了。』青凤远远地说：『你对我情深意切，我怎会不知呢？只是叔叔对女孩子管得很严，我不敢听你的。』耿生一再哀求说：『我也不敢奢望和你拉手接触，看一看你的模样也就心满意足了。』女郎好像答应了，打开房门出来，握住他的胳膊把他拉了起来。他高兴极了，和她手拉手来到楼下，把她抱起来放在膝盖上。青凤说：『幸亏我们前世有缘；过了今晚上，就是思念也无办法了。』他问：『为什么？』青凤说：『我叔叔害怕你的狂放，所以变成恶鬼来吓你，你却不为所动。现在他已经在别处找好了房子，全家人都在忙着搬运家具到新房子里，把我留下来看守，明天就要走了。』说完就要走，说：『怕叔叔回来。』耿生硬拉着她，想要和她交欢。正在争执的时候，老头儿忽然进来了。

青凤羞涩得无地自容，低头靠在床上，玩弄着裙带不作声。老头儿生气地说：『不要脸的，玷污我家门风！还不快滚，还等着挨鞭子吗？』青凤低头跑了出去，老头儿也出去。耿生跟在后边探听，听到老头儿百般辱骂。听到青凤嘤地抽泣，他心如刀绞，大喊道：『都是我的错，和青凤有何关系？你如果饶恕青凤，要杀就杀要砍就砍，我都愿承受！』过了很长时间，没有任何声音，他才回去睡觉。从此，庭院里再也没有动静了。耿生的叔叔知道了感到很有意思，愿意把屋宅卖给他居住，不计较价钱。他非常高兴，携带家人搬了进去。住了一年多，感觉很舒适，但他时刻也没忘记青凤。耿生清明节上坟归来，看见两只小狐狸，被狗追赶。一只落荒而逃，另一只在道上惊慌失措。看见耿生，狐狸靠近他哀哀鸣叫，俯首帖耳，好像请求援救。耿生很可怜它，解开衣襟，把它抱了回去。关上屋门，放在床上，竟然是青凤。他高兴极了，连忙慰问。青凤说：刚才和丫鬟嬉闹，遭遇大祸。如果不是郎君援救，一定被狗吃掉了。希望你不要讨厌我不是同类。』耿生说：『我日夜想你，魂牵梦绕。见到你我就像得到珍宝一样，怎么会讨厌你呢！』青凤说：『这也是天意，如果不是因为遭到劫难，怎能跟随你呢？这也很好，丫鬟一定认为我已经死掉了，我可以永远和你在一起了。』耿生非常高兴，在另外的房子里安排她住下。过了两年多，一天夜里，耿生正在读书，孝儿忽然进来了。耿生放下书本，惊讶地问他从哪里来。孝儿跪在地下，悲怆地说：『我父亲遭受横祸，除了你没人能救他。父亲想亲自求你，害怕你不答应，所以叫我来求你。』耿生问：『是什么事？』孝儿说：『你认识莫三吗？』耿生说：『他父亲与我父亲是同年考中的，我们是世交。』孝儿说：『明天他会来拜访你，如果带着一只猎取的狐狸，希望你能把它留下。』耿生说：『当初在楼下他羞辱我，我一直耿耿于怀，他的事我不敢管。如果一定要我帮个小忙，非让青凤来不可！』孝儿哭着：『凤妹死在野外已经三年了。』耿生一甩袖子说：『既然这样，我就越恨那老东西了！』拿起书来大声诵读，不再理睬孝儿。孝儿站起来，失声痛哭，抹着泪走了。耿生去病到青凤那里，把情况告诉她。青凤大惊失色说：『你真的不救他吗？』他说：『救一定要救的；刚才不答应他，只不过是报复他以前的蛮横罢了。』青凤这才笑着说：『我自小孤独，是叔叔把我养大，但那是按家规应该做的。』耿生说：『是的，但要是耿，耿定不救他。』青凤笑着说：『你好残忍啊！』第二天，莫三郎真的来了。马肚子上系着镂有图案的金带，腰间挂着虎皮弓袋，跟着一群耀武扬威的仆人。耿生出门迎上。看见他带着许多猎物，其中有一只黑色的狐狸，血染红了皮毛，摸一摸，皮肉还温和。就借口自己的皮袍子坏了，要这张皮缝补。莫三郎慷慨地解下来送给他。耿马上交给青凤，并款待莫三郎饮酒。客人走后，青凤把黑狐狸抱在怀中，三天后苏醒过来，活动几下就变成了那老头儿。老头抬头看见青凤，以为见到了鬼。青凤细细讲述了一遍事情的经过。老头儿立即下拜，对过去的不好表示惭愧。老头儿高兴地看着青凤说：『我一直说你没有死，现在真没死。』青凤对耿生说：『你如果真把我当回事，还希望借给我们一座楼房，让我能够报答叔叔对我的养育之恩。』耿生答应了她。老头儿红着脸告罪而去。到了夜里，果然全家都来了。从此，大家像一家人，有父亲有儿子，不再互相猜疑嫉妒。耿生住在书房里，孝儿经常去喝酒聊天。耿生夫人生的儿子渐渐长大，就让孝儿教导他；孝儿循循善教，有老师的风范。

画皮

太原王生，早行，遇一女郎，抱襆独奔，甚艰于步。急走趁之，乃二八姝丽。心相爱乐。问：『何夙夜踽踽独行？』女曰：『行道之人，不能解愁忧，何劳相问？』生曰：『卿何愁忧？或可效力，不辞也。』女黯然曰：『父母贪赂，鬻妾朱门。嫡妒甚，朝詈而夕楚辱之，所弗堪也，将远遁耳。』问：『何之？』曰：『在亡之人，乌有定所。』生言：『敝庐不远，即烦枉顾。』女喜，从之。生代携襆物，导与同归。女顾室无人，问：『君何无家口？』答云：『斋耳。』女曰：『此所良佳。如怜妾而活之，须秘密，勿泄。』生诺之。乃与寝合。使匿密室，过数日而人不知也。生微告妻。妻陈，疑为大家媵妾，劝遣之。生不听。偶适市，遇一道士，顾生而愕。问：『何所遇？』答言：『无之。』道士曰：『君身邪气萦绕，何言无？』生又力白。道士乃去，曰：『惑哉！世固有死将临而不悟者。』生以其言异，颇疑女；转思明明丽人，何至为妖，意道士借魇禳以猎食者。无何，至斋门，门内杜，不得入。心疑所作，乃逾垝垣。则室门亦闭。蹑迹而窗窥之，见一狞鬼，面翠色，齿岭如锯。铺人皮于榻上，执彩笔而绘之；已而掷笔，举皮，如振衣状，披于身，遂化为女子。睹此状，大惧，兽伏而出。急追道士，不知所往。遍迹之，遇于野，长跪乞救。道士曰：『请遣除之。此物亦良苦，甫能觅代者，予亦不忍伤其生。』乃以蝇拂授生，令挂寝门。临别，约会于青帝庙。生归，不敢入斋，乃寝内室，悬拂焉。一更许，闻门外戢戢有声。自不敢窥也，使妻窥之。但见女子来，望拂子不敢进；立而切齿，良久乃去。少时复来，骂曰：『道士吓我。终不然，宁入口而吐之耶！』取拂碎之，坏寝门而入。径登生床，裂生腹，掬生心而去。妻号。婢入烛之，生已死，腔血狼藉。陈骇涕不敢声。明日，使弟二郎奔告道士。道士怒曰：『我固怜之，鬼子乃敢尔！』即从生弟来。女子已失所在。既而仰首四望，曰：『幸遁未远。』问：『南院谁家？』二郎曰：『小生所舍也。」道士曰：「现在君所。」二郎愕然，以为未有。道士问曰：「曾否有不识者一人来？」答曰：「仆早赴青帝庙，良不知。当归问之。」去，少顷而返，曰：「果有之。晨间一妪来，欲佣为仆家操作，室人止之，尚在也。」道士曰：「即是物矣。」遂与俱往。仗木剑，立庭心，呼曰：「孽魅！偿我拂子来！」妪在室，惶遽无色，出门欲遁。道士逐击之。妪仆，人皮划然而脱；化为厉鬼，卧嗥如猪。道士以木剑枭其首；身变作浓烟，匝地作堆。道士出一葫芦，拔其塞，置烟中，飗飗然如口吸气，瞬息烟尽。道士塞口入囊。共视人皮，眉目手足，无不备具。道士卷之，如卷画轴声，亦囊之，乃别欲去。陈氏拜迎于门，哭求回生之法。道士谢不能。陈益伏地不起。道士沉思曰：「我术浅，诚不能起死。我指一人，或能之，往求必合有效。」问：「何人？」曰：「市上有疯者，时卧粪土中。试叩而哀之。倘狂辱夫人，夫人勿怒也。」二郎亦习知之。乃别道士，与嫂俱往。见乞人颠歌道上，鼻涕三尺，秽不可近。陈膝行而前。乞人笑曰：「佳人爱我乎？」陈告之故。又大笑曰：「人尽夫也，活之何为？」陈固哀之。乃曰：「异哉！人死而乞活于我，我阎摩耶？」怒以杖击陈。陈忍痛受之。市人渐集如堵。乞人咯痰唾盈把，举向陈吻曰：「食之！」陈红涨于面，有难色；既思道士之嘱，遂强啖焉。觉入喉中，硬如团絮，格格而下，停结胸间。乞人大笑曰：「佳人爱我哉！」遂起行，已，不顾。尾之，入于庙中。迫而求之，不知所在；前后冥搜，殊无端兆，惭恨而归。既悼夫亡之惨，又悔食唾之羞，俯仰哀啼，但愿即死。方欲展血敛尸，家人伫望，无敢近者。陈抱尸收肠，且理且哭。哭极声嘶，顿欲呕。觉鬲中结物，突奔而出，不及回首，已落腔中。惊而视之，乃人心也。在腔中突突犹跃，热气腾蒸如烟然。大异之。急以两手合腔，极力抱挤，少懈，则气氤氲自缝中出。乃裂缯帛急束之。以手抚尸，渐温。覆以衾裯。中夜启视，有鼻息矣。天明，竟活。为言：「恍惚若梦，但觉腹隐痛耳。」视破处，痂结如钱，寻愈。

异史氏曰：「愚哉世人！明明妖也，而以为美。迷哉愚人！明明忠也，而以为妄。然爱人之色而渔之，妻亦将食人之唾而甘之矣。天道好还，但愚而迷者不悟耳。可哀也夫！」

【译文】

太原某府邸有个姓王的书生，大清早出门，在路上遇见一个女子，怀里抱着包袱，独自行走，步履很是艰难。王生加快步伐赶上她，见她大概有十五六岁的样子，长得十分漂亮，于是起了爱慕之心。他问女子：「为什么一大清早就独自一人行路？」女子说：「赶路的人，不能做伴解愁闷，何必烦劳多问？」王生说：「你有什么愁闷就说出来，如我能效力，绝不会推辞的。」

女子神色惨淡地说：『父母贪图钱财，把我卖给富豪人家，大老婆非常嫉妒我，整天不是骂就是打的，我实忍受不了这羞辱，所以打算走得远远的。』王生又问：『你准备到哪里去？』女子说：『逃亡流落在外，还没个去处。』王生说：『我家离这儿不远，只要你愿意，可委屈暂住。』女子很高兴地答应了。王生帮她提着包袱，领她一块儿到了家里。女子看看屋里没有别的人，就问：『您怎么没有家眷？』王生答道：『这是我的书房。』女子说：『这是个好地方，如果您同情我，让我生活下去，必须保守秘密，不要对别人说起。』王生满口答应，就和她同住了。王生让她藏在密室，过了好多天也没人知道。后来，王生将这事悄悄告诉妻子陈氏，妻子疑心这女子是大户人家的小妾，劝丈夫将她送走，王生根本不听。

一个偶然的机会，王生在市上，碰见一个道士，道士看到他后现出惊愕的神色。问他：『你遇见过什么？』王生说：『没有遇上什么。』道士说：『你身上邪气环绕，怎能说没有遇见什么？』王生极力辩解。道士只好离去，走时还遗憾地说：『糊涂啊！世上竟有死到临头还不觉悟的人！』王生因他话里有话，不得不怀疑起那女子。又转念一想，明明是个美丽的姑娘，怎么会是妖怪？猜想是道士借镇妖除怪来赚取几个饭钱吧！一会儿工夫，他就回到书房，一推门，发现里边插着门，进不去。于是起了疑心，就翻墙进去，而房门也紧关着。他蹑手蹑脚走到窗前朝里面偷看，只见一个恶鬼，脸色青翠，牙嶙峋犹如锯齿一般。那鬼把一张人皮铺在床上，正拿着一支笔在上面描画着，很快就画好了，把笔扔在一旁，然后双手将人皮提起来披在身上，顷刻间化成一位女郎。看见这情景，王生胆战心惊，一声也不敢吭，像狗一样伏下身爬了出去，慌慌张张去追赶道士。然而，那道士已不知去向。他到处去找，终于在野外碰见。王生扑通一声跪在地上向道士哀求救命，请道士赶走妖怪。道士说：『其实这鬼也怪可怜的，好不容易才找到一个替身，我也不忍心伤害它的性命。』于是他把拂尘交给王生，叫他拿回去挂在卧室的门上，分手时与王生约定有事到青帝庙去找他。王生回到家里，不敢去书房，晚上就睡在内房，并将道他的拂尘挂在门上。约摸到了一更时分，他听见门外有『唰』的声响，王生自己不敢去看，却叫妻子去偷偷看，只见那女子来了望着门上的拂尘而不敢进屋。女子在门外咬牙切齿，站了很久才离去。过了片刻却又来了，而且嘴里骂着：『道士唬我，我总不能把吃进嘴里的食物又吐出来！』于是便将拂尘除去，穿破王生的肠肚，双手抓起王生的心脏离去。王生的妻子吓得大声呼叫，丫鬟端着蜡烛进来一照，见王生已死，胸腔到处血迹模糊，陈氏吓得连哭都不敢出声。第二天，陈氏叫王生的弟弟二郎赶去告诉道士。道士发怒说：『我本来是怜悯它，它竟敢这样！』当即就跟着二郎一起赶来。但那女子已不知去向。

道士抬头环顾四周，说：『幸好没走远。』又问道：『南院住的是谁家？』二郎说：『我住在那里。』道士说：『它现在就在你家里。』二郎一听很诧异，认为没有。道士又问：『是不是有个陌生人曾经来过？』二郎回答说：『我一大清早就到青帝庙去请您，确实不知道，我可以回去问问。』二郎去了一会儿，就回来说：『果然有人来过，早晨来了个老妇人，想在我家做仆人，我妻子把她留下了，还在家里。』道士说：『正是这鬼怪。』当即和二郎一起前往。道士手执木剑，站在庭院中央，大叫一声：『大胆孽鬼，快快还我拂尘来！』老妇人在屋里吓得大惊失色，正要出门逃跑，道士急追过去，一剑将她击倒在地，人皮哗啦一声脱落下来，老妪立地还原成一个恶鬼，躺在地上像猪一样地号叫着。道士用木剑削了它的头，那鬼顷刻间化为浓烟，在地上盘旋成一团。道士拿出一个葫芦，拔开塞子，将葫芦放在烟雾中，眨眼间就将那烟雾全都吸进葫芦里。道士塞住葫芦口，将葫芦收好装进袋子。大家去看人皮，眉眼手脚都很齐全。道士像卷画轴似的将人皮卷起来收好，正要告别离去，陈氏跪在门口，哭求道士让他把丈夫救活。道士推辞无能为力。陈氏哭得更加悲伤，伏在地上不起来。道士沉思了一会儿说：『我法术太浅，实在不能起死回生。我指给你一个人，他也许能救你丈夫。』陈氏问：『什么人？』道士说：『街上有个疯人，常常睡在粪土里。你去试着向他求告，他若要发狂侮辱你，你千万不要气恼。』二郎也知道有这么个人。于是辞别了道士，和嫂嫂一起上街去找。

他们见有个乞丐正在路上唱歌，鼻涕流有三尺长，满身污秽叫人无法接近。陈氏跪行向前，那乞丐笑着问道：『美人儿爱我吗？』陈氏向他说明来由。乞丐又大笑着说：『人人都可以做丈夫，救活他有什么用？』陈氏坚持苦苦地哀求。乞丐说：『真是怪了！人死了乞求我来救活，难道我是阎王吗？』说完，怒气冲冲地用拐杖打陈氏。陈氏含泪忍受着疼痛和侮辱。街上看热闹的人渐渐聚集过来，在四周围成了人墙。乞丐咳出痰和唾液，弄了满手，举到陈氏嘴边说：『吃了它！』陈氏涨红着脸，但她想起道士的嘱咐，就强忍着吞食下去。她只觉得那东西进到喉咙里哽得像一疙瘩棉絮，咯咯而下，随后郁结在胸口不动了。乞丐大笑着说：『美人爱上我啦！』说完，就起身走了，连头也不回。他们追随其后，进到庙里，想再去求他，但却不知他在哪里。他们把庙前后找遍了，也不见他的踪影，于是羞愧万分地回到家里。陈氏回家之后怜念丈夫的惨死，又回想起在大街上当着众人的面吞食乞丐的痰和唾液，真是备感奇耻大辱，难受得俯仰痛哭，恨不得即刻死掉。她正要擦去血污收尸入棺，家人站在一旁望着，没人敢到跟前去。陈氏抱尸收肠，一边收拾一边痛哭。直哭得声音嘶哑时，突然想要呕吐，只觉得胸口间停结的那团东西直往上冲，『哇』地吐出，还没来得及看，那东西就已经掉进丈夫的胸腔里。她很吃惊地一看，原来是一颗人心，已在丈夫的胸腔里『咚咚』地跳了起来，而且热气蒸晦，像烟雾一样缭绕着。陈氏感到十分惊异，就急忙用双手合住丈夫的胸腔，用力往一块儿挤。她稍一松手，热气就从缝里冒出来。于是她又撕下绸布当带子，把丈夫的胸腔紧紧捆住。她再用手去抚摸尸体，已觉得慢慢温暖了。然后她又给盖上被子，到半夜时掀开被子一看，竟然有了呼吸。第二天天亮时，丈夫终于活过来了。一苏醒他就说：『我恍恍惚惚，就像在梦中，只觉得肚子在隐隐作痛。』他们再看肚皮被撕破的地方，已经结了像铜钱大的痂，不久就完全好了。

异史氏说：『世人太愚蠢啊！明明是妖怪，却把它当成美女。世人糊涂啊！明明是忠告之语，却看作是妄言。然而，贪恋别人的美色，并企图占有她，自己的妻子就要心甘情愿地吞食别人的痰唾。天道善于报，而那些既愚蠢又糊涂的人不醒悟罢了，太可悲啊！』

贾儿

楚某翁，贾于外。妇独居，梦与人交；醒而扪之，小丈夫也。察其情，与人异，知为狐。未几，下床去，门未开而已逝矣。入暮邀庖媪伴焉。有子十岁，素别榻卧，亦招与俱。夜既深，媪儿皆寐，狐复来。妇喃喃如梦语。媪觉，呼之，狐遂去。自是，身忽忽若有亡。至夜，不敢息烛，诫子睡勿熟。夜阑，儿及媪倚壁少寐。既醒，失妇，意其出遗；久待不至，始疑。媪惧，不敢往觅。儿执火遍烛之。至他室，则母裸卧其中；近扶之，亦不羞缩。自是遂狂，歌哭叫詈，日万状。夜厌与人居，另榻寝儿，媪亦遣去。儿每闻母笑语，辄起火之。母反怒诃儿，儿亦不为意，因共壮儿胆。然嬉戏无节，日效圬者，以砖石叠窗上，止之不听。或去其一石，则滚地作娇啼，人无敢气触之。过数日，两窗尽塞，无少明。已乃合泥涂壁孔，终日营营，不惮其劳。涂已，无所作，遂把厨刀霍霍磨之。见者皆憎其顽，不以人齿。儿宵分隐刀于怀，以瓢覆灯。伺母呓语，急启灯，杜门声喊，久之无异，乃离门，扬言诈作欲搜状。数有一物，如狸，突奔门隙。急击之，仅断其尾，约二寸许，湿血犹滴。初，挑灯起，母便诟骂，儿若弗闻。击之不中，懊恨而寝。自念虽不即戮，可以幸其不来。及明，视血迹逾垣而去。迹之，入何氏园中。至夜果绝，儿窃喜。但母痴卧如死。未几，贾人归，就榻问讯。妇谩骂，视若仇。儿以状对。翁惊，延医药之。妇泻药诟骂。潜以药入汤水杂饮之，数日渐安。父子俱喜。一夜睡醒，失妇所在；父子又觅得于别室。由是复颠，不欲与夫同室处。向夕，竟奔他室。挽之，骂益甚。翁无策，尽扃他扉。妇奔去，则门自辟。翁患之，驱禳备至，殊无少验。儿薄暮潜入何氏园，伏莽中，将以探狐所在。月初升，乍闻人语。暗拨蓬科，见二人来饮，一长鬣奴捧壶，衣老棕色。语俱细隐，不甚可辨。移时，闻一人曰：『明日可取白酒一瓻来。』顷之，俱去，惟长鬣独留，脱衣卧庭石上。审顾之，四肢皆如人，但尾垂后部。儿欲归，恐狐觉，遂终夜伏。未明，又闻二人以次复来，哝哝入竹丛中。儿乃归。翁问所往，答：『宿阿伯家。』适从父入市，见帽肆挂狐尾，乞翁市之。翁不顾。儿牵父衣娇聒之。翁不忍过拂，市焉。父贸易廛中，儿戏弄其侧，乘父他顾，盗钱去，沽白酒，寄肆廊。有舅氏城居，素业猎。儿奔其家。舅他出。妗诘母疾，答云：『连朝稍可。又以耗子啮衣，怒涕不解，故遣我乞猎药耳。』妗检椟，出钱许，裹付儿。儿少之。妗欲作汤饼啖儿。儿觑室无人，自发药裹，窃盈掬而怀之。乃趋告妗，俾勿举火，『父待市中，不遑食也』。遂径出，隐以药置酒中，遨游市上，抵暮方归。父问所在，托在舅家。儿自是日游廛肆间。一日，见长鬣人亦杂俦中。儿审之确，阴缀系之。渐与语，诘其居里，答言：『北村。』亦询儿，儿伪云：『山洞。』长鬣怪其洞居。儿笑曰：『我世居洞府，君固否耶？』其人益惊，便诘姓氏。儿曰：『我胡氏子。曾在何处，见君从两郎，顾忘之耶？』其人熟审之，若信若疑。儿微启下裳，少少露其假尾，曰：『我辈混迹人中，但此物犹在，为可恨耳。』其人问：『在市欲何作？』儿曰：『父遣我沽。』其人亦以沽告。儿问：『沽未？』曰：『吾侪多贫，故常窃时多。』儿曰：『此役亦良苦，耽惊忧。』其人曰：『受主人遣，不得不尔。』因问：『主人伊谁？』曰：『既曩所见两郎兄弟也。一私北郭王氏妇，一宿东村某翁家。翁家儿大恶，被断尾，十日始瘥，今复往矣。』言已，欲别，曰：『勿误我事。』儿曰：『窃之难，不若沽之易。我先沽寄廊下，敬以相赠。我囊中尚有余钱，不愁沽也。』其人愧无以报。儿曰：『我本同类，何靳些须？暇时，尚当与君痛饮耳。』遂与俱去，取酒授之，乃归。至夜，母竟安寝，不复奔。心知有异，告父同往验之，则两狐毙于亭上，一狐死于草中，喙津津尚有血出。酒瓶犹在，持而摇之，未尽也。父惊问：『何不早告？』曰：『此物最灵，一泄，则彼知之。』翁喜曰：『我儿，讨狐之陈平也。』于是父子荷狐归。见一狐秃尾，刀痕俨然。自是遂安。而妇瘠殊甚，心渐明了，但益之嗽，呕痰辄数升，寻愈。北郭王氏妇，向祟于狐；至是问之，则狐绝而病亦愈。翁由此奇儿，教之骑射。后贵至总戎。

【译文】

楚地有个老翁，经常年年经商在外，妻子在家独守空房。一天夜晚，她梦见与别人交媾，猛然惊醒，用手一摸，发现是个小小的男人。仔细一看，和常人不同，她知道是个狐怪。不久，那小男人下床离去，却并未见门打开就出去了。

到了晚上，她害怕那狐怪再来，就叫做饭的女佣给她做伴。妇人有个儿子刚满十岁，平时睡在别的房间，她也叫来睡在一起。夜深了，女佣和儿子睡着，那狐怪又来了，妇人发出喃喃的声音，像是在说梦话。女佣醒来喊她，那狐怪便逃走。从此以后，她精神恍惚，常常忘这忘那，后来一到夜里就不敢熄灯。她一再叮咛儿子晚上不要睡得太倦。后来他渐渐地支持不住，就稍稍地打了个盹儿，一睁眼睛，发现妇人不见了，他以为她到屋外去解手。等了很久还不见她回来，才怀疑出了事。女佣很胆小，不敢出去寻找，儿子拿蜡烛照着四处寻找，最后才在另一间房子发现母亲裸身躺在那里。儿子走到跟前去扶她，也不见她有害羞畏缩的神情。从此，妇人精神失常。或者哭叫或者笑骂或者唱歌，每天都会出现这样那样的情状，晚上讨厌和别人一起睡，于是让儿子又睡在另一间房子，把女佣也打发走了。后来，儿子一听见母亲说笑时，就起来用灯光去照。母亲反而怒斥儿子，儿子并不在意。因此大家都称说那孩子胆子大。但是这小孩太贪玩，每天学做泥水匠，用砖块和石头垒在窗户上，别人劝阻也不听，有谁要拿去一块石头或砖片，他就滚在地上哭闹，于是平日里没人敢去惹他。过了几天，两边的窗户全堵上了，屋里没有多少亮光。窗户堵完了，又去和泥涂抹墙缝，成天忙乎着，不辞劳苦。墙壁涂完，没有什么可干，就把一把菜刀霍霍地磨起来。看见他的人都讨厌他的顽劣，把他不当人看。半夜里，这孩子把他磨好的那把刀藏在怀里，用瓢盖住灯。等听见母亲说梦话，就急忙揭开灯上的罩子，堵在门口叫喊。过了好长时间，没有发现意外情况，于是他离开门口，扬言并假装要搜寻的样子，突然发现有一个像狸猫的东西，倏地窜到门缝处要逃跑，那孩子急忙用刀砍过去，但只砍断了它的尾巴，长约二寸多，还滴着鲜血。开始，他挑灯起来时，母亲大骂他，他并不理会。他只是遗憾没有杀死狐怪，很懊悔地睡下。躺下后又想，尽管没有杀死，但希望不再来了。天亮以后，顺着血迹查看，发现狐怪是翻墙逃走的，再一直往前，就搜寻到何家园子里。这天夜里，那条狐怪果然没来，孩子暗自高兴。而母亲却依旧痴呆，躺着和死人一样。过了不久，商人回来了，他到床前去问候妻子，却遭到一顿臭骂，把他视为仇人。儿子将近日发生的事情详细向父亲说了。商人很吃惊，给妻子请医服药，妻子把药全部泼掉，还骂不绝口。后来又把药掺进汤水里让她喝，几天后渐渐好转，父子都很高兴。一夜睡醒，妇人又不见了。父子又从别的房间找到。此后又开始疯疯癫癫，不愿和丈夫住在一起。一到晚上就跑到别的房间，丈夫挽留她，她骂得更厉害。没办法，就把别的房间全锁起来。但是只要妇人一去，房门就自动打开。商人很忧虑，请人作法驱邪，什么法子都试过了，不见任何效果。傍晚时分，儿子偷偷进入何家园子，埋伏在荒草丛中，探听狐怪的踪迹。月亮刚刚升起时，就听到说话声。他悄悄拨开草丛，看见有两个人过来喝酒，有一个长胡须仆人捧着酒壶，穿着深棕色衣服。那两人的谈话声音很细小，听不清楚。过了一会儿，只听其中一人说：『明天可拿一壶白酒来。』不久，俩人一块儿离去。只剩下那个长胡须仆人，脱了衣服睡在庭石上。小儿仔细一看，四肢和常人都一样，只是后面多了条尾巴。小儿本想回去，又怕惊动了狐怪，索性整夜潜伏下来。天快亮的时候，那俩人又来了，嘀嘀咕咕进了竹林。

小儿回家后，父亲问他，他说睡在伯伯家。白天，孩子跟父亲一起上街。在一家帽店看见狐尾，他央求父亲买下，父亲不理他，他揪着父亲的衣服不停地嘟囔，父亲烦不过，就买了下来。父亲在市上做生意，他就在一旁玩耍，趁父亲不注意时偷了些钱，去买了一壶白酒，暂时寄存在店铺的廊下。他有个舅舅住在城里，向来以狩猎为生。小儿跑到舅家，舅舅外出，妗子问起母亲的病情，他说：『这几天稍好一些。又因家里老鼠咬衣服，母亲气得又哭又骂，特地叫我来要些打猎用的毒药。』妗子从柜子取一钱多药，包好给他，他嫌少。趁妗子下厨房给他做面条时，偷取了一大把揣在怀里。他过去对妗子说，不要烧火了，父亲在市上等着，他径直出门，把毒药偷偷放进酒里。然后到市上去周游，直到天黑才回家。父亲问他干什么去了，他托言说在舅舅家。从这天起，他每天都要在市上闲逛。一天，他突然发现那长胡须仆人夹杂在人群中，认准后就尾随其后，慢慢地和他搭上话，问他住处。那人说住在北村。那人又问小儿住处，小孩故意说住在山洞。长胡须人奇怪他住在洞里。小孩笑着说：『我家世世代代居住在山洞，你不也一样吗？』那人听了更加吃惊，便问小孩姓什么。小孩说：『我是胡家孩子，我曾在什么地方见过你跟着两个少年郎，难道忘了吗？』那人把他仔细看了看，半信半疑。小孩稍稍将衣襟撩起，微微露出那一段假尾巴，低声说：『我们混杂在人群里，只是这东西没法去掉，最可恨了。』那人问：『到市上来干啥？』小孩说：『父亲叫我买酒。』那人说他也来买酒。小孩问他：『买了没？』那人说：『我们很穷，所以偷的时候多。』小孩又说：『这差事很苦，老叫人担惊受怕的。』那人说：『受主人之命，不得不这样。』小儿趁机问：『主人是谁？』那人答：『就是你以前见过的那兄弟俩。一个和北村王家媳妇私通，另一个住在东村一个老翁家，老翁家的儿子凶极了，砍断了他的尾巴，养了十天才好，现在又要去了。』说完就要走，说：『不要耽误我的事。』小孩说：『偷比较危险，不如买着保险。我先买好一壶酒寄放在了廊下，就赠送给你。我口袋里还有些钱，不愁另买。』那人惭愧没有什么回报。小孩说：『我们本是同族，还计较这点东西？有闲暇时间，还想和你痛饮一番呢？』那人跟着小孩一起到了酒店，小孩把那壶酒交给他，就回家去了。到了夜里，孩儿见母亲睡得很安静，不再往外奔，就知道起了变化。他叫上父亲一起去查看，果然见两条狐狸死在亭子上，另一条死在杂草丛里，嘴上还有血渗出。酒瓶还在，拿起来摇摇，里面的酒尚未喝完。父亲很吃惊地问道：『为什么不早告诉我？』小孩说：『这东西灵极了，稍一泄露，就会让它知道。』商人高兴地说：『儿子啊，你真不愧是讨狐的陈平！』于是父子二人背着狐狸回家，见其中一条断了尾巴，刀痕还很明显。从此便平安无事。只是那妇人极为瘦弱，神志渐渐清醒了，却咳得很厉害，不久就好了。北村王家媳妇也一向受狐怪祸害，这时去询问，得知狐怪已绝迹而病也好了。商人因此认为儿子很了不起，于是便请了老师来教他骑射。后来，做官做到总兵。

卷二

金世成

金世成，长山人。素不检。忽出家作头陀。类颠，啖不洁以为美。犬羊遗秽于前，辄伏啖之。自号为佛。愚民妇异其所为，执弟子礼者以千万计。金诃使食矢，无敢违者。创殿阁，所费不赀，人咸乐输之。邑令南公恶其怪，执而笞之，使修圣庙。门人竞相告曰：『佛遭难！』争募救之。宫殿旬月而成，其金钱之集，尤捷于酷吏之追呼也。

异史氏曰：『予闻金道人，人皆就其名而呼之，谓为「今世成佛」。品至啖秽，极矣。笞之不足辱，罚之适有济，南令公处法何良也！然学宫圮而烦妖道，亦士大夫之羞矣。』

【译文】

金世成是长山人。平时行为不检点，忽然一天出家做头陀。样子疯疯癫癫的，把脏东西当作美味。狗和羊刚刚拉完屎尿，他就伏地舐食。自称是『佛』。愚夫愚妇见他事事奇异，投拜他为师的，数以千万计。金世成常呵令门徒食粪，没有敢违抗的。他要建楼阁，花钱很多，人们乐于捐款。知县南公讨厌这个怪家伙，抓来打了一顿板子，责成他修孔庙。金世成的门徒奔走相告，说什么『佛爷』遭难，都争着拿出钱来救他。一个多月就把孔庙修成。钱收集之快，比贪官酷吏强迫追缴尤为有效。

异史氏说：『听说金道人，大家都直呼其名。所谓『今世成佛』。下贱到吞食秽物，可谓登峰造极。打他，不以为羞辱；罚他，偏能有助于成事。南公处事真妙！然而学宫倒塌，要妖道来修复，这岂非士大夫的耻辱。』

董生

董生，字遐思，青州之西鄙人。冬月薄暮，展被于榻而炽炭焉。方将篝灯，适友人招饮，遂扃户去。至友人所，座有医人，善太素脉，遍诊诸客。末顾王生九思及董曰：『余阅人多矣，脉之奇无如两君者：贵脉而有贱兆，寿脉而有促征。此非鄙人所敢知也。然而董君实甚。』共惊问之。曰：『某至此亦穷于术，未敢臆决。愿两君自慎之。』二人初闻甚骇，既以为模棱语，置不为意。半夜，董归，见斋门虚掩，大疑。醺中自忆，必去时忙促，故忘扃键。入室，未遑爇火，先以手入衾中，探其温否。

才一探入，腻有卧人。大愕，敛手。急火之，竟为姝丽，韶颜稚齿，神仙不殊。狂喜。戏探下体，则毛尾修然。大惧，欲遁。女已醒，出手提生臂，问：『君何往？』董益惧，战栗哀求，愿仙人怜恕。女笑曰：『何所见而仙我？』董曰：『我不畏首而畏尾。』女又笑曰：『君误矣，尾于何有？』引董手，强使复探，则髀肉如脂，尻骨童童。笑曰：『何如？醉态蒙瞳，不知所见伊何，遂诬人若此。』董固喜其丽，至此益惑，反自咎适然之错。然疑其所来无因。女曰：『君不忆东邻之黄发女乎？屈指移居者，已十年矣。尔时我未笄，君垂髫也。』董恍然曰：『卿周氏之阿琐耶？』女曰：『是矣。』董曰：『卿言之，我仿佛忆之。十年不见，遂苗条如此。然何遽能来？』女曰：『妾适痴郎四五年，翁姑相继逝，又不幸为文君。剩妾一身，茕无所依。忆孩时相识者惟君，故来相见就。入门已暮，邀饮者适至，遂潜隐以待君归。待之既久，足冰肌粟，故借被以自温耳，幸勿见疑。』董喜，解衣共寝，意殊自得。月余，渐羸瘦，家人怪问，辄言不自知。久之，面目益支离，乃惧，复造善脉者诊之。医曰：『此妖脉也。前日之死征验矣，疾不可为也。』董大哭，不去。医不得已，为之针手灸脐，而赠以药。嘱曰：『如有所遇，力绝之。』董亦自危。既归，女笑要之。怫然曰：『勿复相纠缠，我行且死！』走不顾。女大惭，亦怒曰：『汝尚欲生耶！』至夜，董服药独寝，甫交睫，梦与女交，醒已遗矣。益恐，移寝于内，妻子火守之。梦如故。窥女子已失所在。积数日，董吐血斗余而死。

王九思在斋中，见一女子来，悦其美而私之。诘所自，曰：『妾遐思之邻也。渠旧与妾善，不意为狐惑而死。此辈妖气可畏，读书人宜慎相防。』王益佩之，遂相欢待。居数日，迷惘病瘠。忽梦董曰：『与君好者狐也。杀我矣，又欲杀我友。我已诉之冥府，泄此幽愤。七日之夜，当炷香室外，勿忘却。』醒而异之。谓女曰：『我病甚，恐委沟壑，或劝勿室也。』女曰：『命当寿，室亦生；不寿，勿室亦死也。』坐与调笑。王心不能自持，又乱之。已而悔之，而不能绝。及暮，插香户上。女来，拔弃之。夜又梦董来，让其违嘱。次夜，暗嘱家人，俟寝后潜炷之。女在榻上，忽惊曰：『又置香耶！』王言：『不知。』女急起得香，又折灭之。入曰：『谁教君为此者？』王曰：『或室人忧病，听巫家作厌禳耳。』女彷徨不乐。家人潜窥香灭，又炷之。女忽叹曰：『君福泽良厚。我误害遐思而奔子，诚我之过。我将与彼就质于冥曹。君如不忘夙好，勿坏我皮囊也。』逡巡下榻，仆地而死。烛之，狐也。犹恐其活，遽呼家人，剥其革而悬焉。王病甚，见狐来曰：『我诉诸法曹。法曹谓董君见色而动，死当其罪；但咎我不当惑人，追金丹去，复令还生。皮囊何在？』曰：『家人不知，已脱之矣。』狐惨然曰：『余杀人多矣，今死已晚；然忍哉君乎！』恨恨而去。王病几危，半年乃瘥。

【译文】

董生，字唤作遐思，是青州西部边远地方的人。一个冬天的傍晚，他打开被褥铺好床，烧着炭火。他正要点灯时，却有朋友来请他喝酒，于是他锁上门就走了。到了朋友住的地方，在酒席上遇见一位医生，此人精通太素脉法，便为大家都诊了脉。末了，看着王九思和董生说：『我诊过脉的人太多了，但从未遇见过像你们两位这么奇特的脉，贵脉显现出贱兆，寿脉却又有妖征。这便是我所不能判断得了的。尤其以董君最为显著。』大家都惊讶地问他，他说：『到了这样的地步我已无能为力，不敢臆断，还是希望两位自己慎重。』两人开始都很害怕，但后来又听他说的话模棱两可，就不太在意了。半夜时分，董生回到自己住的地方，发现书房的门虚掩着，就很纳闷。他喝得有点醉，想着自己是不是当时走得太急忘了锁门。进到屋里，还没来得及点灯，他就先把手伸进被窝，看是不是烘热。他手刚伸进去就感觉柔腻腻的发现有人躺在里边。他大吃一惊，连忙将手缩回，急忙点亮灯一看，原来竟是个美丽的姑娘。只见她长得红颜皓齿，粉嫩迷人，与仙女没有异样之处。董生欣喜若狂，他又用手去摸姑娘的下身，却发觉有一条毛茸茸的长尾巴，不禁惊恐异常。他正想要逃走，姑娘已经醒来，伸手抓住董生的胳膊问：『你要去哪里？』董生更加惊恐，浑身颤抖着哀求道：『希望仙人可怜宽恕。』姑娘却笑着说：『你看见了什么，这么怕我？』董生说：『我并不怕头而害怕尾巴。』姑娘又笑着说：『你弄错了，哪有什么尾巴？』姑娘边说边牵着董生的手硬拉着又去摸，他只觉得姑娘的大腿柔软光滑，尾骨光秃秃的，哪里有什么尾巴？姑娘笑着问道：『怎么样？你是喝醉了酒，迷迷瞪瞪的，不知看见了什么，就这样诬陷人。』董生本为她的美貌所倾倒，这样一来益发受了迷惑，反而归咎于自己刚才一时未辨清之错。但他又对女子的突如其来起了疑心。姑娘说：『你不记得当年邻居有个黄头发的女孩吗？一眨眼就十年过去了，那时我还不到十五岁，你也未成年。』董生恍然大悟说：『噢，那你就是周家的阿琐了？』姑娘也应道：『是啊！』董生说：『你一说，我好像记起来了。十年不见，你竟出落得这般苗条娇柔！那你今天怎么突然就来了？』姑娘说：『我嫁给一白痴已有四五年了，公婆先后去世，我又不幸守了寡。我一人孤孤单单无依无靠，想起小时候认识的人只有你了，于是就来找你了。我进门时天色已晚，刚巧有人来请你喝酒，我就一直在屋里等候你回来，时间久了，就两足冰冷，浑身战栗，所以就自己钻进被窝来暖暖身子，请你不要怀疑。』董生听得心花怒放，于是宽带解衣，和那姑娘同枕共眠，心里十分得意。这样过了一个多月时间，他渐渐人见消瘦。家里人很奇怪，就问原因，他却总是搪塞说自己也不知道为什么。久而久之，他的面目瘦得失了常形，于是开始恐惧起来。有一天，他专程去找擅长太素脉法的医生为他诊脉，医生说：『这是妖脉。那一天所诊出的妖征现在得到了证实，你已病入膏肓，不可救药。』董生听后痛哭着不愿离去。医生没办法，只好给他针灸手脐两处，又给他开了些药，并叮他如果遇到什么东西，要坚决拒绝。董生也自知危险。回到家里，那女子对他笑脸相邀，他愤愤地说：『不要再来纠缠我！我眼看就要死了。』董生一直走开，并不理睬。女子很羞愧，也怒冲冲地说：『你还想再活吗？』夜里，董生服药后独自一个人入睡，刚合上眼，就梦见和女子交欢，醒来发现已遗精了。就更加恐惧，便移到里屋去睡，妻子点着灯守护他。但他梦中所见还和刚才一样。窥探那女子时，没有影子。没过几天，董生就大吐血死去。王九思正在书房读书，看见走进来一个漂亮女子，他很喜欢她的美貌就和她私通了。他问女子从什么地方来，女子回答说：『我是董生的邻居，他过去和我相识，不料想却被狐怪迷惑而死。这些狐怪妖气非常可怕，读书人一定要小心提防。』王生听她说得这般恳切，就更加钦佩她，于是便和她愉快地相处在一起。这样厮混了好几天，王生突然发现自己迷迷糊糊，像得病一般面容消瘦起来。一天夜里，他忽然梦见董生对他说：『和你相好的是个狐怪，她害死了我，现在又来害你。我已投诉到阎罗殿，以泄此幽愤。七日夜里，你一定要在卧室外点上香，千万别忘了！』醒来后，他感到很诧异。就对那女子说：『我病得很重，恐怕死期不远了，有人劝我不要和女人睡觉。』女子说：『命该长寿，和女人睡觉也没关系；该短命的，就是不和女人睡觉也会死的。』于是她又挑逗王生，王生不能自持，就又和她厮混在一起，事后他又很后悔，却不能自拔。到了七日夜里，王生就在门外插上香，女子一来就拔掉扔了。梦中董生来责备他没有守约，第二天夜里，他暗中叮咛家人在他入睡后悄悄点香。女子在床上突然惊起说：『谁又在燃香？』王生说不知。女子急忙起身去把香折灭，进屋后问王生：『是谁教你这样做的？』王生搪塞说：『也许是妻子担心我的病，听信巫人的话这样做来驱邪的。』女子心里很不高兴。家里人偷看香火灭了，又点了一根插上，女子忽然叹息说：『你太有福分了。我误害了董生又来找你，这确实是我的过错，我将和董生对质于阎罗殿上。你如果不忘我们相好一场的情分，就请不要毁坏我的皮囊。』说完，迟迟疑疑下了床，倒地而死。王生赶快掌烛去看，见是只狐狸，害怕它再复活，就立即叫家人来剥了它的皮挂起来。王生病情有所加剧，他梦见狐怪来说：『我也上诉到阴曹地府。阴间法官认为董生见美色而动心，死有应得，但也责怪我不该迷惑别人，收回金丹，令我生还。我的皮囊在何处？』王生说：『家人不知道，已经剥下来了。』狐怪很凄楚地说：『我害的人太多了，早该死了。可是你也太狠心了！』狐怪说完，含恨而去。王生几乎病死，半年以后好了。

陆判

陵阳朱尔旦，字小明。性豪放。然素钝，学虽笃，尚未知名。一日，文社众饮。或戏之云：『君有豪名，能深夜赴十王殿，负得左廊判官来，众当醵作筵。』盖陵阳有十王殿，神鬼皆以木雕，妆饰如生。东庑有立判，绿面赤须，貌尤狞恶。或夜闻两廊拷讯声。入者，毛皆森竖。故众以此难朱。朱笑起，径去。居无何，门外大呼曰：『我请髯宗师至矣！』众皆起。俄负判入，置几上，奉觞酹之三。众睹之，瑟缩不安于座。仍请负去。朱又把酒灌地，祝曰：『门生狂率不文，大宗师谅不为怪。荒舍匪遥，合乘兴来觅饮，幸勿为畛畦。』乃负之去。次日，众果招饮。抵暮，半醉而归，兴未阑，挑灯独酌。忽有人搴帘入，视之，则判官也。朱起曰：『意吾殆将死矣！前夕冒渎，今来加斧锧耶？』判启浓髯微笑曰：『非也。昨蒙高义相订，夜偶暇，敬践达人之约。』朱大悦，牵衣促坐，自起涤器爇苏火。判曰：『天道温和，可以冷饮。』朱如命，置瓶案上，奔告家人治肴果。妻闻，大骇，戒勿出。朱不听，立俟治具以出。易盏交酬，始询姓氏。曰：『我陆姓，无名字。』与谈古典，应答如响。问：『知制艺否？』曰：『研媸亦颇辨之。阴司诵读，与阳世略同。』陆豪饮，一举十觥。朱因竟日饮，遂不觉玉山倾颓，伏几醺睡。比醒，则残烛昏黄，鬼客已去。自是三两日辄一来，情益洽，时抵足卧。朱献窗稿，陆辄红勒之，都言不佳。一夜，朱醉，先寝，陆犹自酌。忽醉梦中，觉脏腑微痛；醒而视之，则陆危坐床前，破腔出肠胃，条条整理。愕曰：『夙无仇怨，何以见杀？』陆笑云：『勿惧，我为君易慧心耳。』从容纳肠已，复合之，末以裹足布束朱腰。作用毕，视榻上亦无血迹。腹间觉少麻木。见陆置肉块几上，问之。曰：『此君心也。作文不快，知君之毛窍塞耳。适在冥间，于千万心中拣得佳者一枚，为君易之，留此以补阙数。』乃起，掩扉去。天明解视，则创缝已合，有线而赤者存焉。自是文思大进，过眼不忘。数日，又出文示陆。陆曰：『可矣。但君福薄，不能大显贵，乡、科而已。』问：『何时？』曰：『今岁必魁。』未几，科试冠军，秋闱果中经元。同社生素揶揄之；及见闱墨，相视而惊，细询始知其异。共求朱先容，愿纳交陆。陆诺之。众大设以待之。更初，陆至。赤髯生动，目炯炯如电。众茫乎无色，齿欲相击；渐引去。朱乃携陆归饮。既醺，朱曰：『湔肠伐胃，受赐已多。尚有一事欲相烦，不知可否？』陆便请命。朱曰：『心肠可易，面目想亦可更。山荆，予结发人，下体颇亦不恶，但头面不甚佳丽。尚欲烦君刀斧，如何？』陆笑曰：『诺，容徐图之。』过数日，半夜来叩关。朱急起延入，烛之，见襟裹一物。诘之，曰：『君曩所嘱，向艰物色。适得一美人首，敬报君命。』朱拨视，颈血犹湿。陆力促急入，勿惊禽犬。朱虑门户夜扃。陆至，一手推扉，扉自辟。引至卧室，见夫人侧身眠。

陆以头授朱抱之；自于靴中出白刃如匕首，按夫人项，着力如切腐状，迎刃而解，首落枕畔。急于生怀，取美人头合项上，详审端正，而后按捺。已而移枕塞肩际，命朱瘗首静所，乃去。朱妻醒，觉颈间微麻，面颊甲错；搓之，得血片。甚骇，呼婢汲盥。婢见面血狼藉，惊绝。濯之，盆水尽赤。举首则面目全非，又骇极。夫人引镜自照，错愕不能自解。朱入告之。因反复细视，则长眉掩鬓，笑靥承颧，画中人也。解领验之，有红线一周，上下肉色，判然而异。先是吴侍御有女甚美，未嫁而丧二夫，故十九犹未醮也。上元游十王殿。时游人甚杂，内有无赖贼窥而艳之，遂阴访居里，乘夜梯入；穴寝门，杀一婢于床下，逼女与淫。女力拒声喊。贼怒，亦杀之。吴夫人微闻闹声，呼婢往视，见尸骇绝。举家尽起，停尸堂上，置首项侧，一门啼号，纷腾终夜。诘旦启衾，则身在而失其首。遍挞侍女，谓所守不恪，致葬犬腹。侍御告郡。郡严限捕贼，三月而罪人弗得。渐有以朱家换头之异闻吴公者。吴疑之，遣媪探诸其家；入见夫人，骇走以告吴公。公视女尸故存，惊疑无以自决。猜朱以左道杀女，往诘朱。朱曰：『室人梦易其首，实不解其何故。谓仆杀之，则冤也。』吴不信，讼之。收家人鞫之，一如朱言。郡守不能决。朱归，求计于陆。陆曰：『不难，当使伊女自言之。』吴夜梦女曰：『儿为苏溪杨大年所贼，无与朱孝廉。彼不艳于其妻，陆判官取儿头与之易之，是儿身死而头生也。愿勿相仇。』醒告夫人，所梦同。乃言于官。问之，果有杨大年；执而械之，遂伏其罪。吴乃诣朱，请见夫人，由此为翁婿。乃以朱妻首合女尸而葬焉。朱三入礼闱，皆以场规被放。于是灰心仕进。积三十年，一夕，陆告曰：『君寿不永矣。』问其期，对以五日。『能相救否？』曰：『惟天所命，人何能私？且自达人观之，生死一耳，何必生之为乐，死之为悲？』朱以为然。即治衣衾棺椁，既竟，盛服而没。翌日，夫人方扶柩哭，朱忽冉冉自外至，夫人惧。朱曰：『我诚鬼，不异生时。虑尔寡母孤儿，殊恋恋耳。』夫人大恸，涕垂膺。朱依依慰解之。夫人曰：『古有还魂之说，君既有灵，何不再生？』朱曰：『天数不可违也。』问：『在阴司作何务？』曰：『陆判荐我督案务，授有官爵，亦无所苦。』夫人欲再语，朱曰：『陆公与我同来，可设酒馔。』趋而出。夫人依言营备。但闻室中笑饮，亮气高声，宛若生前。半夜窥之，窅然已逝。自是三数日辄一来，时而留宿缱绻，家中事就便经纪。子玮方五岁，来辄捉抱；至七八岁则灯下教读。子亦慧，九岁能文，十五入邑庠，竟不知无父也。从此来渐疏，日月至焉而已。又一夕来，谓夫人曰：『今与卿永诀矣。』问：『何往？』曰：『承帝命为太华卿，行将远赴，事烦途隔，故不能来。』母子持之哭。曰：『勿尔，儿已成立，家计尚可存活，岂有百岁不拆之鸾凤耶！』顾子曰：『好为人，勿堕父业。十年后一相见耳。』径出门去，于是遂绝。后玮二十五，举进士，官行人。奉命祭西岳，道经华阴，忽有舆从羽葆，驰冲卤簿。讶之。审视车中人，其父也。下马哭伏道左。父停舆曰：『官声好，我目瞑矣。』玮伏不起。朱促舆行，火驰不顾。去数步，回望，解佩刀遣人持赠。遥语曰：『佩之当贵。』玮欲追从，见舆马人从，飘忽若风，瞬息不见。痛恨良久。抽刀视之，制极精工，镌字一行，曰：『胆欲大而心欲小，智欲圆而行欲方。』玮后官至司马。生五子，曰沉，曰潜，曰沕，曰浑，曰深。一夕，梦父曰：『佩刀宜赠浑也。』从之，浑仕为总宪，有政声。

异史氏曰：『断鹤续凫，矫作者妄；移花接木，创始者奇；而况加凿削于肝肠，施刀锥于颈项者哉？陆公者，可谓媸皮裹研骨矣。明季至今，为岁不远，陵阳陆公犹存乎？尚有灵焉否也？为之执鞭，所忻慕焉。』

【译文】

陵阳有个叫朱尔旦的人，字小明。他性情豪放，可是生性迟钝，读书虽然很用功，却一直没有什么名气。一天，文社里的几个朋友一起喝酒，有人跟朱尔旦开玩笑说：『你以豪放闻名，如果能在深夜去十王殿，把左廊下的判官背来，大家就做东宴请你。』原来陵阳有座十王殿，殿里供奉的鬼神像都是用木头雕成的，妆饰得栩栩如生。大殿东廊下站着一个判官，绿色脸膛，红色胡须，相貌非常狰狞可怕。有人曾在夜间听到两廊发出拷打审讯的声音，大凡进入大殿的人，没有不毛骨悚然的。所以，众人借此来为难朱尔旦。朱尔旦大笑起身，径自奔十王殿而去。没过多久，只听到门外大叫道：『我把大胡子宗师请来了！』众人都站了起来。转眼间朱尔旦背着判官走了进来，他把判官放在几案上，端起酒杯连敬了三杯。众人看到判官的样子，吓得哆哆嗦嗦坐不安稳，急忙请朱尔旦再背回去。朱尔旦又把一杯酒浇在地上，祝祷说：『学生粗狂无礼，想必大宗师不会怪罪。我的家离此不远，理应趁着兴致去喝两杯，望你不要碍于人神有别而见外。』说完就将判官背了回去。第二天，众人果然请朱尔旦喝酒。一直喝到天黑，朱尔旦喝得半醉回到家中，仍觉不够尽兴，他又掌上灯自斟自饮。忽然有人掀开门帘走了进来，朱尔旦一看，竟是判官。他连忙站起身说：『看来我死到临头了！昨晚冒犯了您，今晚是来结果我性命的吧？』判官张开浓密的大胡子笑着说：『不是的。昨晚承蒙你盛情相邀，今晚正好有空，特地来赴你这位通达之士的约会。』朱尔旦大喜，拉着判官的衣袖邀请他入座，然后亲自刷洗酒具，生火温酒。判官说：『天气暖和，就喝凉酒吧。』朱尔旦照他说的做了，把酒瓶放在桌子上，然后急忙去告诉家人准备酒菜果品。他妻子听后，大吃一惊，劝诫朱尔旦躲在屋里别出去了。朱尔旦不听，等妻子准备好酒菜后就端了过去。他们你一杯我一杯地喝起来，这才询问起判官的姓名，判官说：『我姓陆，没有名字。』朱尔旦和他谈论起古代文史，判官对答如流。朱尔旦又问他：『懂不懂时下的八股文？』判官说：『好坏都能分辨出来。阴间里读书作文和阳间大致相同。』陆判官酒量极大，一口气连喝了十大杯。朱尔旦因为白天喝了一整天，不觉大醉，趴在桌子上昏昏入睡了。等到一觉醒来，只见残烛昏黄，阴间的客人已经走了。此后陆判官两三天就来一次，两人交情日益融洽，常常喝醉了同床而眠。朱尔旦把自己的文章习作拿出来给陆判官看，陆判官就拿起红笔批改，都说写得不好。一天夜里，朱尔旦喝醉了，就先去睡下了，陆判官还在自斟自饮。睡梦中，朱尔旦感觉脏腑微微疼痛，醒来一看，只见陆判官端坐在床前，正给他开膛破肚，掏出肠胃一一整理。朱尔旦惊愕地说：『我们一向无冤无仇，为什么要杀害我？』陆判官笑着说：『不要害怕，我替你换一颗聪慧的心罢了。』说完，陆判官从容地把肠子理好放入朱尔旦的腹中，然后把腹部缝合上，最后用裹脚布缠在腰上。一切整理完毕，朱尔旦看床上没有一点血迹，只是觉得腹部有些麻木。又见陆判官把一团肉块放到桌子上，便问他是什么。陆判官说：『这就是你原来那颗心啊。你文思不敏捷，知道是你心窍被堵塞的缘故。我刚才在阴间里，从成千上万颗心中，选了一颗最好的，替你换上，拿走这个去补足缺数。』说完站起身来，掩上房门就走了。天亮后，朱尔旦解开裹脚布一看，伤口已经愈合了，只留下了一条红线似的痕迹。此后朱尔旦文思大有进步，文章总能过目不忘。几日后，他又拿出自己的文章给陆判官看。陆判官说：『可以了。但是你福分薄，不能大富大贵，只能中个举人。』朱尔旦问：『什么时候能中举？』陆判官说：『今年肯定夺魁。』不久，朱尔旦科考考了第一名，秋天果真考中了经魁。他的同窗学友一向看不起他，等读了他中举的文章后，个个目瞪口呆，大为吃惊，仔细询问才知道是陆判官帮他换了慧心的结果。众人纷纷请朱尔旦疏通疏通，希望和陆判官结交朋友。陆判宫痛快地答应了。众人便大摆酒席，等着陆判官的到来。一更时分，陆判官到了，只见他红色的胡须飘动着，双目炯炯发光如同闪电。众书生脸上茫然无色，牙齿不禁咯咯作响，没过多久就都离席逃走了。朱尔旦便请陆判官到家中喝酒。两人喝得醉醺醺的，朱尔旦说：『你替我洗肠换心，我已蒙受了很大的恩惠。现在还有一件事想麻烦你，不知是否可以？』陆判官就让他说。朱尔旦说：『心肠可以更换，想必面孔也能更换吧。我的妻子，我的结发妻子，身子长得倒还不错，只是脸蛋不太漂亮。还是想麻烦你动动刀斧，怎么样？』陆判官笑着说：『好吧，等我找机会吧。』过了几天，陆判官半夜来敲门。朱尔旦急忙起身请他进来，点上蜡烛，看到陆判官的衣襟包着个东西。朱尔旦问是什么，陆判官说：『你那天嘱咐我的事，一直很难物色。刚才恰好得到一颗美人头，特来满足你的要求。』朱尔旦拨开一看，看到那脑袋脖子上的血还是湿乎乎的。陆判官催促快进内室，不要惊动了鸡犬。朱尔旦担心内室门晚上闩上了，不过陆判官一到，伸手一推，门就自动开了。朱尔旦把他引进卧室，看到他的妻子侧身睡着。陆判官把那颗人头交给朱尔旦抱着，自己从靴子中抽出一把匕首，按住朱妻的脖子，像切豆腐一样用力一割，朱妻的脑袋就落在了枕边。陆判官急忙从朱尔旦怀中取来那颗美人头，合在朱妻脖子上，又仔细端正了部位，然后用力按紧合拢。过了一会儿拉过枕头塞到朱妻肩部，让朱尔旦把割下的脑袋埋到一个僻静无人的地方，然后离去。

朱妻醒来后，感觉脖子微微发麻，脸上也感觉干涩不平，用手一搓，落下一些血屑，非常害怕，赶忙让丫鬟打水洗脸。丫鬟端来水发现她满脸血迹，也吓坏了。朱妻洗脸后，一盆水都变红了。她一抬起头，丫鬟看她已经面目全非，又吓得要命。朱妻拿来镜子照了照，惊愕万分，弄不清到底是怎么回事。朱尔旦进来告诉妻子陆判官给她换头的经过。他反复打量妻子，只见她长眉延伸到鬓角，脸颊上有一对酒窝，简直是画中的美人儿，解开衣领一看，脖子上有一圈红线，红线上下的皮肤颜色截然不同。在这之前，吴侍御有个女儿非常漂亮，先后两次定亲，但都没过门丈夫就死了，所以十九岁了还没嫁人。上元佳节吴家小姐去十王殿游玩，当时游人杂乱，其中有个无赖看中她的容貌艳丽，于是暗中打听到她的居处，深夜用梯子翻墙进院。他从吴家小姐寝室的门上打了个洞进去，先杀死小姐床边的丫鬟，接着强迫要奸淫吴家小姐。吴家小姐奋力抗拒，大声呼喊，无赖发怒，把她也杀了。吴夫人隐约听到女儿卧室有喧闹声，让丫鬟去察看，丫鬟看到尸体，差点吓死过去。全家人都被惊起，将尸体停放在堂屋中，把小姐的头放在她的脖子旁边，一家人号啕大哭，闹腾了一夜。第二天清晨，吴夫人掀开女儿尸体上的被子一看，身子在而脑袋却不见了。夫人把看守的侍女挨个痛打了一顿，认为她们把守不严，才让小姐的头被狗叼走吃了。吴侍御把凶案告到郡府。郡守严令限期缉捕凶手，可是三个月过去后凶手还没被抓到。渐渐地，朱尔旦妻子换头的怪事传到吴侍御的耳朵里。吴侍御起了疑心，派了一位老妈子借故到朱家探看。老妈子看到朱夫人，吓得扭头就跑回去告诉吴公。吴公看了看女儿的尸体明明还在，惊疑不决，猜想朱尔旦用邪术杀了女儿，就去盘问朱尔旦。朱尔旦说：『我妻子在梦中被换了头，实在不知道是怎么回事。说我杀了你女儿，真是冤枉啊。』吴公不信，告到了郡府。郡守把朱尔旦的家人抓去审讯，都和朱尔旦说的一样，郡守也断不了这个案子。朱尔旦回家后，请求陆判官出主意。陆判官说：『这事不难，我让吴家女儿自己说清楚。』当夜吴侍御梦见女儿跟他说：『女儿是被苏溪的杨大年所杀害，和朱举人没有关系。朱举人嫌妻子不够漂亮，陆判官把女儿的头给朱尔旦的妻子换上，现在女儿身子已死而脑袋还活着。但愿不要和朱家结仇。』吴侍御醒后忙告诉夫人，夫人也做了个同样的梦。于是告诉了郡府。郡守一问，果然有个杨大年，立即抓来拷问，杨大年便认罪伏法了。吴侍御就去拜访朱尔旦，请求与朱夫人相见，从此和朱尔旦结成了翁婿。就把朱夫人的脑袋安在吴家小姐尸体上埋葬了。朱尔旦三次进京考取进士，都因为违犯了考场规则而落榜，从此他对功名心灰意懒，不再想做官。这样过了三十年，一天晚上，陆判官告诉朱尔旦说：『你的寿命不长了。』朱尔旦询问期限，陆判官说还有五天。『能不能相救？』陆判官说：『生死由天定，人怎能改变呢？况且在通达人看来，生死是一回事，何必以生为快乐，以死为悲哀呢？』朱尔旦觉得很对。于是他便置办起寿衣寿被和棺材。准备就绪后，他穿戴得整整齐齐地去世了。第二天，朱夫人正扶着灵柩痛哭，朱尔旦飘飘忽忽地从外面走进来。朱夫人很害怕，朱尔旦说：『我确实是鬼，但和活着时一样。我担心你们孤儿寡母，真是恋恋不舍啊！』夫人听后号啕大哭，泪水沾湿了衣襟，朱尔旦深情地劝慰妻子。朱夫人说：『古时有人死后还魂的说法，你既然有灵，为什么不再生？』朱尔旦说：『天数是不能违背的。』朱夫人又问：『你在阴间做什么事呢？』朱尔旦回答说：『陆判官推荐我掌管文书，还封了官爵，也不受什么苦。』朱夫人还想再说些什么，朱尔旦说：『陆判官跟我一块儿来的，给我们准备些酒菜吧！』说完快步走出屋去。朱夫人按照丈夫的吩咐准备了酒菜，只听见屋内二人饮酒欢笑，声高气壮，和生前一样。到了半夜再往屋里窥看，两人都杳然不见了。从此，朱尔旦三五天就来一次，有时还在家里和妻子同宿，顺便处理家中的事务。他的儿子朱玮才五岁，朱尔旦一来总是抱着他，等到七八岁朱尔旦就在灯下教他读书识字。儿子非常聪明，九岁就能写文章，十五岁考中秀才，竟然不知道自己的父亲已经去世多年。此后，朱尔旦回家的次数渐渐少了，有时个把月才回家一次。又一天晚上朱尔旦回来了，对妻子说：『从今要和你永别了。』妻子问：『你要去哪里？』朱尔旦回答说：『承蒙玉皇大帝任命我担任西岳太华卿，即将到远方赴任，公事繁多而且路途遥远，所以不能回来了。』母子二人抱着他痛哭。朱尔旦安慰说：『不要这样！儿子已长大成人，家里的生计也还过得去，世上哪有百年不散的夫妻！』又看着儿子说：『好好做人，不要毁了父亲留下的家业。十年后还会再见一面。』说完径直出门走了，从此再也没有踪迹。后来朱玮二十五岁那年，考中了进士，官授行人之职。这一年奉皇帝之令祭祀西岳华山，经过华阴的时候，忽然有一队雉羽装饰车盖的车马，不回避朱玮出行的仪仗，急速冲来。朱玮非常惊讶，仔细看车中坐着的人，竟然是父亲，朱玮连忙跳下马来跪在路边哭泣。父亲停下马车说：『你做官的声誉很好，我可以瞑目了。』朱玮伏地不起。朱尔旦催促车马前行，车马飞驰不回头。刚跑出去没几步，朱尔旦回头望了望，解下身上的佩刀派人拿去送给朱玮，远远地说：『带上这把刀，保你富贵。』

朱玮想要追随父亲同去，却只见父亲的车马随从，飘忽如风，一转眼就消失不见了。朱玮悲伤痛苦了很久。他拔出父亲送的佩刀看了看，制作极其精细，刀上刻着一行字：『胆欲大而心欲小，智欲圆而行欲方。』后来，朱玮做官一直做到司马，生下五个儿子，分别取名为：朱沉、朱潜、朱沕、朱浑、朱深。一天晚上，朱玮梦见父亲告诉自己：『佩刀应传给朱浑。』朱玮遵从父命。后来朱浑官至总宪，很有政绩。

异史氏说：『截断鹤的腿接在鸭子腿上，这样乱来的人真是荒唐；成功地将鲜花嫁接在树木上，这样创新的人真是奇妙。更何况是用斧凿置换人的心，用锥更换人的头颅呢？陆判官这个人，真是外表丑陋心智锦绣啊。明朝到现在，年代还不算久远，陵阳陆判官还在世间吗？还有没有灵验？如果能为他执鞭效力，是我所向往的。』

婴宁

王子服，莒之罗店人。早孤。绝慧，十四入泮。母最爱之，寻常不令游郊野。聘萧氏，未嫁而夭，故求凰未就也。会上元，有舅氏子吴生，邀同眺瞩。方至村外，舅家有仆来，招吴去。生见游女如云，乘兴独遨。有女郎携婢，拈梅花一枝，容华绝代，笑容可掬。生注目不移，竟忘顾忌。女过去数武，顾婢曰：『个儿郎目灼灼似贼！』遗花地上，笑语自去。生拾花怅然，神魂丧失，怏怏遂返。至家，藏花枕底，垂头而睡，不语亦不食。母忧之。醮禳益剧，肌革锐减。医师诊视，投剂发表。忽忽若迷。母抚问所由，默然不答。适吴生来，嘱密诘之。吴至榻前，生见之泪下。吴就榻慰解，渐致研诘。生具吐其实，且求谋划。吴笑曰：『君意亦复痴！此愿有何难遂？当代访之。徒步于野，必非世家。如其未字，事固谐矣；不然，拚以重赂，计必允遂。但得痊瘳，成事在我。』生闻之，不觉解颐。吴出告母，物色女子居里，而探访既穷，并无踪绪。母大忧，无所为计。然自吴去后，颜顿开，食亦略进。数日，吴复来。生问所谋。吴绐之曰：『已得之矣。我以为谁何人，乃我姑氏女，即君姨妹行，今尚待聘；虽内戚有婚姻之嫌，实告之，无不谐者。』生喜溢眉宇，问：『居何里？』吴诡曰：『西南山中，去此可三十余里。』生又复嘱再四，吴锐身自任而去。生由此饮食渐加，日就平复。探视枕底，花虽枯，未便凋落。凝思把玩，如见其人。怪吴不至，折柬招之。吴支托不肯赴召。生恚怒，悒悒不欢。母虑其复病，急为议姻；略与商榷，辄摇首不愿。惟日盼吴。吴迄无耗，益怨恨之。转思三十里非遥，何必仰息他人？怀梅袖中，负气自往，而家人不知也。伶仃独步，无可问程，但望南山行去。约三十余里，乱山合沓，空翠爽肌，寂无人行，只有鸟道。遥望谷底，从花乱树中，隐隐有小里落。下山入村，见舍宇无多，皆茅屋，而意甚修雅。北向一家，门前皆丝柳，墙内桃杏尤繁，间以修竹；野鸟格磔其中。意其园亭，不敢遽入。回顾对户，有巨石滑洁，因据坐少憩。俄闻墙内有女子，长呼「小荣」，其声娇细。方伫听间，一女郎由东而西，执杏花一朵，俯首自簪。举头见生，遂不复簪，含笑拈花而入。审视之，即上元途中所遇也。心骤喜。但念无以阶进；欲呼姨氏，顾从无还往，惧有讹误。门内无人可问。坐卧徘徊，自朝至于日昃，盈盈望断，并忘饥渴。时见女子露半面来窥，似讶其不去者。忽一老媪扶杖出，顾生曰：「何处郎君，闻自辰刻便来，以至于今。意将何为？得勿饥耶？」生急起揖之，答云：「将以盼亲。」媪聋聩不闻。又大言之，乃问：「贵戚何姓？」生不能答。媪笑曰：「奇哉！姓名尚自不知，何亲可探？我视郎君，亦书痴耳。不如从我来，啖以粗粝，家有短榻可卧。待明朝归，询知姓氏，再来探访，不晚也。」生方腹馁思啖，又从此渐近丽人，大喜。从媪入，见门内白石砌路，夹道红花，片片堕阶上；曲折而西，又启一关，豆棚花架满庭中。肃客人舍，粉壁光如明镜；窗外海棠枝朵，探入室中；茵籍几榻，罔不洁泽。甫坐，即有人自窗外隐约相窥。媪唤：「小荣！可速作黍。」外有婢子嗷声而应。座次，具展宗阀。媪曰：「郎君外祖，莫姓吴否？」曰：「然。」媪惊曰：「是吾甥也！尊堂，我妹子。年来以家窭贫，又无三尺男，遂至音问梗塞。甥长成如许，尚不相识。」生曰：「此来即为姨也，匆遽遂忘姓氏。」媪曰：「老身秦姓，并无诞育；弱息仅存，亦为庶产。渠母改醮，遗我鞠养。颇亦不钝，但少教训，嬉不知愁。少顷，使来拜识。」未几，婢子具饭，雏尾盈握。媪劝餐已，婢来敛具。媪曰：「唤宁姑来。」婢应去。良久，闻户外隐有笑声。媪又唤曰：「婴宁，汝姨兄在此。」户外嗤嗤笑不已。婢推之以入，犹掩其口，笑不可遏。媪瞋目曰：「有客在，咤咤叱叱，是何景象？」女忍笑而立，生揖之。媪曰：「此王郎，汝姨子。一家尚不相识，可笑人也。」生问：「妹子年几何矣？」媪未能解。生又言之。女复笑，不可视仰。媪谓生曰：「我言少教诲，此可见矣。年已十六，呆痴裁如婴儿。」生曰：「小于甥一岁。」曰：「阿甥已十七矣，得非庚午属马者耶？」生首应之。又问：「甥妇阿谁？」答云：「无之。」曰：「如甥才貌，何十七岁犹未聘？婴宁亦无姑家，极相匹敌。惜有内亲之嫌。」生无语，目注婴宁，不遑他瞬。婢向女小语云：「目灼灼，贼腔未改！」女又大笑，顾婢曰：「视碧桃开未？」遽起，以袖掩口，细碎连步而出。至门外，笑声始纵。媪亦起，唤婢襆被，为生安置。曰：「阿甥来不易，宜留三五日，迟迟送汝归。如嫌幽闷，舍后有小园，可供消遣；有书可读。」次日，至舍后，果有园半亩，细草铺毡，杨花糁径；有草舍三楹，花木四合其所。穿花小步，闻树头苏苏有声，仰视，则婴宁在上。见生来，狂笑欲坠。生曰：『勿尔，堕矣！』女且下且笑，不能自止。方将及地，失手而堕，笑乃止。生扶之，阴捘其腕。女笑又作，倚树不能行，良久乃罢。生俟其笑歇，乃出袖中花示之。女接之曰：『枯矣。何留之？』曰：『此上元妹子所遗，故存之。』问：『存之何意？』曰：『以示相爱不忘也。自上元相遇，凝思成疾，自分化为异物；不图得见颜色，幸垂怜悯。』女曰：『此大细事，至戚何所靳惜？待郎行时，园中花，当唤老奴来，折一巨捆负送之。』生曰：『妹子痴耶？』『何便是痴？』曰：『我非爱花，爱拈花之人耳。』女曰：『葭莩之情，爱何待言。』生曰：『我所为爱，非瓜葛之爱，乃夫妻之爱。』女曰：『有以异乎？』曰：『夜共枕席耳。』女俯思良久，曰：『我不惯与生人睡。』语未已，婢潜至，生惶恐遁去。少时，会母所。母问：『何往？』女答以园中共话。媪曰：『饭熟已久，有何长言，周遮乃尔。』女曰：『大哥欲我共寝。』言未已，生大窘，急目瞪之，女微笑而止。幸媪不闻，犹絮絮究诘，生急以他词掩之。因小语责女。女曰：『适此语不应说耶？』生曰：『此背人语。』女曰：『背他人，岂得背老母？且寝处亦常事，何讳之？』生恨其痴，无术可以悟之。食方竟，家中人捉双卫来寻生。先是，母待生久不归，始疑；村中搜觅几遍，意无踪兆。因往询吴。吴忆曩言，因教于西南山村行觅。凡历数村，始至于此。生出门，适便入告媪，且请偕女同归。媪喜曰：『我有志，匪伊朝夕。但残躯不能远涉，得甥携妹子去，认识阿姨，大好！』呼婴宁。宁笑至。媪曰：『有何喜，笑辄不辍？若不笑，当为全人。』因怒之以目。乃曰：『大哥欲同汝去，可便装束。』又饷家人酒食，始送之出曰：『姨家田产丰裕，能养冗人。到彼且勿归，小学诗礼，亦好事翁姑。即烦阿姨，为汝择一良匹。』二人遂发。至山坳，回顾，犹依稀见媪倚门北望也。抵家，母睹姝丽，惊问为谁。生以姨女对。母曰：『前吴郎与儿言者，诈也。我未有姊，何以得甥？』问女，女曰：『我非母出。父为秦氏，没时，儿在褓中，不能记忆。』母曰：『我一姊适秦氏，良确；然殂谢已久，那得复存？』因审诘面庞、志赘，一一符合。又疑曰：『是矣。然亡已多年，何得复存？』疑虑间，吴生至，女避入室。吴询得故，惘然久之。忽曰：『此女名婴宁耶？』生然之。吴极称怪事。问所自知，吴曰：『秦家姑去世后，姑丈鳏居，祟于狐，病瘠死。狐生女名婴宁，绷卧床上，家人皆见之。姑丈殁，狐犹时来；后求天师符粘壁间，狐遂携女去。将勿此耶？』彼此疑参。但闻室中吃吃皆婴宁笑声。母曰：『此女亦太憨生。』吴请面之。母入室，女犹浓笑不顾。母促令出，始极力忍笑，又面壁移时，方出。才一展拜，翻然遽入，放声大笑。满室妇女，为之粲然。吴请往觇其异，就便执柯。寻至村所，庐舍全无，山花零落而已。吴忆姑葬处，仿佛不远；然坟垄湮没，莫可辨识，诧叹而返。母疑其为鬼。入告吴言。女略无骇意；又吊其无家，亦殊无悲意，孜孜憨笑而已。众莫之测。母令与少女同寝止。昧爽即来省问，操女红精巧绝伦。但善笑，禁之亦不可止；然笑处嫣然，狂而不损其媚，人皆乐之。邻女少妇，争承迎之。母择吉将为合卺，而终恐为鬼物。窃于日中窥之，形影殊无少异。至日，使华装行新妇礼；女笑极不能俯仰，遂罢。生以其憨痴，恐漏泄房中隐事；而女殊秘密，不肯道一语。每值母忧怒，女至，一笑即解。奴婢小过，恐遭鞭楚，辄求诣母共话；罪婢投见，恒得免。而爱花成癖，物色遍戚党；窃典金钗，购佳种，数月，阶砌藩溷，无非花者。庭后有木香一架，故邻西家。女每攀登其上，摘供簪玩。母时遇见，辄诃之。女卒不改。一日，西人子见之，凝注倾倒。女不避而笑。西人子谓女意已属，心益荡。女指墙底笑而下，西人子谓示约处，大悦。及昏而往，女果在焉。就而淫之，则阴如锥刺，痛彻于心，大号而踣。细视，非女，则一枯木卧墙边，所接乃水淋窍也。邻父闻声，急奔研问，呻而不言。妻来，始以实告。爇火烛窍，见中有巨蝎，如小蟹然。翁碎木捉杀之。负子至家，半夜寻卒。邻人讼生，讦发婴宁妖异。邑宰素仰生才，稔知其笃行士，谓邻翁讼诬，将杖责之。生为乞免，逐释而出。母谓女曰：『憨狂尔尔，早知过喜而伏忧也。邑令神明，幸不牵累；设鹘突官宰，必逮妇女质公堂，我儿何颜见戚里？』女正色，矢不复笑。母曰：『人罔不笑，但须有时。』而女由是，竟不复笑，虽故逗，亦终不笑；然竟日未尝有戚容。一夕，对生零涕。异之。女哽咽曰：『曩以相从日浅，言之恐致骇怪。今日察姑及郎，皆过爱无有异心，直告或无妨乎？妾本狐产。母临去，以妾托鬼母，相依十余年，始有今日。妾又无兄弟，所恃者惟君。老母岑寂山阿，无人怜而合厝之，九泉辄为悼恨。君倘不惜烦费，使地下人消此怨恫，庶养女者不忍溺弃。』生诺之，然虑坟冢迷于荒草。女但言无虑。刻日，夫妻舆榇而往。女于荒烟错楚中，指示墓处，果得媪尸，肤革犹存。女抚哭哀痛。舁归，寻秦氏墓合葬焉。是夜，生梦媪来称谢，寤而述之。女曰：『妾夜见之，嘱勿惊郎君耳。』生恨不邀留。女曰：『彼鬼也。生人多，阳气胜，何能久居？』生问小荣，曰：『是亦狐，最黠。狐母留以视妾，每摄饵相哺，故德之常不去心。昨问母，云已嫁之。』由是岁值寒食，夫妻登秦墓，拜扫无缺。女逾年，生一子。在怀抱中，不畏生人，见人辄笑，亦大有母风云。

异史氏曰：『观其孜孜憨笑，似全无心肝者；而墙下恶作剧，其黠孰甚焉。至凄恋鬼母，反笑为哭，我婴宁殆隐于笑者矣。窃闻山中有草，名「笑矣乎」。嗅之，则笑不可止。房中植此一种，则合欢、忘忧，并无颜色矣。若解语花，正嫌其作态耳。』

【译文】

莒县罗店的王子服，他很早就死了父亲。但是他非常聪明，十四岁时考中了秀才。母亲十分疼爱他，平时不让他到野外玩耍。王子服先是聘了萧家的女儿为妻，但萧女还没过门就死了，所以他一直还没娶亲。一次，正赶上上元节，王子服一个舅舅家的儿子吴生，来邀请他出去游玩。二人刚走到村外，舅家来了一个仆人，把吴生叫走了。王子服见四处游玩的女子很多，便乘兴独自游玩。只见一个女郎带着个丫鬟，手里拈着一枝梅花走过来。那女郎生得艳丽无比，脸上笑容可掬。王子服呆呆地注视着她，眼睛一眨不眨，竟忘了顾忌。女郎走过去几步后，回头看着丫鬟说：『这小伙子目光灼灼，像贼一样！』便把花扔到地上，说笑着径自走了。王子服捡起花来，惆怅了很久，像丢了魂一样，怏怏不乐地走回来。回到家中，他把花藏枕头底下，垂着头，一声不响地睡下了，饭也不吃。他母亲十分忧虑，以为他着魔了，请来和尚道士驱邪，王子服却病得更厉害，不久就消瘦下来。母亲又请来医生，开方吃药，还是不管用，整天迷迷糊糊。母亲抚摸他，问他什么的缘由，他默默不语。正好吴生来了，王母便嘱咐他暗中问问儿子。吴生来到床前，王子服见了他，流下泪来。吴生近前，说了些安慰的话，渐渐盘问起他的病由。王子服全部实说了，并请他替自己想想办法。吴生笑着说：『你也太痴了！这有什么难办的？我替你查访查访那女子。她既然徒步在野外走，必定不是大家闺秀。如果她还未许配人家，事情当然好办；就是定了亲，咱们豁出去多花点彩礼，也会办成。只要你病好，这事包在我身上！』王子服听了，脸上露出了笑容。吴生出来告诉王母经过，便开始四处探访那女郎的下落。但虽多方查找，仍没一点头绪。王母大为忧虑，一筹莫展。王子服自吴生走后，心情舒畅，也肯稍稍吃点饭了。过了几天，吴生又来了，王子服便问他事情怎样了。吴生哄他说：『已打听明白了！我以为是谁呢，原来是我姑姑家的女儿，现在还未订婚，虽然内亲有不通婚的风俗，但实话告诉他们，没有不成的！』王子服喜笑颜开，问：『她家住在哪里？』吴生骗他说：『住在西山山中，离这里有三十多里。』王子服又再三嘱咐，吴生大包大揽地应承着走了。从此后，王子服饭量日增，身体一天天好起来。摸摸枕头底下的那枝梅花，虽然枯萎了，但并没有凋落。王子服凝神弄着花，如同那女郎就在面前。又过了很久，王子服奇怪吴生再不来了，便写了封请柬，让人去请。吴生借故推托，不肯来。王子服十分生气，郁郁不欢。母亲担心他又要犯病，急急忙忙地给他提亲。但每次和他商量，他都不愿，只是天天盼着吴生来。吴生一直没有音信，王子服更加怨恨。转而一想，那女子的家离这里只三十里路，何必仰仗他人呢？于是把那枝梅花掖到袖子里，也不告诉家人，自己一人负气去了。王子服孤孤单单地走着，也无处问路，只是望着南山走去。大约走了三十多里，已进入山中。只见乱山重叠，满目葱绿，令人神清气爽。山中静悄悄的，没有一个行人，只有弯弯曲曲的山路无声地伸向群山深处。远远望见谷底，在丛花乱树中，隐隐约约有个小村庄。王子服便走下山，进入村中。村里房屋不多，都是茅屋，但非常干净整洁。朝北的一家，大门掩映在丝丝垂柳中，墙内的桃花杏花开得繁杂茂盛，中间夹杂着几棵修竹，野鸟在花丛中欢快地鸣唱着。王子服以为是谁家的花园，不敢贸然进去。回头见对门有块巨石非常光滑洁净，他便走过去坐在上面歇息。一会儿，听见墙内有个女子拉长着声音叫『小荣——』声音娇媚清细。王子服正在凝神谛听，只见一个女子手拿一枝杏花，自东往西走来，边走边低着头，正在往头上插花。一抬头看见王子服，便不再插，含笑走进院里去了。王子服仔细一看，正是上元节遇到的那个女郎！他心中大喜，想进去又没个理由，想称呼姨母，担心从没来往，怕弄错了。门口也没个人可以问问，急得他坐立不安，徘徊犹豫，从早晨一直挨到太阳西斜，真是望眼欲穿，连饥渴都忘记了。不时见一个女子从院内露出半张脸来窥探，似乎惊讶他还不走。忽然，一个老太太扶着拐杖走了出来，看着王子服说：『哪里来的小伙子，听说早晨就在这里，一直待到现在，要干什么？莫不是饿了吗？』王子服急忙起身作揖，回答说：『我是来探亲的。』老太太耳聋，没听清，王子服又大声说了一遍。老太太才问：『你的亲戚姓什么？』王子服答不上来。老太太笑着说：『真稀奇啊！姓名都不知道，还探什么亲？我看你这小伙子，也是个书呆子。不如跟我回家，吃点粗茶淡饭，家中有床，住上一晚。等明早回家问清姓氏，再来探亲也不迟。』王子服正好肚子饿了，想吃点东西，而且进去能接近那美人，所以十分高兴，于是跟着老太太走进院子。只见院内白石砌路，路两边都是红花，花片乱纷纷地布满了路面、石阶。顺白石路曲曲折折地往西走，又进了一个门，院子里满是豆棚瓜架。老太太将客人请进室内，只见粉白的墙壁，光明如镜；窗外有棵茂盛的海棠花，花枝从窗子伸进屋里。室内桌椅床褥，都非常洁净。刚坐下，便隐约见有个人在窗外窥视。老太太喊道：『小荣，快去做饭！』外面有个丫鬟高声答应。坐下后，王子服详细讲了自己的家世。老太太问：『你的外祖父莫非姓吴吗？』王子服回答说：『是的。』老太太惊讶地说：『你原来是我的外甥！你母亲是我妹妹。这些年来，因为我们家很穷，又没个三尺高的男子，以后和你家很少来往，渐渐就断了音信。外甥长这么大了，我还不认识。』王子服说：『我这次来就是探望姨母，急匆匆地忘了姓氏。』老太太说：『我家姓秦。我一辈子没有生育，只有个女儿，也是侍妾生的。她母亲改嫁走了，把她留给我抚养。她人倒不笨，只是缺少教训，整天嘻嘻哈哈的，也不知愁。过会儿，我让她来见见你，你们认识认识。』过了不久，丫鬟端上饭来，还有只熟鸡。老太太一个劲让王子服多吃。吃完，丫鬟收拾起餐具，老太太吩咐说：『去叫宁姑来！』丫鬟答应着去了。

过了很久，听见门外隐隐约约有关门声，老太太喊道：“婴宁，你姨表兄在这里！”门外仍是嗤嗤地笑。丫鬟将她推进屋来，她还捂着嘴笑个不停。老太太嗔怪地说：“有客人在，你嘻嘻哈哈的，像什么样子！”婴宁强忍住笑站着，王子服朝她作了一揖。老太太说：“这位王郎，是你姨家的孩子。一家人还不认识，也太可笑了。”王子服问道：“妹子多大了？”老太太没听明白他的问话。王子服又问了一遍，婴宁忍不住又笑得前仰后合。老太太对王子服说：“我说她少教训，你也看见了。十六岁了，又傻又痴，还像个小孩。”王子服说：“妹子小我一岁。”老太太说：“外甥已十七岁了？莫不是庚午年生属马的吗？”王子服点头答应。老太太又问：“外甥媳妇是哪家的？”回答说：“还没有。”老太太说：“像外甥这样的才，怎么十七岁了还没娶亲？婴宁也没婆家，你们俩倒挺般配，可惜是内亲。”王子服默默不语，只管盯着婴宁看。丫鬟小声跟婴宁说：“目光灼灼，贼腔没改！”婴宁听了又大笑起来，回头看着丫鬟说：“去看看碧桃开了没有？”便急忙起身，用袖子捂着嘴，迈着碎步匆匆地出去了。刚到门外，就纵声大笑。老太太也站起身，唤丫鬟抱了被褥来，替王子服整理床铺。又对他说：“外甥来一趟不容易，就住三五天吧，慢慢再送你回去。如嫌幽闷，屋后有个小花园，可以去消遣消遣，还有书读。”

第二天，王子服来到屋后，一看果然有个半亩大的小花园。地上细草如毡，鲜艳的杨花点缀在草地里。有三间草房，四周全是花草树木。王子服穿过花丛，信步走着，忽听树上传来簌簌的声音。仰头一看，原来是婴宁在树上。看见王子服便哈哈大笑起来，像要从树上掉下来。王子服急忙喊道：『别这样，当心掉下来！』婴宁边笑边往下爬，快到地的时候，一失手摔了下来，才住了笑声。王子服扶起她来，暗暗地捏了一下她的手腕，婴宁笑声又作，倚在树上笑得不能走路了，过了很久才住了声。王子服等她笑够了，从袖子里拿出那枝梅花给她看。婴宁接过去说：『都干枯了，还留着干吗？』王子服说：『这是上元节时妹子扔下的，所以保存着。』婴宁问：『保存它有什么意思？』王子服说：『以表示相爱不忘之意。自从上元节遇见你，我天天思念，得了重病，自以为活不成了。没想到今天竟见到了你，求你可怜可怜我！』婴宁说：『这算什么大事？我们是至亲，吝惜什么？等你回去时，我让老仆把园里的花折一大捆，给你背去。』王子服说：『妹子傻吗？』『怎么是傻呢？』『我不是爱花，是爱拿花的人！』『我们这样疏远的亲戚，谈什么爱？』王子服说：『我所谓的爱，不是亲戚之间的爱，是夫妻之间的爱。』婴宁不解地问：『有什么不同吗？』王子服说：『夫妻夜里可以同床共枕啊。』婴宁低头想了半天，说：『我不习惯和生人睡一起。』还没说完，丫鬟悄悄地走了过来，王子服惶急地逃走了。

过了会儿，王子服和婴宁同到老太太处。老太太问：『你们去哪儿了？』婴宁回答说在花园里一起说话来着。老太太说：『这么久了，有什么说不完的话，说了这么长时间！』婴宁说：『大哥想和我一块儿睡觉。』话没说完，王子服大窘，急忙拿眼瞪她。婴宁微微一笑，不说了。幸亏老太太耳朵聋，没听见，还在絮絮叨叨地追问，王子服忙用别的话掩饰。过了会儿，王子服小声责备婴宁。婴宁说：『刚才的话不该说吗？』王子服说：『这是背人的话。』婴宁说：『背别人，怎能背老母呢？况且睡觉也是常事，有什么可忌讳的？』王子服恨她不开窍，又没办法让她醒悟。刚吃完饭，家里有人牵了两头驴来找他。

原来，王子服的母亲见他出去后，过了很久没回来，才开始怀疑。村里搜了好几遍，竟没有踪影，因此去问吴生。吴生想起自己过去说过的话，便让王母派人去西南山村中寻找。连找了好几个村子，才找到这里，正碰上。王子服便回去告诉老太太，而且请求带着婴宁一块儿回家。老太太欢喜地说：『我早就有去看看妹妹的心愿，但我老了，走不得远路。你能带你表妹去，认识认识阿姨，这很好。』于是呼唤婴宁，婴宁笑着来了。老太太说：『有什么喜事，总是笑不够？如果不笑，就是完美的人了！』说着生气地瞪一眼。又说：『你大哥要带你去姨家，快去收拾收拾。』招待王家来人吃完酒饭，老太太才送他们出门。嘱咐婴宁说：『你姨家田产很多，能养活闲人。去后不忙回来，学点诗文礼节，将来也好侍候公婆。就便麻烦你姨，替你找个好女婿。』王子服和婴宁一块儿上了路，直到山坳，回头一望，还依稀看见老太太倚着门朝这边眺望。

回到家中，王子服母亲见儿子领来个美丽的姑娘，惊讶地问是谁。王子服回答说是姨家的女儿。母亲说：『过去吴生告诉你的话，都是骗你的。我并没有姐妹，哪来的外甥女儿？』又询问婴宁。婴宁说：『我不是现在的母亲生的。我父亲姓秦，他死时，我还在怀抱中，不记事。』母亲说：『我有个姐姐嫁给了姓秦的，倒是真的。但她已经死了。』又问婴宁她现在母亲的模样、身上的标记，都一一符合。母亲怀疑说：『是我姐姐的模样。但她已死了多年了，怎么可能还活着？』正疑虑间，吴生来了，婴宁忙避入内室。吴生问其缘故，茫然不解。过了很久，他忽然问：『这个女子是不是叫婴宁？』王子服说是。吴生连称怪事。问他怎么了，吴生说：『我嫁给秦家的那个姑姑去世后，姑丈单身被狐狸迷住，得病死去。狐狸生了个女儿，名字就叫婴宁，当时睡在床上，家里人都见过。姑丈去世，狐狸还经常来。后来求天师在墙壁上贴上符，狐狸才带着女儿走了。这女子莫非就是那个狐狸生的女孩吗？』三人都在猜疑。只听屋里一片嘻嘻哈哈，全是婴宁的笑声。母亲说：『这姑娘也太憨了！』

吴生要求见见她。母亲走进屋，婴宁还在大笑不顾。母亲催促她出去后，她才极力憋住笑声，又面对着墙忍了好一会儿，才走出屋子。刚一施礼，反身就跑进屋内，放声大笑，一屋子的人都被逗得笑了起来。吴生便自告奋勇，到西南山中看个究竟，就便做媒提亲。寻到那个小村庄所在的地方，只见房屋没有了，只有山花零落而已。吴生想起秦家姑姑下葬的地方，好像就在这一带，但坟墓湮没，辨认不出来，只得又惊奇、叹息地返了回来。王母怀疑婴宁也是鬼，便进去将吴生的寻访结果告诉婴宁，婴宁一点也不害怕；王母又怜惜她没有家，婴宁却一点也不悲伤，整天只是憨笑，众人都猜不透她。王母叫她和自己的小女儿一块儿住。婴宁每天早晨都来请安，做的针线活儿精巧无比。只是好笑，谁也禁不住。她的笑，虽然狂放，但不损美，众人都爱看她笑。邻居的姑娘媳妇，争着结交她。

王母选了个好日子，要为儿子和婴宁成亲，但终究还是怕婴宁是鬼。一次，王母偷偷地太阳底下观察婴宁，见她的影子和正常人一样。到了吉日，王母让婴宁穿上华丽的服装，行新妇礼。婴宁笑得弯着腰直不起来，只得作罢。王子服因为她憨痴，唯恐她泄露了房中隐秘，但婴宁却十分保密，不肯对外人多说一句话。每当王母生气或忧愁时，婴宁来到，一笑就化解了。有时奴婢们犯了过错，恐怕遭到鞭打，也总是求婴宁先到母亲房里讲情，然后再去见王母，总是免了处罚。

婴宁爱花成癖，寻遍了亲戚家，到处物色佳种，还偷偷地典当金钗首饰买花。不几个月院里院外到处是鲜花。院后有棵木香树，紧挨着西邻家。婴宁常常爬到树上，摘花插到头上。婆母每次碰见，总要斥责她一番，婴宁还是不改。一天，婴宁又爬树时，被西邻家的儿子看见。西邻子见到她的美貌，不禁神魂颠倒。婴宁也不回避，还笑了笑。西邻子自以为她看上了自己，样子更加狂荡。婴宁指了指墙根，笑着走了。西邻子以为是指给他约会的地方，大喜过望。到了傍晚，西邻子到婴宁指给的地方，果然见婴宁在那儿，便扑上去抱在怀里。忽觉下身像被锥子刺了一下，痛彻心肺，他大声号叫着跌倒在地。仔细一看，哪里是婴宁，原来是一根枯木桩子躺倒在墙边，刚才他交接的地方是桩子上一个被水淋烂的孔洞。他父亲听到叫声，急忙跑过来询问。儿子只是呻吟着，也不言语。妻子来了，才讲了实情。点上灯往孔洞里照了照，看见里面有个巨大的蝎子，像小螃蟹一样。老头劈碎了木桩，捉住蝎子杀了，把儿子背回家中，半夜就死了。老头向官府告了王子服，揭发婴宁是妖异。县令素来仰慕王子服的才华，深知他是个老实厚道的书生，认为老头是诬告，要打他棍子。多亏王子服求情，县令才免了责打，将老头赶出大堂。婆母对婴宁说：『你平时那样痴狂，我早知会乐极生悲的，幸亏县令神明，没有牵累我们。遇上那种糊涂官，一定会逮了媳妇去公堂对质，那时，我儿还有什么脸面见亲戚邻居啊！』婴宁听了严肃地发誓：今后决不再笑了！母亲说：『人哪有不笑的？只是要看时候。』但婴宁此后竟不再笑，有时故意逗她，她也不笑，但脸上也没忧愁的样子。

晚上，婴宁忽然对着王子服哭泣起来。王子服很诧异，婴宁哽咽着说：『过去我因为跟你的日子还少，说了怕让你惊骇奇怪；现在婆母和你对待我都十分爱怜，没有二心，我就实说了，谅不会有碍吧？我本是狐狸生的，母亲临走时，把我托付给鬼母，相依十多年，才有今天。我又没有兄弟，能依靠的只有你。我的鬼母孤寂地住在山中地下，没人怜惜她，没让她和我父亲合葬，她在九泉之下也是遗恨的。你若不嫌弃麻烦和破费，让地下的人消除了悲痛，那么天下养女孩儿的人，也许不再忍心将女孩溺死或丢弃了！』王子服答应下来，但担心坟墓迷失在荒草里，不好寻找。婴宁说不必担心。

到了商定的那天，王子服和婴宁用车载着棺材去了。婴宁在一片乱草丛里，指了指坟墓的地方。挖掘后，果然找到了那老太太的尸体，还没腐烂。婴宁抚摸着尸体，悲哀地痛哭起来。王子服把尸体拉回来，寻到秦某的坟墓，把他们合葬了。这天夜晚，王子服梦见老太太来向他致谢，醒后，跟婴宁讲了这事。婴宁说：『我昨夜见到她了，嘱咐她不要惊吓了你。』王子服后悔没有挽留住她。婴宁说：『她是鬼，这里活人多，阳气盛，她怎能久住呢？』王子服又问起小荣，婴宁说：『她也是狐狸，最聪明，是我狐母留下她照顾我的，常摄来食物喂养我，所以我总是在想念着她。昨晚问我鬼母，说是她已嫁人了。』

从此后，每年的寒食，王子服夫妻二人都要到秦家墓地祭扫，从不间断。婴宁过了一年，生了个儿子，还在怀抱中时，就不怕生人，见人就笑，大有他母亲的风采。

异史氏说：『看她没完没了的憨笑不止，像是个全无心肝的人；然而看她在墙下的恶作剧，又太聪明狡黠了。至于凄凄切切地依恋着鬼母，最后反笑为哭，可看出婴宁大概是把自己的本相，深深地隐藏在笑声中的人啊！我听说山中有种草，名叫「笑矣乎」，人只要闻一闻，便笑不可止。在屋里种上一棵，什么合欢花、忘忧草，便全都黯然失色了。像「解语花」之类的，我还要嫌它装模作样呢！』

聂小倩

宁采臣，浙人。性慷爽，廉隅自重。每对人言：『生平无二色。』适赴金华，至北郭，解装兰若。寺中殿塔壮丽；然蓬蒿没人，似绝行踪。东西僧舍，双扉虚掩；惟南一小舍，扃键如新。又顾殿东隅，修竹拱把；阶下有巨池，野藕已花。意甚乐其幽杳。会学使案临，城舍价昂，思便留止，遂散步以待僧归。日暮，有士人来，启南扉。宁趋为礼，且告以意。士人曰：『此间无房主，仆亦侨居。能甘荒落，旦晚惠教，幸甚。』宁喜，借藁代床，支板作几，为久客计。是夜，月明高洁，清光似水，二人促膝殿廊，各展姓字。士人自言：『燕姓，字赤霞。』宁疑为赴试诸生，而听其音声，殊不类浙。诘之，自言：『秦人』，语甚朴诚。既而相对词竭，遂拱别归寝。宁以新居，久不成寐。闻舍北喁喁，如有家口。起伏北壁石窗下，微窥之。见短墙外一小院落，有妇可四十余；又一媪衣绯，插蓬沓，鲐背龙钟，偶语月下。妇曰：『小倩何久不来？』媪云：『殆好至矣。』妇曰：『将无向姥姥有怨言否？』曰：『不闻，但意似蹙蹙。』妇曰：『婢子不宜好相识。』言未已，有一十七八女子来，仿佛艳绝。媪笑曰：『背地不言人，我两个正谈道，小妖婢悄来无迹响。幸不訾着短处。』又曰：『小娘子端好是画中人，遮莫老身是男子，也被摄魂去。』女曰：『姥姥不相誉，更阿谁道好？』妇人女子又不知何言。宁意其邻人眷口，寝不复听。又许时，始寂无声。方将睡去，觉有人至寝所。急起审顾，则院女子也。惊问之，女笑曰：『月夜不寐，愿修燕好。』宁正容曰：『卿防物议，我畏人言；略一失足，廉耻道丧。』女云：『夜无知者。』宁又咄之，女逡巡若复有词。宁叱：『速去！不然，当呼南舍生知。』女惧，乃退。至户外复返，以黄金一锭置褥上。宁掇掷庭墀，曰：『非义之物，污吾囊橐！』女惭，出，拾金自言曰：『此汉当是铁石。』诘旦，有兰溪生携一仆来候试，寓于东厢，至夜暴亡。足心有小孔，如锥刺者，细细有血出。俱莫知故。经宿，仆一死，症亦如之。向晚，燕生归，宁质之，燕以为魅。宁素抗直，颇不在意。宵分，女子复至，谓宁曰：『妾阅人多矣，未有刚肠如君者。君诚圣贤，妾不敢欺。小倩，姓聂氏，十八夭殂，葬寺侧，辄被妖物威胁，历役贱务；腆颜向人，实非所乐。今寺中无可杀者，恐当以夜叉来。』宁骇求计。女曰：『与燕生同室可免。』问：『何不惑燕生？』曰：『彼奇人也，不敢近。』问：『迷人若何？』曰：『狎昵我者，隐以锥刺其足，彼即茫若迷，因摄血以供妖饮；又或以金，非金也，乃罗刹鬼骨，留之能截取人心肝：二者，凡以投时好耳。』宁感谢。问戒备之期，答以明宵。临别泣曰：『妾堕玄海，求岸不得。郎君义气干云，必能拔生救苦。倘肯囊妾朽骨，归葬安宅，不啻再造。』宁毅然诺之。因问葬处，曰：『但记取白杨之上，有乌巢者是也。』言已出门，纷然而灭。明日，恐燕他出，早诣邀致。辰后具酒馔，留意察燕。既约同宿，辞以性癖耽寂。宁不听，强携卧具来。燕不得已，移榻从之。嘱曰：『仆知足下丈夫，倾风良切。要有微衷，难以遽白。幸勿翻窥箧袱，违之，两俱不利。』宁谨受教。

既而各寝，燕以箱箧置窗上，就枕移时，齁如雷吼。宁不能寐。近一更许，窗外隐隐有人影。俄而近窗来窥，目光映闪。宁惧，方欲呼燕，忽有物裂箧而出，耀若匹练，触折窗上石棂，欻然一射，即遽敛入，宛如电灭。燕觉而起，宁伪睡以觇之。燕捧箧检征，取一物，对月嗅视，白光晶莹，长可二寸，径韭叶许。已而数重包固，仍置破箧中。自语曰：『何物老魅，直尔大胆，敢坏箧子。』遂复卧。宁大奇之，因起问之，且以所见告。燕曰：『既相知爱，何敢深隐？我，剑客也。若非石棂，妖当立毙；虽然，亦伤。』问：『所缄何物？』曰：『剑也。适嗅之，有妖气。』宁欲观之。慨出相示，荧荧然一小剑也。于是益厚重燕。明日，视窗外，有血迹。遂出寺北，见荒坟累累，果有白杨，乌巢其颠。迨营谋既就，趣装欲归。燕生设祖帐，情义殷渥。以破革囊赠宁，曰：『此剑袋也，宝藏可远魑魅。』宁欲从授其术。曰：『如君信义刚直，可以为此；然君犹富贵中人，非此道中人也。』宁乃托有妹葬此，发掘女骨，敛以衣衾，赁舟而归。宁斋临野，因营坟葬诸斋外。祭而祝曰：『怜卿孤魂，葬近蜗居，歌哭相闻，庶不见凌于雄鬼。一瓯浆水饮，殊不清旨，幸不为嫌！』祝毕而返。后有人呼曰：『缓待同行！』回顾，则小倩也。欢喜谢曰：『君信义，十死不足以报。请从归，拜识姑嫜，媵御无悔。』审谛之，肌映流霞，足翘细笋，白昼端相，娇艳尤绝。遂与俱至斋中。嘱坐少待，先入白母。母愕然。时宁妻久病，母戒勿言，恐所骇惊。言次，女已翩然入，拜伏地下。宁曰：『此小倩也。』母惊顾不遑。女谓母曰：『儿飘然一身，远父母兄弟。蒙公子露覆，泽被发肤，愿执箕帚，以报高义。』母见其绰约可爱，始敢与言，曰：『小娘子惠顾吾儿，老身喜不可已。但生平止此儿，用承祧绪，不敢令有鬼偶。』女曰：『儿实无二心。泉下人，既不见信于老母，请以兄事，依高堂，奉晨昏，如何？』母怜其诚，允之。即欲拜嫂。母辞以疾，乃止。女即入厨下，代母尸饔。入房穿榻，似熟居者。日暮，母畏惧之，辞使归寝，不为设床褥。女窥知母意，即竟去。过斋欲入，却退，徘徊户外，似有所惧。生呼之。女曰：『室有剑气畏人。向道途之不奉见者，良以此故。』宁悟为革囊，取悬他室。女乃入，就烛下坐。移时，殊不一语。久之，问：『夜读否？妾少诵『楞严经』，今强半遗忘。浼求一卷，夜暇，就兄正之。』宁诺。又坐，默然，二更向尽，不言去。宁促之。愀然曰：『异域孤魂，殊怯荒墓。』宁曰：『斋中别无床寝，且兄妹亦宜远嫌。』女起，容颦蹙而欲啼，足偃儴而懒步，从容出门，涉阶而没。宁窃怜之。欲留宿别榻，又惧母嗔。女朝旦朝母，捧匜沃盥，下堂操作，无不曲承母志。黄昏告退，辄过斋头，就烛诵经。觉宁将寝，始惨然去。先是，宁妻病废，母劬不可堪；自得女，逸甚。心德之。日渐稔，亲爱如己出，竟忘其为鬼；不忍晚令去，留与同卧起。女初来未尝食饮，半年渐啜稀酏。母子皆溺爱之，讳言其鬼，人亦不之辨也。无何，宁妻亡。母阴有纳女意，然恐于子不利。女微窥之，乘间告母曰：『居年余，当知肝鬲。为不欲祸行人，故从郎君来。区区无他意，止以公子光明磊落，为天人所钦瞩，实欲依赞三数年，借博封诰，以光泉壤。』母亦知无恶，但惧不能延宗嗣。女曰：『子女惟天所授。郎君注福籍，有亢宗子三，不以鬼妻而遂夺也。』母信之，与子议。宁喜，因列筵告戚党。或请觌新妇，女慨然华妆出，一堂尽眙，反不疑其鬼，疑为仙。由是五党诸内眷，咸执贽以贺，争拜识之。女善画兰梅，辄以尺幅酬答，得者藏什袭以为荣。一日，俛颈窗前，怊怅若失。忽问：『革囊何在？』曰：『以卿畏之，故缄置他所。』曰：『妾受生气已久，当不复畏，宜取挂床头。』宁诘其意，曰：『三日来，心怔忡无停息，意金华妖物，恨妾远遁，恐旦晚寻及也。』宁果携革囊来。女反复审视，曰：『此剑仙将盛人头者也。敝败至此，不知杀人几何许！妾今日视之，肌犹粟粟。』乃悬之。次日，又命移悬户上。夜对烛坐，约宁勿寝。欻有一物，如飞鸟堕。女惊匿夹幕间。宁视之，物如夜叉状，电目血舌，映闪攫拿而前。至门却步；逡巡久之，渐近革囊，以爪摘取，似将抓裂。囊忽格然一响，大可合篑；恍惚有鬼物，突出半身，揪夜叉入，声遂寂然，囊亦顿缩如故。宁骇诧。女亦出，大喜曰：『无恙矣！』共视囊中，清水数斗而已。后数年，宁果登进士。女举一男。纳妾后，又各生一男，皆仕进有声。

【译文】

宁采臣本是浙江的人，他为人慷慨豪爽，端正自重。他常常对人说：『我除了自己的妻子，从不近其他女色。』

一次，他有事去金华府城，行至北郊，卸装在兰若寺休息。寺里的大殿、宝塔等建筑都十分壮观、华丽，只是蓬蒿长得比人都高，好像从未有人进来过。东西两边僧人房舍的门都虚掩，只有南边的一间小屋新上了门锁，再看看殿东一角，高高的竹子有满把粗，阶下有个大水池，池里的野藕正开着花。他很喜欢这个幽静的所在。正值学政大人巡视到来，城里的房价极贵，宁采臣心想不如就住在这里，于是在寺院随意走走，等和尚回来。傍晚时分，他见有个书生来开南屋的门，宁采臣就过去向他打招呼，并把想在寺院留宿的意图说了，书生说：『这里没有房主，我也是在这里暂住，你只要不嫌这里荒凉就住下吧，我还有幸早晚向你求教。』宁采臣很高兴，就铺草为床，支起木板当桌子，要在这里久住。这天夜里，明月高悬，清光柔媚似水，两人在殿廊上促膝相谈，互通姓名。书生自我介绍说：『姓燕，字赤霞。』宁采臣以为他是来应试的秀才，但口音却不像浙江人，一问才知是陕西人。他说话朴实真诚。随后没什么可谈的了，于是拱手道别，各自就寝。

宁采臣因到了陌生地方，很久不能入睡。他听到房子北边传来说话声，像是住着人家。他起身伏在北边墙壁石窗户下偷偷窥视，见短墙外有个小院落，有40岁左右的妇人和身穿暗红色衣服、头戴银首饰的驼背老太婆，在月光下对话。妇人说：『小倩为何这么长时间还不见来？』老太婆说：『大概就要来了。』妇人又说：『该不会是对老母有怨言吧？』老太婆说：『这倒没听说，但她有些局促不安的样子。』妇人说：『对这丫头不宜太好！』话音未落，就见一个十七八岁的少女进来，容貌美艳绝伦。老太婆说：『背地不要说人，我们两个正说着，小妖精进来没有个响声，幸亏没说什么坏话。』又说：『小娘子确实是个画中人，假使我老太婆是个男人，也会被勾了魂去。』少女说：『姥姥若不夸赞我，还会再有谁说我好呢！』下边说些什么就听不清楚了。宁采臣以为她们是邻居人家的女眷，就睡下不再去听。过了很久，那边才悄无声息。

他正要睡着时，忽然觉得有人进来了，他急忙起身一看，正是北院那个少女。他惊讶地问她来干什么，女子笑着说：『迷人的月夜睡不着，想和你玩玩。』宁采臣严肃地说：『你要防别人说闲话，我也怕流言。稍一失足，就会廉耻丧尽，道德败坏。』女子说：『深夜没人会知道。』宁采臣大声呵斥她，她在地上打着转还想说什么，宁采臣又喝道『『快走！再不走，我就要叫南边屋子的人来看。』女子害怕了，才退了出去，但她刚到外面就又回来了，拿出一锭黄金放在褥子上。宁采臣抓起来一把扔到屋子台阶下边，说道：『不义之财，不要玷污了我的口袋！』女子很羞惭地出去，从地上拾起金子自言自语说：『这汉子真是铁石之人。』

第二天一早，有个兰溪县书生带着仆人来等候考试，住在东厢房，夜里暴病而死，脚心有个小孔，像是锥子扎的，还有细细的一丝血流出来，大家不知什么缘故。过了一夜，仆人也死了，症状和主人一样。晚上，燕生回来了，宁采臣询问怎么回事，燕生认为是鬼怪弄的。宁采臣向来耿直胆正，对此很不在意。

半夜时分，那女子又来了，她对宁采臣说：『我见的人多了，没有人像你这么刚正的，你确实是个正直人，我不敢欺骗告诉你吧，我姓聂，叫小倩，十八岁时夭亡，就葬在寺院隔壁。我常被妖魔威胁，干各种下贱事务，强装笑脸勾引男人，这实在不是我的意愿。今夜寺院里无人可害，怕夜叉会来危害你的。』宁采臣很害怕，问她该怎么办，她说：『和燕生住在一起，会免除大难。』他问为何不去迷惑燕生。女子说：『他是个奇人，不敢接近。』宁采臣又问：『怎么去迷惑人？』女子说：『谁要是近我，我就悄悄地用锥子刺他的脚心，他就会昏迷不醒，而后抽他的血供妖魔喝。假使谁爱钱我就给他金子，其实那不是金子，是罗刹鬼的骨头，谁拿了它就会剜取谁的心肝。这两种办法都是用来对付那些好色或者贪财的家伙的。』宁采臣感谢她来通信，并问夜叉什么时候来，女子说是明晚。分别时，女子流泪说：『我掉进苦海里，上不了岸，您是君子，义气冲天，定能把我救出苦海，如果愿意将我尸骨重新葬个好地方，您就是我的再造恩人。』宁采臣毅然答应一定照办。又问她葬在什么地方，女子说：『你定记住，白杨树上有乌鸦巢的便是。』说完，一出门就不见了。

第二天，宁采臣害怕燕生有事出门，一大早就到他的房间去邀请。到辰时早准备好酒菜同饮，并留意观察燕生的举止，最后提出晚上要和他同住一屋。燕生以性情孤僻喜欢寂静来推辞，宁采臣把自己的铺盖硬搬进燕生的房里，燕生没办法，只好同意。他叮嘱说：『我知道你是个大丈夫，令人敬佩，但我有些话不便明说，希望你不要翻看我的箱子和包袱，否则，这会对我们两个都不好。』到了晚上，他们都各自睡了。燕生把一个箱子放在窗户上，刚挨上枕头不久就鼾声如雷。宁采臣却睡不着，大约一更时分，窗外隐隐约约有个人影，慢慢地走近窗户往里偷看，目光闪烁。宁采臣吓得刚要叫醒燕生，突然有一个东西破箱飞出，光亮耀眼，像是一匹白练，碰折了窗上的石棂，极快地向外面一射，随即又收回箱中，仿佛电光消失一样。燕生觉察起身，宁采臣装睡偷看他。燕生端起箱子检查着，从里边取出个东西，对着月光闻闻看看，只见那东西白光晶莹，有二寸来长，大约像韭菜叶宽。燕生把它裹了几层包好，仍旧放进破箱里，自言自语道：『什么老鬼怪，竟这般大胆，把我的箱子都弄坏了。』说完又睡下了。宁采臣非常奇怪，就起来问他，并把自己刚才看见的情形告诉了他，燕生说：『蒙你顾爱，怎敢隐瞒？我是剑客。要不是这石窗棂，鬼怪早死定了，即使这样，还是受了重伤。』宁采臣又问他藏的是什么东西。燕生说刚才闻闻，有股妖气。宁采臣要看。燕生向他慨然出示，是一柄寒光闪闪的小剑。于是宁采臣对他更加敬重。

早晨起来，看到窗户外留有血迹，宁采臣走出寺院，只见北边全是乱坟，那边果然有棵白杨树，树顶有个乌鸦巢。他办完事情，打点行装准备回家。燕生为他饯别，两人结下深厚情谊。燕生送给宁采臣一个破皮袋，说：『这是个剑袋，好好珍藏着，它能驱邪除妖。』宁采臣还想跟他学剑术，燕生说：『像你这样刚正而又重信义的人本来可以学学，但是你是富贵场上人，不是干我们这一行的。』宁采臣托辞他有个妹妹葬在这里，挖出女尸，用衣物包好，雇船回家。

宁采臣的书房靠近野外，就建造坟墓把女尸葬在书房附近，并祝祷说：『我同情你孤孤单单，把你葬在这小屋附近能听见你的声音，也免得让你受恶鬼的欺凌。送你一杯水酒喝，不成敬意，希望不要嫌弃。』然后往回走，却听见后面有人喊：『等等，一块儿走！』他回头一看，见是聂小倩。她高兴地感谢说：『您的信义，我死十次也不足以报答。请带我回家拜见公婆，我愿做个婢妾也无悔。』宁采臣仔细看她，只见她肌肤光洁如流霞，小脚翘若细笋，白天端详，更加娇艳。两人一起回到书房。宁采臣叫小倩稍坐一会儿，他先进屋告诉母亲。母亲听了很吃惊。当时宁采臣的妻子重病在床很久了，母亲劝他不要说，害怕使其受惊。正说时，小倩已轻盈地进来，向母亲跪拜。宁采臣说：『这就是小倩。』母亲很惊惶，听她说：『我孤身一人，远离亲人，蒙受公子恩德，施于我身，我愿意做奴妾服侍他，报答深情厚谊。』母亲见她长得风姿绰约，端丽可爱，才敢开口和她说话：『姑娘肯照顾我儿子，我高兴都来不及。但我一辈子就他这么一个儿子，还要靠他传宗接代，不能娶鬼妻。』小倩说：『我绝无二心。我这九泉之下人，老母既不信任，我愿把他当哥哥对待，就跟母亲在一起，早晚侍候，行吗？』母亲见她这么真诚，就同意了。她还想拜见嫂子，母亲以宁妻有病为由推辞，这才止住她。小倩当即下厨做饭，穿堂像是家里人一样熟悉。天黑了，母亲害怕她，让她自己回去睡，没给她安排床铺，她心里明白母亲的意思，就辞别了。经过书房时她想进去，又退出来，只在窗下徘徊，好像怕什么。宁采臣叫她进去，她说：『房里的剑气我很怕，当初我一路上不敢见你就是这个缘故。』他马上明白是剑袋的关系，就忙取下拿去挂在别的房间。小倩进来坐在烛光下，好一会儿也没说一句话，很久才问：『你夜里读书不？我小时候念过《楞严经》，现在大半都记不得了，请找一卷，夜里没事时请大哥指导我读。』他答应了。小倩又默默地坐着，无话可说，二更快过去了，还不想走。宁采臣催她走，她悲凄地说：『我是外地来的孤魂，特别怕到荒墓里去。』宁采臣房里又没第二张床，而且兄妹之间就应避嫌。』小倩站起来，一副表情痛苦想要哭的样子，抬脚想走又不愿走，慢慢出门，到了台阶上就消失了。宁采臣心里很可怜她，本想留她睡在别的床上，又怕母亲不高兴。

小倩早晚都向母亲问安，侍候梳洗，下堂操持家务，一切都博得母亲欢心。一到黄昏就自觉告退，每次经过书房都要在烛光下读一阵经书，只要一看宁采臣想要睡觉，她就很难过地离去。

以前，宁妻卧病在床，母亲劳累得厉害，自从小倩来后，母亲轻松多了，心里很感激她。日子久了，更加亲近，母亲竟把她当成自己的女儿，居然忘记她是个鬼。晚上再也不忍心叫她走，就留她一起住。小倩刚来时不曾饮食，半年后渐渐吃几口稀粥。母子俩都越发喜爱她，说话时都忌讳说鬼字。人们也辨别不清。

不久，宁妻去世，母亲有收小倩为儿媳的意思，但又怕对儿子不利。小倩猜出母亲的心思，找机会对母亲说：『我来一年多了，母亲该了解孩儿的心，我不想害任何人，所以才跟随宁郎来家里。我没有其他心思，只因公子为人光明磊落，天和人都钦佩。我心里实际上想的是侍奉他三五年，等他成就功名做官后，我也可借以封诰，在阴间也感到荣光。』母亲也知道她没有恶意，只是怕她不能生儿育女。小倩说：『儿女都是上天所授，大哥有天福，将有三个光宗耀祖的儿子，不会因为娶了鬼妻就绝后的。』母亲相信她说的，和儿子商议婚事。

宁采臣很高兴，于是发出请帖，大办婚筵。亲戚朋友有人要求看看新媳妇。小倩穿戴得花枝招展，落落大方地出来见客人，大家看了无不艳美，都不相信她会是鬼，而以为她是仙。因此亲戚中的妇女都送厚礼表示祝贺，争相拜会结识她。小倩很擅长画兰梅，就用画幅来答谢她们，大家得到画卷都珍藏起来，以此为荣。

有一天，她低头站在窗前，显出怅然若失的样子。忽然问道：『剑袋在哪里？』宁采臣说：『因为你害怕，我就把它放在别的房间了。』小倩说：『我接受阳气已经不少了，不再害怕，应当取来挂在床前。』宁采臣问她为什么要这样做，小倩说：『三天来，我一直心悸不安，料想是金华那老妖精恨我远逃，恐怕早晚会找来的。』宁采臣拿来剑袋，小倩翻来翻去看了很长时间说：『这是剑仙装人头用的，已经破旧成这样子，不知杀了多少人！我今天看着它还浑身发抖。』说完就挂起来。第二天，又叫挂窗户上。夜里她坐在烛前，叫宁采臣不要睡。忽然有一个东西，像飞鸟一样落下来，小倩吓得把身子缩在帐幕中。宁采臣一看那个东西像夜叉的样子，目光如电流，舌头血红血红，张牙舞爪地扑上前来。它到了门口又停住，在外边徘徊了很久，慢慢靠近剑袋，企图用爪子摘取，好像要将它撕裂，剑袋突然『咔嚓』一声响，一下子胀得像两个竹筐那么大，仿佛其中有个鬼物猛地伸出半个身子，把夜叉揪了进去，旋即没了声息，剑袋也收缩回原来的样子。宁采臣非常惊惧，小倩也出来，欣喜万分地说：『这下没有危险了！』他们再去看袋子里面，只有几斗清水罢了。

几年后，宁采臣果然中了进士，小倩也生下个男孩。宁采臣纳娶一个小妾后，妻妾两人又各生下一个男孩。后来三个儿子都做了官，而且都有好的声望。

海公子

东海古迹岛，有五色耐冬花，四时不凋。而岛中古无居人，人亦罕到之。登州张生，好奇，喜游猎。闻其佳胜，备酒食，自棹扁舟而往。至则花正繁，香闻数里；树有大至十余围者。反复流连，甚慊所好。开尊自酌，恨无同游。忽花中一丽人来，红裳炫目，略无伦比。见张，笑曰：『妾自谓兴致不凡，不图先有同调。』张惊问何人。曰：『我胶娼也。适从海公子来。彼寻胜翱翔，妾以艰于步履，故留此耳。』张方苦寂，得美人，大悦，招坐共饮。女言辞温婉，荡人神志。张爱好之。恐海公子来，不得尽欢，因挽与乱。女忻从之。相狎未已，忽闻风肃肃，草木偃折有声。女急推张起，曰：『海公子至矣。』张束衣愕顾，女已失去。旋见一大蛇，自丛树中出，粗于巨筒。张惧，障身大树后，冀蛇不睹。蛇近前，以身绕人并树，纠缠数匝；两臂直束胯间，不可少屈。昂其首，以舌刺张鼻。鼻血下注，流地上成洼，乃俯就饮之。张自分必死，忽忆腰中佩荷囊，有毒狐药，因以二指夹出，破裹堆掌中；又侧颈自顾其掌，令血滴药上，顷刻盈把。蛇果就掌吸饮。饮未及尽，遽伸其体，摆尾若霹雳声，触树，树半体崩落，蛇卧地如梁而毙矣。张亦眩莫能起，移时方苏。载蛇而归，大病月余。疑女子亦蛇精也。

【译文】

在东海的古迹岛上，这里有一种五色的耐冬花，此花一年四季常开不败。岛上自古无人居住，岛外人也很少到岛上来。登州的张生，喜欢奇异之事，喜欢到处旅行猎奇。听说古迹岛风光佳美，就准备了酒食，自己划着小船上了岛。上岛后花开得正茂，数里之外就能闻到香味儿；岛上的大树，有长到十余围粗的。他流连忘返，非常满意这次游览。打开酒瓶，喝起来，只是后悔没有同伴。忽然花丛中走来一位美女，红衣服耀人眼睛，漂亮得无可比拟。她见到张生，笑着说：『我自以为兴趣不同寻常，没想到早有一个同好的人。』张生吃惊地问：『什么人？』女人说：『我是胶州的妓女，刚刚跟着海公子来到这里。他寻芳览胜自由自在去了，我因为行动不便所以留在这里。』张生正苦于没人聊天，碰见这个美女，非常高兴，招呼她坐下一起喝酒。这女人言语温顺，让人魂不守舍。张生相当喜欢她。又担心海公子来了，不能尽情欢乐，就拉着她和她发生关系。女人也就顺从了他。两个人正在兴头上，忽听风声飕飕，草木倒地折断哗哗作响。女人急忙推开张生，说：『海公子到了。』

张生系好腰带，惊回首一看，那女人已不知去向。接着看见一条大蛇，从树丛中爬出来，比大竹筒还粗。张生很害怕，藏在大树后头，希望蛇看不见他。蛇来到树下，用身体把他和树一起缠住，缠了好几圈儿；张生的两根胳膊直直地被缠在裤裆里，一点儿也不能弯曲。蛇抬起头来，用舌头刺张生的鼻子。张生的鼻血流淌到地上成了一洼，蛇就低下头去喝。张生自料必死无疑，忽然想起腰上的荷包里，装有毒狐狸的药，于是用两个手指把毒药夹出，把包装弄破堆在手心里；又扭着脖子看着自己的手掌，让鼻血滴到药上，片刻就滴满了一把。蛇果然伸头到手心吸血。没等喝完，突然伸开身子，尾巴一摆，像打了个炸雷，碰到树上，树崩塌了一半，蛇僵卧地上像房梁一般死了。

张生因流血过多，也头昏眼花站不起来，过了一个时辰，才清醒过来。用船把大蛇拉回家。大病了一个多月。他怀疑与他交合的那个美女也是一条蛇精。

海大鱼

海滨故无山。一日，忽见峻岭重叠，绵亘数里，众悉骇怪。又一日，山忽他徙，化而乌有。相传海中大鱼，值清明节，则携眷口往拜其墓，故寒食节多见之。

【译文】

海滨原来本没有山，一天忽然出现崇山峻岭，绵绵几里路，大家都惊骇万分。又过了一天，山忽然走到别的地方去了，化为乌有。相传海里有大鱼，清明节带领全家扫墓。上述这种情形，多在清明前一日寒食时出现。

凤阳士人

凤阳一士人，负笈远游。谓其妻曰：『半年当归。』十余月，竟无耗问。妻翘盼綦切。一夜，才就枕，纱月摇影，离思萦怀。方反侧间，有一丽人，珠鬟绛帔，搴帷而入，笑问：『姊姊，得无欲见郎君乎？』妻急起应之。丽人邀与共往。妻惮修阻，丽人但请勿虑。即挽女手出，并踏月色，约行一矢之远。觉丽人行迅速，女步履艰涩，呼丽人少待。将归着复履。丽人牵坐路侧，自乃捉足，脱履相假。女喜着之，幸不凿枘。复起从行，健步如飞。移时，见士人跨白骡来。见妻大惊，急下骑，问：『何往？』女曰：『将以探君。』又顾问丽者伊谁。女未及答，丽人掩口笑曰：『且勿问讯。娘子奔波匪易；郎君星驰夜半，人畜想当俱殆。妾家不远，且请息驾，早旦而行，不晚也。』顾数武之外，即有村落。遂同行，入一庭院，丽人促睡婢起供客，曰：『今夜月色皎然，不必命烛，小台石榻可坐。』士人絷蹇檐梧，乃即坐。丽人曰：『履大不适于体；途中颇累赘否？归有代步，乞赐还也。』女称谢付之。俄顷，设酒果，丽人酌曰：『鸾凤久乖，圆在今夕；浊醪一觞，敬以为贺。』士人亦执盏酬报。主客笑言，履舄交错。士人注视丽者，屡以游词相挑。夫妻乍聚，并不寒暄一语。丽人亦美目流情，妖言隐谜。女惟默坐，伪为愚者。久之渐醺，二人语益狎。又以巨觥劝客，士人以醉辞，劝之益苦。士人笑曰：『卿为我度一曲，即当饮。』丽人不拒，即以牙杖抚提琴而歌曰：『黄昏卸得残妆罢，窗外西风冷透纱。听蕉声，一阵一阵细雨下。何处与人闲磕牙？望穿秋水，不见还家，潸潸泪似麻。又是想他，又是恨他，手拿着红绣鞋儿占鬼卦。』歌竟，笑曰：『此市井里巷之谣，不足污君听；然因流俗所尚，姑效颦耳。』音声靡靡，风度狎亵。士人摇惑，若不自禁。少间，丽人伪醉离席；士人亦起，从之而去。久之不至。婢子乏疲，伏睡廊下。女独坐，块然无侣，中心愤恚，颇难自堪。思欲遁归，而夜色微茫，不忆道路。辗转无以自主，因起而觇之。裁近其窗，则断云零雨之声，隐约可闻。又听之，闻良人与己素常猥亵之状，尽情倾吐。女至此，手颤心摇，殆不可过，念不如出门窜沟壑以死。愤然方行，忽见弟三郎乘马而至，遽便下问。女具以告。三郎大怒，立与姊回，直入其家，则室门扃闭，枕上之语犹喁喁也。三郎举巨石如斗，抛击窗棂，三五碎断。内大呼曰：『郎君脑破矣！奈何！』女闻之，愕然大哭，谓弟曰：『我不谋与汝杀郎君，今且若何？』三郎撑目曰：『汝呜呜促我来，甫能消此胸中恶，又护男儿、怨弟兄，我不惯与婢子供指使！』返身欲去。女牵衣曰：『汝不携我去，将何之？』三郎挥姊仆地，脱体而去。女顿惊寤，始知其梦。越日，士人果归，乘白骡。女异之而未言。士人是夜亦梦，所见所遭，述之悉符，互相骇怪。既而三郎闻姊夫远归，亦来省问。语次，谓士人曰：『昨宵梦君，今果然，亦大异。』士人笑曰：『幸不为巨石所毙。』三郎愕然问故，士以梦告。三郎大异之。盖是夜，三郎亦梦遇姊泣诉，愤激投石也。三梦相符，但不知丽人何许耳。

【译文】

凤阳有一位读书人，出门远游，对他的妻子说，自己半年就回来。但是，过了十几个月，毫无音信。有天夜里，妻睡在床上。月光照进纱窗，树影移动，触发了她的离情别绪。忽然有一个美女穿戴华丽，掀帘进来，笑着说：『姐姐是不是想见到爱人？』妻立刻起身答应。女子邀她同去。她害怕路途遥远，女子说不要紧，挽着她的手，在月光下走了一段路。妻觉得女子走得太快，很难跟上。叫她稍为等候，让自己回家换鞋。女子移她坐在路旁，把自己脚上的鞋脱给她穿，鞋很合适，再上路时，健步如飞。一时，见丈夫骑一白骡来到，见妻表示惊奇，问她往哪里，答说：『找你。』又问：同行女子是谁？妻尚未开口，女子笑说：『且莫问这些，娘子一路奔波不容易，你也骑马跑了半夜，人和马想必都疲倦，我家近在咫尺，请去休息，明早再走。』果然，几步之外，有一村子。就同去一所住宅中，女子叫醒丫鬟招呼客人，说：『今夜月光明朗，不必点蜡烛。小台石几可坐。』把骡子拴在屋檐梧桐树上，然后陪坐，并对妻说：『鞋子不太合适吧？途中累不累？回去有马骑，请把鞋还我。』妻道谢后将鞋还她。

顷刻间摆上饭肴，女子酌酒说：『你们夫妻阔别，今夜团圆，请喝杯薄酒，表示祝贺。』男人举杯酬谢，主客欢笑。慢慢手舞足蹈，不守礼节。男的眼光盯着女子，还说些不三不四的话。夫妻久别重逢，却未说半句。女子也眉目传情，说些别人听不懂的隐语。妻默默无言，干脆装傻。到了后来，男女之间都有了醉意，言语举止更近于亵。女用大杯劝酒，男的推辞已醉，并要女子唱歌给他听。女答应，用象牙拨子钩动琴弦边唱：『黄昏卸得残妆罢，窗外西风冷透纱。听蕉声，一阵一阵细雨下。何处与人闲磕牙？望穿秋水，不见还家。潸潸泪似麻。又是想他，又是恨他，手拿着红绣鞋儿占鬼卦。』唱完，笑着说：『这种下里巴人的曲子，恐不入尊耳。但流俗如此，只好依样葫芦。』讲这番话时，妖声妖气，男的更被迷住，有些情不自禁。一会儿，女子装醉退席，男人跟她进去，许久不出来。丫头伏在走廊上睡了。妻独坐无聊，心中愤愤不平。想逃回家，又是夜间不认识路，一时拿不定主意。

等妻走到里面去时，近窗一听，隐约听到男女欢爱的声音。再听，男人把平日夫妻俩的种种事体全说了出来。气得她全身发抖，心也通通地跳，想不如出门跳进溪涧中死去的好。走了几步，忽见胞弟三郎骑马来到。三郎下马问她，她一五一十说给三郎听，三郎勃然大怒，立刻同她回到女子家，见房门紧闭，男女枕上喁喁私语，依稀可闻。于是，三郎手握大石抛击门窗，窗棂被打断几根，房里大叫：『郎君头破了，怎么办？』妻一听，急得大哭，对三郎说：『我并未要你把丈夫杀掉，现在如何是好？』三郎瞪着眼睛说：『你呜呜地哭着催我来这里，现在才消了口气，却又袒护丈夫，反埋怨我。我不稀罕听你这丫头的指使。』说着，回身就走。妻牵着他的衣服说：『你不带我去，一个人往哪里走！』三郎顺手把她推倒地上。妻顿时觉醒，原来是做梦。

第二天，丈夫果真骑着一匹白骡回家。妻心里奇怪，却未开口。丈夫这夜也做着同样的梦，相互骇然。三郎听说姊丈远归，特来探望，谈话中也说到在梦中见到姊丈。姊丈笑着说：『好在我未给石头打死。』这时方知三人夜间同做一梦。但不知女子是何许人也。

耿十八

新成耿十八，病危笃，自知不起。谓妻曰：『永诀在旦晚耳。我死后，嫁守由汝，请言所志。』妻默不语。耿固问之，且云：『守固佳，嫁亦恒情。明言之，庸何伤？行与子诀。子守，我心慰；子嫁，我意断也。』妻乃惨然曰：『家无儋石，君在犹不给，何以能守？』耿闻之，遽握妻臂，作恨声曰：『忍哉！』言已而没。手握不可开。妻号。家人至，两人攀指力擘之，始开。耿不自知其死，出门，见小车十余辆，辆各十人，即以方幅书名字，粘车上。御人见耿，促登车。耿视车中已有九人，并已而十。又视粘单上，己名最后。车行咋咋，响震耳际，亦不自知何往。俄至一处，闻人言曰：『此思乡地也。』闻其名，疑之。又闻御人偶语云：『今日三人。』耿又骇。及细听其言，悉阴间事，乃自悟曰：『我岂不做鬼物耶！』顿念家中无复可悬，惟老母腊高，妻嫁后，缺于奉养；念之，不觉涕涟。又移时，见有台，高可数仞，游人甚伙；囊头械足之辈，呜咽而下上，闻人言为『望乡台』。诸人至此，俱踏辕下，纷然竞登。御人或挞之，或止之，独至耿，则促令登。登数十级，始至巅顶。翘首一望，则门闾庭院，宛在目中。但内室隐隐，如笼烟雾。凄恻不自胜。回顾，一短衣人立肩下，即以姓氏问耿。耿具以告。其人亦自言为东海匠人。见耿零涕，问：『何事不了于心？』耿又告之。匠人谋与越台而遁。耿惧冥追，匠人固言无妨。耿又虑台高倾跌，匠人但令从己。遂先跃，耿果从之。及地，竟无恙。喜无觉者。视所乘车，犹在台下。二人急奔，数武，忽自念名字粘车上，恐不免执名之追；遂反身近车，以手指涂去己名始复奔，哆口坌息，不敢少停。少间，入里门，匠人送诸其室。蓦睹己尸，醒然而苏。觉乏疲躁渴，骤呼水。家人大骇，与之水，饮至石余。乃骤起，作揖拜状；既而出门拱谢，方归。归则僵卧不转。家人以其行异，疑非真活；然渐觇之，殊无他异。稍稍近问，始历历言其本末。问：『出门何故？』曰：『别匠人也。』『饮水何多？』曰：『初为我饮，后乃匠人饮也。』投之汤羹，数日而瘥。由此厌薄其妻，不复共枕席云。

【译文】

新城县有个叫耿十八的人病得很重，自己知道不能好转，就对妻子说：『咱们永别就在早晚之间了。我死了以后，你可以改嫁或者守节都由你自己决定，请说说想法。』妻子沉默不语。耿十八坚持追问，并且说：『为我守节固然很好，改嫁也是常情。请你明白地告诉我，有什么妨害！我就要和你永别了。你守节我心里会得以安慰，你改嫁我就断绝意念。』妻子就悲伤地说：『家里粮食不足，你在的时候日子都过得很艰难，你死了叫我怎么守？』耿十八听了妻子的话，抓住妻子的胳膊，发出恨恨声音说：

『你太残忍了！』话音刚落，就断了气。但是他握着妻子的双手却死也掰不开。妻子号啕大哭，家里人来了，两人抓住他的手指用力硬掰，这才弄开了。

耿十八不知道自己已经死了。他出了门，见有十几辆小车，每辆车坐满十个人，都用一幅方纸写上名字贴在车上。车夫看见耿十八，就催他赶快上车，耿十八看见车上已经有九个人，加上自己正好是十个。再看车上贴的名称，自己被排在最后。车子发出咋咋的响声，震得耳根发麻，也不知道车子将走向哪里。不久，车子就到了一个地方，他听见有人说：『这是思乡地。』听到这个名称，他有些怀疑。又听见车夫相对私语说：『今天要铡断三个人。』耿十八听后非常害怕，再仔细听他们说的，全是阴间的事情，这时才醒悟过来，心里说：『我这不是变成鬼了吗？』立即就想起家来，但也觉得没有什么可挂念的，只有老母亲年纪很大了，妻子改嫁后无人奉养。想着想着，不觉泪眼潸潸。又过了一会儿，看见一座高台，大约有好几丈，游人很多，那被蒙头、戴着脚镣的人，呜呜咽咽地上上下下，他听别人说这是『望乡台』。大家到了这里都下了车，纷纷争着登台。车夫或者鞭挞，或者阻止，唯独对耿十八却催他赶快去登。他上了十几级，便登到台顶，翘首远望，自己家里的门窗、庭院都宛然尽收眼底，但里屋隐隐约约看不清楚，仿佛笼罩在烟雾中一样。他心里非常悲凄。耿十八偶然回头一看，只见一个穿短衣的人站在他的下边，那人询问耿十八的姓名。他如实对那人说了。那人也自我介绍是东海匠人。他看见耿十八伤心落泪，就问：『什么事放心不下？』耿十八就告诉了他。匠人和他谋划越台逃跑。

耿十八害怕阴曹追捕，匠人说不要紧。耿十八又担心台高会跌伤，匠人叫他只管跟着自己走，匠人先跳，他也随着跳下，落到地上，竟没一点事。很高兴无人发现，再看所乘坐的车子，还停在台下。两人急步逃跑，才跑出几步，忽然想起自己的名字还贴在车上，害怕人家拿着名字来追赶，于是回到车子那里，用手指蘸唾沫涂掉自己的名字，又拼命奔逃，跑得上气不接下气也不敢停一下。

不长时间，就跑到村口，匠人送他到屋里。他突然看见自己的尸体，蓦地苏醒过来。觉得又疲倦又干渴，一个劲地喊着要水喝。家人惊恐极了，给他端来水，他一口气喝了一担多水。然后突地坐起身，又作揖又叩拜，随后又出门拱手道谢，完了才回来。回来后又僵卧在床上一动也不动。家人见他举止奇怪，怀疑他不是真活，但再慢慢观察他，并没有别的特殊举动。家里人渐渐走近问他，他就详细地说了他所经历的事情，家里人又问：『为什么出门去？』回答说：『和匠人告别。』又问：『为什么要喝那么多水？』又答：『先是我喝，后来匠人又喝。』家里人慢慢供给饭食，过了几天就完全好了。从此，他再也看不起妻子，也不再和她同睡一张床。

珠儿

常州民李化，富有田产。年五十余，无子。一女名小惠，容质秀美，夫妻最怜爱之。十四岁，暴病夭殂，冷落庭帏，益少生趣。始纳婢，经年余，生一子，视如拱璧，名之珠儿。儿渐长，魁梧可爱。然性绝痴，五六岁尚不辨菽麦，言语蹇涩。李亦好而不知其恶。会有眇僧，募缘于市，辄知人闺闼，于是相惊以神；且云，能生死祸福人。几十百千，执名以索，无敢违者。诣李募百缗。李难之。给十金，不受；渐至三十金。僧厉色曰：『必百缗，缺一文不可！』李怒，收金遽去。僧忿然而起，曰：『勿悔，勿悔！』无何，珠儿心暴痛，巴刮床席，色如土灰。李惧，将八十金诣僧乞救。僧笑曰：『多金大不易！然山僧何能为？』李归而儿已死。李恸甚，以状诉邑宰。宰拘僧讯鞫，亦辨给无情词。笞之，似击鞔革。令搜其身，得木人二、小棺一、小旗帜五。宰怒，以手叠诀举示之。僧乃惧，自投无数。宰不听，杖杀之。李叩谢而归。时已曛暮，与妻坐床上。忽一小儿，儴入室曰：『阿翁行何疾？极力不能得追。』视其体貌，当得七八岁。李惊，方将诘问，则见其若隐若现，恍惚如烟雾，宛转间，已登榻坐。李推下之，堕地无声。曰：『阿翁何乃尔！』瞥然复登。李惧，与妻俱奔。儿呼阿父、阿母，呕哑不休。李入妾室，急阖其扉；还顾，儿已在膝下。李骇问何为。答曰：『我苏州人，姓詹氏。六岁失怙恃，不为兄嫂所容，逐居外祖家。偶戏门外，为妖僧迷杀桑树下，驱使如伥鬼，冤闭穷泉，不得脱化。幸赖阿翁昭雪，愿得为子。』李曰：『人鬼殊途，何能相依？』儿曰：『但除斗室，为儿设床褥，日浇一杯冷浆粥，余都无事。』李从之。儿喜，遂独卧室中。晨来出入闺阁，如家生。闻妾哭子声，问：『珠儿死几日矣？』答以七日。曰：『天严寒，尸当不腐。试发冢启视，如未损坏，儿当得活。』李喜，与儿去，开穴验之，躯壳如故。方此忉怛，回视，失儿所在。异之，舁尸归。方置榻上，目已瞥动；少顷呼汤，汤已而汗，汗已遂起。群喜珠儿复生，又加之慧黠便利，迥异曩昔。但夜间僵卧，毫无气息，共转侧之，冥然若死。众大愕，谓其复死；天将明，始若梦醒。群就问之。答云：『昔从妖僧时，有儿等二人，其一名哥子。昨追阿父不及，盖在后与哥子作别耳。今在冥间，与姜员外作义嗣，亦甚优游。夜分，固来邀儿戏。适以白鼻送儿归。』母因问：『在阴司见珠儿否？』曰：『珠儿已转生矣。渠与阿翁无父子缘，不过金陵严子方，来讨百十千债负耳。』初，李贩于金陵，欠严货价未偿，而严翁死，此事人无知者。李闻之，大骇。母问：『儿见惠姊否？』儿曰：『不知。再去当访之。』又二三日，谓母曰：『惠姊在冥中大好，嫁得楚江王小郎子，珠翠满头髻；一出门，便十百作呵殿声。』母曰：『何不一归宁？』曰：『人既死，与骨肉无关切。倘有人细述前生，方豁然动念耳。昨托姜员外，夤缘见姊。姊姊呼我坐珊瑚床上。与言父母悬念，渠都如眠睡。儿云：「姊在时，喜绣并蒂花，剪刀刺手爪，血涴绫子上，姊就刺作赤水云。今母犹挂床头壁，顾念不去心。姊忘之乎？」姊始凄感，云：「会须白郎君，归省阿母。」』母问其期，答言不知。一日谓母：『姊行且至，仆从大繁，当多备浆酒。』少间，奔入室曰：『姊来矣！』移榻中堂，曰：『姊姊且憩坐，少悲啼。』诸人悉无所见。儿率人焚纸酹饮于门外，反曰：『驺从暂令去矣。姊言：「昔日所覆绿锦被，曾为烛花烧一点如豆大，尚在否？」』母曰：『在。』即启笥出之。儿曰：『姊命我陈旧闺中。乏疲，且小卧，翌日再与阿母言。』东邻赵氏女，故与惠为绣阁交。是夜，忽梦惠幞头紫帔来相望，言笑如平生。且言：『我今异物，父母觑面，不啻河山。将借妹子与家人共语，勿须惊恐。』质明，方与母言。忽仆地闷绝。逾刻始醒，向母曰：『小惠与阿婶别几年矣，顿鬖鬖白发生！』母骇曰：『儿病狂耶？』女拜别即出。母知其异，从之。直达李所，抱母哀啼。母惊不知所谓。女曰：『儿昨归，颇委顿，未遑一言。儿不孝，中途弃高堂，劳父母哀念，罪何可赎！』母顿悟，乃哭。已而问曰：『闻儿今贵，甚慰母心。但汝栖身王家，何遂能来？』女曰：『郎君与儿极燕好，姑舅亦相抚爱，颇不谓妒丑。』惠生时，好以手支颐；女言次，辄作故态，神情宛似。未几，珠儿奔入曰：『接姊者至矣。』女乃起，拜别泣下，曰：『儿去矣。』言讫，复踣，移时乃苏。后数月，李病剧，医药罔效。儿曰：『旦夕恐不救也！二鬼坐床头，一执铁杖子，一挽苎麻绳。长四五尺许，儿昼夜哀之不去。』母哭，乃备衣衾。既暮，儿趋入曰：『杂入妇，且避去，姊夫来视阿翁。』俄顷，鼓掌而笑。母问之，曰：『我笑二鬼，闻姊夫来，俱匿床下如龟鳖。』又少时，望空道寒暄，问姊起居。既而拍手曰：『二鬼奴哀之不去，至此大快！』乃出至门外，却回，曰：『姊夫去矣。二鬼被锁马鞅上。阿父当即无恙。姊夫言：归白大王，为父母乞百年寿也。』一家俱喜。至夜，病良已，数日寻瘥。延师教儿读。儿甚慧，十八岁入邑庠，犹能言冥间事。见里中病者，辄指鬼祟所在，以火爇之，往往得瘳。后暴病，体肤青紫，自言鬼神责我绽露，由是不复言。

【译文】

常州老百姓名叫李化，田产很多，可是五十多岁了还没有儿子。只有一女，名叫小惠，容貌美丽，老两口对她爱如珍宝，但她十四岁忽然暴病死去，家中冷冷落落，毫无生人乐趣。不久，收丫头做妾，隔年生下一儿，看作命根子，取名珠儿。珠儿渐渐长大，身材魁梧，但秉性痴呆，五六岁还分不清豆麦，说话也结结巴巴。老李晚年爱子心切，几乎忘记珠儿的缺陷。

遇有瞎一只眼的和尚来市上化缘，和尚能知人隐秘之事，大家视若神明。传说他能决定人的生死、祸、福。因而化缘时几十几百乃至上千两白银，指名募化，无人敢违抗。到李家，化一百两，李感到为难，给他十两，拒不接受，慢慢加至三十两，仍不肯收。和尚声色俱厉地说：『一百两，缺一文不可。』李生气，把钱收回去，走了。和尚也生气，说：『莫悔！莫悔！』果然不多时，珠儿痛得床上床下，乱爬乱滚，脸无人色。李害怕，带八十两银子向和尚求救。和尚笑着说：『加了这么多钱很不容易，但我有什么办法呢？』李还家，珠儿已死。李哭得非常伤心，告到官府，官府把和尚逮捕审讯，问不出所以然。打他，像打在皮革上。搜他身上，发现木人两具、小棺材一副，还有五色小旗五面。县官大怒，用手指着给和尚看，和尚怕了，自招口供。县官不信，将他打死。李叩头感恩。

到家时已黄昏，与妻同坐床上，忽见有小孩进来说：『阿爹为何走得那样急，我拼命追都没追上。』看小孩大约七八岁，正要问个明白，见他或隐或现，恍恍忽忽，像是一团烟雾。爬上床，李推他下去，落地无声。他说：『阿爹为何这样？』眨眼间又上了床。李夫妇吓得一齐走出门。小孩『阿爹阿妈』叫个不停。李走入妾房，把门关上，回头小孩已在膝下。问他：『你想干什么？』他说：『我是苏州人，姓詹，六岁父母双亡，被嫂嫂赶到外祖父家。偶在门外游戏，被妖僧迷住，杀死在桑树下。从此强迫为他服务。含冤地下，无法脱身。幸阿爹救出，愿给你做儿子。』李说：『人和鬼不同，怎能生活在一起？』小孩说：『只要打扫一间房，安排床铺，每天浇一杯冷粥就行。』李答应。

早起，出入房间，像在自己家中。听李妾哭珠儿，便问：『珠儿死去几天了？』答道：二七天。说：『天气寒冷，尸不会腐烂，试挖出看看。如未损坏，我可救活。』李喜，与小孩同去，挖出，躯壳完好。正在伤感，已不见小孩。他把珠儿尸体抬回，安置床上，眼睛已在转动。一会儿，叫喝水，喝水后出汗，汗后起身。全家都很高兴，加以聪明伶俐，与往日大不相同。晚上，僵卧，停止了呼吸。天亮时又醒过来。问他，他说：过去在妖僧那里，有两个小孩，一名哥子，昨日追阿爹不上，因与哥子话别。

今哥子在地下已给姜员外做义子，夜里来邀我游戏，刚才用白鼻黄马送我还家。母问：『在阴司见到珠儿了吗？』回答说：『珠儿已转生，他与阿爹无父子缘分，不过金陵严子方来讨还百十千债罢了。』原来早年李在金陵贸易，欠严一笔货款未还，严就去世了。此事无人知道，李听到后大为吃惊。母又问：『见到惠姐吗？』回答说：『不知。下次再去可以寻访。』过了两三天，对母说：『惠姐在阴司很好，嫁给楚江王小儿子，满头珠宝，出门时前呼后拥。』母说：『何不回家看看？』回答说：『人死后，便与骨肉无关了。倘看有谁把前生事讲给他听，才能想起。昨天我托姜员外设法，才有机会见到惠姐。她叫我坐在珊瑚几上，我告诉她，父母时时在想念。她好像做梦，迷迷糊糊。我说：「姐在人世时，喜欢绣并蒂莲花。有一次拿剪刀刺着指头，血流在绫子上，姐就刺绣赤水云。如今母亲还挂在床头墙壁上。姐姐忘记了吗？」她听完，感到难过，说：「等我告诉夫君，回家省视母亲，』母问：『什么时候？』答不知。一天，对母说：『姐姐将要到来，随从人多，应多备酒浆。』过了片刻，又说姐姐来了。把几搬到中堂，说：『姐姐请坐，别再哭了。』其他人概未见到。他领着人焚纸、浇酒在大门外。回来说：『随从的人暂时去了。姐姐说她往年所盖的绿被，曾被烛花烧了一个豆子大的孔，还在吗？』母说：『在。』开箱取出。儿说：姐姐要我铺在她原来的闺房中，她疲乏了，要休息，明天再和母亲说话。邻居赵家的女儿，过去和小惠相好，这天夜里，梦见小惠，言语笑貌，与生前一样。她说：『我已化为异物，和父母见面，相隔千里。想借妹子与家人谈话，请不要害怕。』天亮时，赵女正与母亲谈及这件事，忽然仆倒在地，片刻醒来，向赵母说：『小惠与婶婶分手几年来，婶婶头上已有了白发。』赵母以为女儿已发疯。女拜别出门，赵母知道其中必有缘故，跟随她径到李家，抱着李母痛哭。李母一时吓住。女说：『我昨天回家已困乏，来不及说话。做女儿的不孝，中途抛却父母，劳父母挂念，自觉有罪。』于是醒悟，也号啕大哭。并说：『听说你已经做了贵夫人，我很安慰。你到王爷家，怎么能来？』女说：『楚江王儿子和我感情很好，公公婆婆都爱我。』小惠生前时常用手撑着下颏，说话时也常作这种姿态，神情完全和她生时一样。不久，珠儿来说：『接姐姐的从人已到。』于是，女起身，流泪拜别。赵女又倒地，片时方醒。

几个月后，李病重，医药无效。珠儿说：『恐怕无法挽救了，有两个鬼坐在床头，一个手执铁杖，一个挽着麻绳长四五尺。我日夜哀求，都不肯去。』母哭，准备后事。入夜，珠儿进来说：『一切杂人，暂时请离开。姐夫来探望阿爹了。』过一会儿，鼓掌大笑。母亲问他，他说：『我笑这两个鬼，听说姐夫要来，躲进床下，缩头似乌龟。』又片刻，只见他向着空中说了许多彬彬有礼的话，又问姐姐是否平安无事，然后拍手称快，说：『这两个鬼，我苦苦哀求，他们不去。这时候可倒霉了，真痛快。』他走出门，又回来，说：『姐夫走了。两个鬼被锁在马鞍上。阿爹的病会好。姐夫还说，他将禀告父亲，为阿爹阿妈延寿百年。』一家听后都高兴。

李延聘老师教珠儿读书。珠儿很聪慧，十八岁考中秀才，还时常讲些阴间的事。附近有害病的，他往往指出鬼在何处，用火去烧，因而转危为安。后得暴疾，一身青紫，自说鬼神降罚他不该泄露秘密。从此不再讲阴司的事了。

胡四姐

尚生，泰山人。独居清斋。会值秋夜，银河高耿，明月在天，徘徊花阴，颇存遐想。忽一女子逾垣来，笑曰：『秀才何思之深？』生就视，容华若仙。惊喜拥入，穷极狎昵。自言：『胡氏，名三姐。』问其居第，但笑不言。生亦不复置问，惟相期永好而已。自此，临无虚夕。一夜，与生促膝灯幕，生爱之，瞩盼不转。女笑曰：『眈眈视妾何为？』曰：『我视卿如红药碧桃，即竟夜视，不为厌也。』三姐曰：『妾陋质，遂蒙青盼如此；若见吾家四妹，不知如何颠倒。』生益倾动，恨不一见颜色，长跽哀请。逾夕，果偕四姐来。年方及笄，荷粉露垂，杏花烟润，嫣然含笑，媚丽欲绝。生狂喜，引坐。三姐与生同笑语；四姐惟手引绣带，俯首而已。未几，三姐起别，妹欲从行。生曳之不释，顾三姐曰：『卿卿烦一致声。』三姐乃笑曰：『狂郎情急矣！妹子一为少留。』四姐无语，姊遂去。二人备尽欢好，既而引臂替枕，倾吐生平，无复隐讳。四姐自言为狐。生依恋其美，亦不之怪。四姐因言：『阿姊狠毒，业杀三人矣。惑之，罔不毙者。妾幸承溺爱，不忍见灭亡，当早绝之。』生惧，求所以处。四姐曰：『妾虽狐，得仙人正法，当书一符粘寝门，可以却之。』遂书之。既晓，三姐来，见符却退，曰：『婢子负心，倾意新郎，不忆引线人矣。汝两人合有夙分，余亦不相仇，但何必尔？』乃径去。数日，四姐他适，约以隔夜。是日，生偶出门眺望，山下故有槲林，苍莽中，出一少妇，亦颇风韵。近谓生曰：『秀才何必日沾沾恋胡家姊妹？渠又不能以一钱相赠。』即以一贯授生，曰：『先持归，贳良酝；我即携小肴馔来，与君为欢。』生怀钱归，果如所教。少间，妇果至，置几上燔鸡、咸彘肩各一，即抽刀子缕切为脔；酾酒调谑，欢洽异常。继而灭烛登床，狎情荡甚。既曙始起。方坐床头，捉足易舄，忽闻人声；倾听，已入帏幕，则胡姊妹也。妇乍睹，仓皇而遁，遗舄于床。二女逐叱曰：『骚狐！何敢与人同寝处！』追去，移时始返。四姐怨生曰：

『君不长进，与骚狐相匹偶，不可复近！』遂悻悻欲去。生惶恐自投，情词哀恳。三姐从旁解免，四姐怒稍释，由此相好如初。

一日，有陕人骑驴造门曰：『吾寻妖物，匪伊朝夕，乃今始得之。』生父以其言异，讯所由来。曰：『小人日泛烟波，游四方，终岁十余月，常八九离桑梓，被妖物蛊杀吾弟。归甚悼恨，誓必寻而殄灭之。奔波数千里，殊无迹兆。今在君家。不剪，当有继吾弟亡者。』时生与女密迩，父母微察之，闻客言，大惧，延入，令作法。出二瓶，列地上，符咒良久。有黑雾四团，分投瓶中。客喜曰：『全家都到矣。』遂以猪脬裹瓶口，缄封甚固。生父亦喜，坚留客饭。生心恻然，近瓶窃视，闻四姐在瓶中言曰：『坐视不救，君何负心？』生益感动。急启所封，而结不可解。四姐又曰：『毋须尔，但放倒坛上旗，以针刺脬作空，予即出矣。』生如其请。果见白气一丝，自孔中出，凌霄而去。客出，见旗横地，大惊曰：『遁矣！此必公子所为。』摇瓶俯听，曰：『幸止亡其一。此物合不死，犹可赦。』乃携瓶别去。后生在野，督佣刈麦，遥见四姐坐树下。生近就之，执手慰问。且曰：『别后十易春秋，今大丹已成。但思君之念未忘，故复一拜问。』生欲与偕归。女曰：『妾今非昔比，不可以尘情染，后当复见耳。』言已，不知所在。又二十年余，生适独居，见四姐自外至。生喜与语。女曰：『我今名列仙籍，本不应再履尘世。但感君情，敬报撤瑟之期。可早处分后事；亦勿悲忧，妾当度君为鬼仙，亦无苦也。』乃别而去。至日，生果卒。尚生乃友人李文玉之戚好，尝亲见之。

【译文】

泰山曾有一位姓尚的书生，平时独自住在清静的书房。正值秋天的夜晚，银河高高悬挂，明月当空，清光流泻而下。尚生独自一人徘徊在花丛中，遐想联翩。这时，忽然有个女子翻墙过来，对他笑着说：『秀才深思些什么？』等走近了，见她生就一副花容月貌，如同天仙一般。尚生惊喜地搂着她进了书房，很是亲昵地缠绵了一番。女子自我介绍说：『我姓胡，名叫三姐。』尚生问胡三姐住在什么地方，她只笑不答。尚生也不再追问，只希望永远相好就行了。从此，胡三姐每天夜晚都来。

一天夜里，他们两人坐在灯下促膝相谈，尚生非常喜欢胡三姐，目不转睛地看着她。胡三姐笑笑说：『为什么这样呆呆地看着我？』尚生说：『我看你像那美艳绝伦的芍药碧桃花，真是整夜整夜地凝视，也不觉厌烦。』胡三姐说：『我容貌这般丑陋，却被你这么看重。如果再见了我家四姐，不知如何神魂颠倒呢！』尚生听了欲念倾动，恨不得即刻一睹芳容，直挺挺地跪在地上向胡三姐哀求要见胡四姐。第二天夜里，胡三姐果然带着胡四姐一块儿来了。只见她十五六岁的样子，就如清晨带露的粉荷，三月里春雨滋润的杏花，嫣然含笑，娇艳妩媚，真是美丽绝伦，举世无双。尚生一见，欣喜欲狂，赶快拉她坐下。胡三姐和尚生说笑，而胡四姐在一旁只低着头用手捻绣带。过了一会儿，胡三姐起身告别，胡四姐要跟她一块走，尚生却拽住她不让，望着胡三姐说：『我的亲亲，请你说一声吧！』胡三姐便笑着说：『看把个狂生焦急的！妹妹你就稍稍待一会儿吧。』胡四姐不吭声，胡三姐就走了。两人尽情交欢一番，完事后就用胳膊做枕头，躺在一起互诉身世，不隐瞒什么。胡四姐说自己是狐精。尚生迷恋于她的美貌，所以并不见怪。胡四姐告诉他：『姐姐最为狠毒，她已经杀死三个人，凡是被她迷惑的人没有不死的。我有幸承蒙你的溺爱，不忍心看着你被害死，应当趁早和她断绝来往。』尚生听了十分恐惧，向胡四姐求问对付的办法。胡四姐说：『我虽然是狐精，却得到了仙人的正法，可以画一道符贴在卧室门上，就能使她不敢近前。』说完就给他画了一道符。天亮以后，胡三姐来了，一见符果然退却，说：『这丫头太负心了，倾心于新郎，竟然把媒人忘了。你们两人应有缘分的，我也不会记恨，但何必要这样做？』说完就走开了。几天后，胡四姐说她有事要到别的地方去，和尚生约定隔夜再来。

这天，尚生偶然出门观光。山下原来有一片槲树林，苍莽中走出一个少妇，长得很有些风韵，她走到尚生跟前说：『秀才何必天天为迷恋胡家姐妹而沾沾自喜？她们又不会给你一文钱。』少妇说着就拿出一吊钱来给尚生，并且说：『你先拿着回去买好酒，我随后带美味佳肴来，和你一起畅饮。』尚生拿了少妇给的钱回来后果真去买了酒。

不长时间，少妇也如期而至，把烧鸡和卤猪肘放在桌上，用刀子切成细丝。于是两人斟酒对饮，边喝边相互调笑，显得异常和谐融洽。随后吹灭蜡烛，携手上床，极尽淫欲放荡之兴。天亮后才起床。少妇正坐在床边要穿鞋时，忽然听见有人说话，细细倾听，外边的人已经揭帘进来，原来是胡家姊妹俩。少妇一眼瞥见，就仓皇而逃，连鞋子也丢在床下。姊妹俩于是骂道：『你这骚狐精，竟敢来和人睡觉！』她们追出去，过了一阵子才回来。胡四姐埋怨尚生说：『你这人太不长进了，竟然和一个骚狐精厮混在一起，叫人无法再和你接近。』说着，脸上现出既生气又失望的神情转身要走。尚生十分惶恐，赶快跪下认错，言辞十分恳切。胡三姐又在一旁调解劝说，胡四姐怒气渐渐消解，慢慢地又和好如初。

有一天，一个陕西人骑着驴登门拜访说：『我一路寻找妖怪，不是一朝一夕了，今天总算在你这里找到。』尚生的父亲觉得这人话里有话，就向他询问来由。客人说：『我奔游四方，一年十二个月常有八九个月不在家，我弟弟被妖怪蛊惑杀害。我回家后非常悲愤，发誓要找到妖怪并杀死它为弟弟报仇。我已奔波几千里，未见妖怪踪迹。如今妖怪在你家，不消灭它，一定会有人继我弟弟而死的。』这时，尚生和胡四姐她们正来往得密切，父母略有觉察。他们听客人说了这些话，心里非常惧怕，就请客人进门作法。客人拿出两个瓶子摆在地上，画符念咒，过了很久，就发现有四团黑雾分别被收进两个瓶子里。客人高兴地说：『一家妖怪全到了。』于是就用猪膀胱裹住瓶口，封得非常牢固。尚生的父亲很高兴，就坚决请求客人留下吃饭。尚生很为胡四姐她们难过，他走到瓶子跟前窥视，听见胡四姐在瓶中说道：『坐视不救，你为何这么负心？』尚生更加感动，急忙拿起瓶子启封，但却怎么也打不开。胡四姐又说：『不必这样，只要放倒法坛上的旗，用针戳破猪膀胱，我就能从空隙里出来。』尚生照她说的办法做了，果然看见有一丝白气从小孔中钻出来，一直升到天空。客人出来，看见旗横倒在地上，大吃一惊说：『妖怪逃走了，这肯定是你家公子干的。』客人摇摇瓶子，俯着耳朵听听，说：『幸亏只逃走了一个。这个怪物不该死，可以赦免。』于是便带着瓶子走了。

后来，尚生在田里监督用人们割麦子，远远看见胡四姐就坐在前面的一棵大树下面。尚生走过去握着她的手向她问好。胡四姐说：『分别有十年之久了，现在我已修炼成仙。但心里一直想念着你，所以专程来看望看望。』尚生想请她一块儿到家里去。她拒绝说：『我已今非昔比，不能再去沾染俗尘世情，以后还会相见的。』说完，就不见踪影了。又过了二十多年，正当尚生一人独处，看见胡四姐从外面进来。尚生很高兴地问候她。四姐说：『我现在已名列仙籍，本来不该再到尘世来。但总是念及你的厚情，所以就特地来向你告知你的死期。你可以及早安排后事，但不必悲伤，我会度你为鬼仙的，不会有什么痛苦。』胡四姐说完就走。到了胡四姐所说的日子，尚生果然死了。

尚生是我的朋友李文玉的亲戚，我曾亲眼见过他。

祝翁

济阳祝村有祝翁者，年五十余，病卒。家人入室理缞绖，忽闻翁呼甚急。群奔集灵寝，则见翁已复活。群喜慰问。翁但谓媪曰：『我适去，拼不复返。行数里，转思抛汝一副老皮骨在儿辈手，寒热仰人，亦无复生趣，不如从我去。故复归，欲偕尔同行也。』咸以其新苏妄语，殊未深信。翁又言之。媪云：『如此亦复佳。但方生，如何便得死？』翁挥之曰：『是不难。家中俗务，可速作料理。』媪笑不去。翁又促之。乃出户外，延数刻而入，绐之曰：『处置安妥矣。』翁命速妆。媪不去，翁催益急。媪不忍拂其意，遂裙妆以出。媳女皆匿笑。翁移首于枕，手拍令卧。媪曰：『子女皆在，双双挺卧，是何景象？』翁捶床曰：『并死有何可笑！』子女见翁躁急，共劝媪姑从其意。媪如言，并枕僵卧。家人又共笑之。俄视媪笑容忽敛，又渐而两眸俱合，久之无声，俨如睡去。众始近视，则肤已冰而鼻无息矣。试翁亦然，始共惊怛。康熙二十一年，翁弟妇佣于毕刺史之家，言之甚悉。

异史氏曰：『翁其夙有畸行与？泉路茫茫，去来由尔，奇矣！且白头者欲其去，则呼令去，抑何其暇也！人当属纩之时，所最不忍诀者，床头之昵人耳。苟广其术，则卖履分香，可以不事矣。』

【译文】

济阳祝村，有位姓祝的老人，五十多岁突然得病去世。家人进来料理孝服，忽听急迫呼喊声，忙赶至灵堂，见老头已复活，家人高兴地纷纷赶来慰问。老头对老伴说：『我去了，决心不再回来。走了几里路，想起丢下你这副老皮囊交给儿子，一切仰求他们，也没多大意思，不如跟我走，所以去而复返。没有别的，想同你一道去而已。』大家认为这是老头刚刚活过来的胡言乱语，老头又重复说一遍。老伴说：『这样也好。但是怎么死法？』老头挥手说：『这不难，可以从速料理家务。』老伴笑着不离开，老头催促她。她于是只好走到门外，过了数刻，哄他说家务已处置妥善。老头又催她换衣服，她不去，老头催得更紧。老伴不忍违拗他，只好梳洗换衣，然后出来。儿女媳妇在一旁偷笑。老头把枕头移了移，用手拍着，叫老伴躺下。老婆子说：『儿子媳妇都在这里，双双挺着，像个什么？』老头气得捶起床来，说：『夫妇睡在一床同死，有什么可笑的？』子女见老头脾气急躁，同声劝老太婆姑且顺从老人的话，老太婆同意了。两人并枕睡得笔直，看的人都笑了。一会儿，老太婆脸上笑容收敛，慢慢眼睛也闭上了，许久没有声息，好像熟眠。靠近一看，肌肤冰冷，呼吸已停止。老头也一样。

康熙二十一年，老头弟妇在毕刺史家帮工，讲得很详细。

异史氏说：『老头可能向来是一个独立特行的人。九泉路上，来去自由，已经够奇怪了；何况白头夫妻，想她去就去，何等从容！人当弥留之际，最不忍分手的是床头人。如果老头的法子可以推广的话，那么遗嘱分香卖履，都是多余的。』

快刀

明末，济属多盗。邑各置兵，捕得辄杀之。章丘盗尤多。有一兵佩刀甚利，杀辄导窾。一日，捕盗十余名，押赴市曹。内一盗识兵，逡巡告曰：『闻君刀最快，斩首无二割。求杀我！』兵曰：『诺。其谨依我，无离也。』盗从之刑处，出刀挥之，豁然头落。数步之外，犹圆转而大赞曰：『好快刀！』

【译文】

明朝末年，济南府所辖境内有很多强盗。各县都可以养兵，抓获就杀掉。章丘县盗最多，有一个当兵的，佩刀很锋利。一天，捕得盗十余名，押赴刑场。其中有一名认识这个当兵的，对他说：『听说你的刀最快，杀头时一刀了决，请你杀我。』兵说：『可以，你紧紧靠近我别离开。』到了行刑的地方，执刀一挥，人头落地。几步之外，人头还在旋转，并大声称赞：『好快的刀！』

侠女

顾生，金陵人。博于材艺，而家綦贫。又以母老，不忍离膝下，惟日为人书画，受贽以自给。行年二十有五，伉俪犹虚。对户旧有空第，一老妪及少女，税居其中。以其家无男子，故未问其谁何。一日，偶自外入，见女郎自母房中出，年约十八九，秀曼都雅，世罕其匹，见生不甚避，而意凛如也。生入问母。母曰：『是对户女郎，就吾乞刀尺。适言其家亦止一母。此女不似贫家产。问其何为不字，则以母老为辞。明日当往拜其母，便风以意；倘所望不奢，儿可代养其母。』明日造其室，其母一聋媪耳。视其室，并无隔宿粮。问所业，则仰女十指。徐以同食之谋试之，媪意似纳，而转商其女；女默然，意殊不乐。母乃归。详其状而疑之曰：『女子得非嫌吾贫乎？为人不言亦不笑，艳如桃李，而冷如霜雪，奇人也！』母子猜叹而罢。一日，生坐斋头，有少年来求画。姿容甚美，意颇儇佻。诘所自，以『邻村』对。嗣后三两日辄一至。稍稍稔熟，渐以嘲谑；生狎抱之，亦不甚拒，遂私焉。由此往来昵甚。会女郎过，少年目送之，问为谁。对以『邻女』。少年曰：『艳丽如此，神情一何可畏？』少间，生入内。母曰：『适女子来乞米，云不举火者经日矣。此女至孝，贫极可悯，宜少周恤之。』生从母言，负斗米款门达母意。女受之，亦不申谢。日尝至生家，见母作衣履，便代缝纫；出入堂中，操作如妇。生益德之。每获馈饵，必分给其母，女亦略不置齿颊。母适疽生隐处，宵旦号啕。女时就榻省视，为之洗创敷药，日三四作。母意甚不自安，而女不厌其秽。母曰：

『唉！安得新妇如儿，而奉老身以死也！』言讫悲哽。女慰之曰：『郎子大孝，胜我寡母孤女什百矣。』母曰：『床头蹀躞之役，岂孝子所能为者？且身已向暮，旦夕犯雾露，深以祧续为忧耳。』言间，生入。母泣曰：『亏娘子良多！汝无忘报德。』生伏拜之。女曰：『君敬我母，我勿谢也；君何谢焉？』于是益敬爱之。然其举止生硬，毫不可干。一日，女出门，生目注之。女忽回首，嫣然而笑。生喜出望外，趋而从诸其家。挑之，亦不拒，欣然交欢。已，戒生曰：『事可一而不可再。』生不应而归。明日，又约之，女厉色不顾而去。日频来，时相遇，并不假以辞色。少游戏之，则冷语冰人。忽于空处问生：『日来少年谁也？』生告之。女曰：『彼举止态状，无礼于妾频矣。以君之狎昵，故置之。请更寄语：再复尔，是不欲生也已！』生至夕，以告少年，且曰：『子必慎之，是不可犯！』少年曰：『既不可犯，君何犯之？』生白其无。曰：『如其无，则猥亵之语，何以达君听哉？』生不能答。少年曰：『亦烦寄告：假惺惺勿作态；不然，我将遍播扬。』生甚怒之，情见于色，少年乃去。一夕方独坐，女忽至，笑曰：『我与君情缘未断，宁非天数！』生狂喜而抱于怀。欻闻履声籍籍，两人惊起，则少年推扉入矣。生惊问：『子胡为者？』笑曰：『我来观贞洁人耳。』顾女曰：『今日不怪人耶？』女眉竖颊红，默不一语。急翻上衣，露一革囊，应手而出，则尺许晶莹匕首也。少年见之，骇而却走。追出户外，四顾渺然。女以匕首望空抛掷，戛然有声，灿若长虹；俄一物堕地作响。生急烛之，则一白狐，身首异处矣。大骇。女曰：『此君之娈童也。我固恕之，奈渠定不欲生何！』收刃入囊。生曳令入。曰：『适妖物败意，请来宵。』出门径去。次夕，女果至，遂共绸缪。诘其术，女曰：『此非君所知。宜须慎秘，泄恐不为君福。』又订以嫁娶，曰：『枕席焉，提汲焉，非妇伊何也？业夫妇矣，何必复言嫁娶乎？』生曰：『将勿憎吾贫耶？』曰：『君固贫，妾富耶？今宵之聚，正以怜君贫耳。』临别嘱曰：『苟且之行，不可以屡。当来，我自来；不当来，相强无益。』后相值，每欲引与私语，女辄走避；然衣绽炊薪，悉为纪理，不啻妇也。积数月，其母死，生竭力葬之。女由是独居。生意孤寝可乱，逾垣入，隔窗频呼，迄不应。视其门，则空室扃焉。窃疑女有他约。夜复往，亦如之。遂留佩玉于窗间而去之。越日，相遇于母所。既出，而女尾其后曰：『君疑妾耶？人各有心，不可以告人。今欲使君无疑，乌得可？然一事烦急为谋。』问之，曰：『妾体孕已八月矣，恐旦晚临盆。「妾身未分明」，能为君生之，不能为君育之。可密告母，觅乳媪，伪为讨螟蛉者，勿言妾也。』生诺，以告母。母笑曰：『异哉此女！聘之不可，而顾私于我儿。』喜从其谋以待之。又月余，女数日不至。母疑之，往探其门，萧萧闭寂。叩良久，女始蓬头垢面自内出。启而入之，则复阖之。入其室，则呱呱者在床上矣。母惊问：『诞几时矣？』答云：

『三日。』捉绷席而视之，则男也，且丰颐而广额。喜曰：『儿已为老身育孙子，伶仃一身，将焉所托？』女曰：『区区隐衷，不敢掬示老母。俟夜无人，可即抱儿去。』母归与子言，窃共异之。夜往抱子归。更数夕，夜将半，女忽款门入，手提革囊，笑曰：『我大事已了，请从此别。』急询其故，曰：『养母之德，刻刻不去诸怀。向云「可一而不可再」者，以相报不在床第也。为君贫不能婚，将为君延一线之续。本期一索而得，不意信水复来，遂至破戒而再。今君德既酬，妾志亦遂，无憾矣。』问：『囊中何物？』曰：『仇人头耳。』检而窥之，须发交而血模糊。骇绝，复致研诘。曰：『向不与君言者，以机事不密，惧有宣泄。今事已成，不妨相告：妾浙人。父官司马，陷于仇，彼籍吾家。妾负老母出，隐姓名，埋头项，已三年矣。所以不即报者，徒以有母在；母去，又一块肉累腹中：因而迟之又久。曩夜出非他，道路门户未稔，恐有讹误耳。』言已，出门。又嘱曰：『所生儿，善视之。君福薄无寿，此儿可光门闾。夜深不得惊老母，我去矣！』方凄然欲询所之，女一闪如电，瞥尔间遂不复见。生叹惋木立，若丧魂魄。明以告母，相为叹异而已。后三年，生果卒。子十八举进士，犹奉祖母以终老云。

异史氏曰：『人必室有侠女，而后可以畜娈童也。不然，尔爱其艾豭，彼爱尔娄猪矣！』

【译文】

金陵有一个姓顾的秀才，家境十分贫寒，母亲已经年老，他们靠给人写书作画维持生活。所以二十五岁了，还没有娶妻。在他家对面，原来有一所空房子，后来一个老太太和一个少女租了下来。因为她们家没有男人，所以顾生从来没有问过她们的姓名来历。一天，顾生看见一个姑娘从母亲的房间里走出来，年纪约十八九岁，清秀苗条，美丽大方。看见顾生，她也不回避，但神情端庄严肃。顾生问母亲这是什么人，母亲说：“她住在对面，找我借剪刀和尺子。方才对我说，她家也只有一个老母亲。我问她为什么还没有许配人家，她推托母亲年老离不开。可是我看她不像出身于贫苦人家。明天我就去拜访她的母亲，看看能否替你求婚。如果她们答应了，你就替她养活老母亲。”

第二天，顾母到了对门，姑娘的母亲耳朵已经聋了，她们的屋子十分简陋，只有够当天吃的粮食。顾母问她们如何维持生活，姑娘说：『替别人做些针线活儿。』顾母慢慢提出了两家结亲的意思，老太太似乎很愿意，转过身和女儿商量。姑娘低头沉默不语，看起来不高兴的样子。顾母只好告辞回家，对儿子说了经过，然后疑惑地说：『这姑娘是不是嫌我们穷呢？她这个人不爱说话，也没有个笑脸，冷若冰霜，真是怪人。』娘儿俩猜想了一阵，也只好作罢。

一天，有个少年来向顾生求画。这少年容貌漂亮，态度却很轻佻。自称是邻村人，很快就和顾生熟悉起来，关系十分亲密。

一天，对门的姑娘恰巧从他们面前经过，少年目送她走出很远，对顾生说：『这个姑娘容貌如此艳丽，怎么神情那样可怕？』顾生回到屋里，母亲告诉他说：『刚才对门姑娘前来讨米，说她家已经一天没有吃饭了。这个女孩子很孝顺，十分可怜，我们应该帮她一把。』顾生便背上一斗米，给姑娘送去。姑娘也不客气，收下后也不表示感谢。有时她来到顾生家里，看见顾母做衣服鞋子，就帮着缝纫，家务活也帮着做了不少。顾生心里十分感激，每次得到别人赠送的糕点，一定分一份给她母亲，女郎也是从不提起。

顾母身上生了一个恶疮，疼得日夜哭叫。姑娘时常为她擦洗疮口，涂抹药剂，每天三四次。顾母心里很不安，姑娘却丝毫没有嫌弃的样子。顾母感叹说：『唉！怎样才能找到一位像你这样的媳妇，能把我侍奉到死啊！』说着就伤心地哭起来。姑娘安慰她说：『你儿子很孝顺，胜似我们寡母孤女百倍。』顾母说：『在床前跑来跑去的活计，岂是孝子所能做的？况且我已经到了风烛残年，很为传宗接代担忧啊！』说话间，顾生进来了，顾母流着眼泪对他说：『多亏了娘子照顾我，你千万不要忘了报答恩情。』顾生就伏身向姑娘拜谢。姑娘说：『你照顾我的母亲，我没有拜谢，你何必如此客气呢？』顾生心里对她十分爱慕，可是她仍然是那副冷冰冰的样子，丝毫不可侵犯。

一天，姑娘出了房门，顾生目送她的背影。忽然，她回过头来，动人地微微一笑。顾生喜出望外，赶紧追上去，一直跟到她的家里。姑娘也不拒绝，当天晚上，他们就住在了一起。顾生回家时，她神色严肃地说：『这种事情，只此一次，下不为例。』顾生根本没有放在心上，第二天又去找她，她却恢复了那种冰冷的态度，一眼也没有看顾生。从此以后，虽然她还常常来往顾生家，却总是目不斜视，对顾生一点儿也没有亲热的意思。

一次，她忽然在没人的地方问顾生：『你家常来的少年是个什么人？』顾生告诉了她，她说：『他对我无礼很多次了。请你转告他：再那样做的话，就是不想活啦！』到了晚上，顾生就把这话转告给那个少年，并且说：『你一定要谨慎，她是不可侵犯的。』少年说：『既然如此，为什么对你说那么多亲热话？』顾生连忙辩解，少年说：『也请你向她转告：不要装模作样的假正经，不然的话，我要四处传播她做的事情。』顾生很生气，变了脸色，少年才走了。

一天晚上，顾生独自坐在书房里，姑娘忽然来了，笑着说：『我和你情缘未断，岂不是老天注定的？』顾生高兴得发狂，把她搂在怀里。就在这时，突然听见噔噔的脚步声，两人惊慌地站起来，却是那个少年推门进来了。顾生问：『你来干什么？』少年笑嘻嘻地说：『我来看看贞洁的女人啊。』又瞅着女郎说：『今晚不能怪我吧？』姑娘双眉倒竖，脸颊绯红，一句话也没说，迅速翻起上衣，露出一个皮囊，拿出一把一尺来长的晶莹匕首。少年见了，吓得回头就跑。姑娘追出门外，四下一看，少年已经逃得无影无踪了。她把匕首往空中一抛，只听嘎的一声，闪出一道耀眼的霞光，好像一条灿烂的长虹。一眨眼的工夫，噗的一声响，从空中掉下一个东西。顾生急忙拿灯一照，却是一只白狐狸，身子和脑袋已经分家。顾生大吃一惊，女郎说：『刚才被妖物败了兴致，请你等到明天晚上吧！』说完，出门就走了。

第二天晚上，她果然来了，又缠绵了一回。顾生问她斩杀狐狸的法术，她说：『你千万要守住这个秘密。泄露出去，恐怕对你没有什么好处。』顾生和她商量嫁娶的事情，她说：『和你同床共枕，给你料理家务，不是妻子，又是什么呢？已经成了夫妻，何必还谈嫁娶呢？』顾生问：『你是不是嫌我家境贫寒？』姑娘说：『你穷，难道我就富有吗？今天晚上的相聚，正是可怜你的贫穷呀。』临别时，她又嘱咐顾生说：『应该来，我就自己来，你强求也没有用。』以后，顾生常想拉她说说知心话，可她总是避开。然而料理家务，烧火做饭，却如同妻子一样。

过了几个月，姑娘的母亲去世了，顾生尽力帮助她将老人安葬。她从此就孤单单地一个人住。顾生晚上从墙上爬过去，隔着窗户轻声呼叫她，屋里始终不应声，看看房门，已经上锁，原来屋里是空的。顾生暗暗怀疑姑娘跟别人有了约会。第二天晚上再去看，也和前一天一样。顾生便从腰里解下一块玉佩，搁在窗台上走了。

过了一天，他们在顾母的房间里相遇。出来以后，姑娘问道：『你对我有疑心吗？每个人都有自己的心事，不可以告诉别人，还请你谅解。现在有一件事，要请你赶快想办法。』顾生问什么事，姑娘说：『我已经怀孕八个月了，恐怕不久就要临产。我没有名分，只能给你生产，不能给你养育。你偷偷告诉老母亲，找一个奶妈，就说是要来的孩子，不要提起我。』顾生答应了，回家告诉了母亲。母亲笑着说：『这个姑娘真奇怪！定亲不愿意，但是却愿意和我儿子私通。』便很高兴地听从她的意见，准备好奶妈，等候她分娩。

又过了一个多月，姑娘好几天没过来。顾母很疑惑，到她家里去看望。只见大门紧紧关闭，里面很寂静。敲了很久，她才蓬头垢面地从屋里出来，开了大门，让顾母进去，又回手关上了门。顾母走进她的卧室，婴儿已经出生了。顾母很惊讶地问：『生下来几天了？』她说：『三天了，是个男孩。』顾母细细地打量孩子，胖乎乎的，额头很宽阔，她高兴地说：『孩子，你已经给我生了孙子，可是你孤苦伶仃一个人，将来依靠谁呢？』姑娘说：『我有自己的苦衷，现在不能对您说。等到半夜没有人的时候，请您过来把孩子抱过去。』顾母回家对儿子一说，娘儿俩心里感到很奇怪。等到夜静时，就把孩子抱了过来。

过了一段时间，一天半夜时分，姑娘忽然敲开房门走进来，手里提着一个皮口袋，满面笑容地说：『我的大功已经告成，从此永别了。』顾生急忙问她为什么，她说：『你对我母亲的恩德，我时时刻刻不能忘怀。因为你穷得不能娶妻，我要给你留下一个后代。现在，你的恩德已经报答，我的心愿也已经完成，没有遗憾了。』顾生问：『口袋里装的是什么东西？』她说：『仇人的头颅！』顾生扒开一看，只见里面胡须头发乱糟糟的，糊满了血。顾生惊骇得说不出话来，姑娘说：『从前没有告诉你，是因为事情机密，若不注意，就会泄露出去。现在大功已经告成，不妨告诉你。我是浙江人，父亲官居司马，被仇人陷害，还抄没了家产。我背着老母亲跑出来，隐姓埋名，已经三年了。没有马上报仇，只是因为老母亲活在世上。后来又有了你的骨肉，因此推迟了很久。前几天夜里出去，就是探访仇家的道路门户。』说完就走出房门，又叮嘱说：『我生的儿子，你要好好看待他。你的福分浅薄，不能长寿，这个孩子可以光宗耀祖。夜深了，不要惊动老母亲，我去了！』顾生心里很悲痛，刚要问她往哪儿去，姑娘一闪身子，好像一道闪电，一眨眼就无影无踪了。

顾生又是叹息，又是惋惜，呆呆地站在门外，好像丢了魂。第二天他把这事告诉了母亲，娘儿俩也只有互相惊叹而已。三年以后，顾生果然去世了。他的儿子十八岁就考中了进士，一直给祖母养老送终。

异史氏说：『人必有侠女而后可以蓄娈童。不然，正如古谚所说：你爱他的子猪，他还爱你的母猪呢。』

阿宝

粤西孙子楚，名士也。生有枝指。性迂讷，人诳之，辄信为真。或值座有歌妓，则必遥望却走。或知其然，诱之来，使妓狎逼之，则赪颜彻颈，汗珠珠下滴。因共为笑。遂貌其呆状，相邮传作丑语，而名之『孙痴』。邑大贾某翁，与王侯埒富。姻戚皆贵胄。有女阿宝，绝色也。日择良匹，大家儿争委禽妆，皆不当翁意。生时失俪，有戏之者，劝其通媒。生殊不自揣，果从其教。翁素耳其名，而贫之。媒媪将出，适遇宝，问之，以告。女戏曰：『锯去其枝指，余当归之。』媪告生。生曰：『不难。』

媒去，生以斧自断其指，大痛彻心，血益倾注，滨死。过数日，始能起，往见媒而示之。媪惊，奔告女。女亦奇之，戏请再去其痴。生闻而哗辨，自谓不痴；然无由见而自剖。转念阿宝未必美如天人，何遂高自位置如此？由是曩念顿冷。会值清明，俗于是日，妇女出游，轻薄少年，亦结队随行，恣其月旦。有同社数人，强邀生去。或嘲之曰：「莫欲一观可人否？」生亦知其戏己；然以受女揶揄故，亦思一见其人，忻然随众物色之。遥见有女子憩树下，恶少年环如墙堵。众曰：「此必阿宝也。」趋之，果宝。审谛之，娟丽无双。少顷，人益稠。女起，遽去。众情颠倒，品头题足，纷纷若狂；生独默然。及众他适，回视，生犹痴立故所，呼之不应。群曳之曰：「魂随阿宝去耶？」亦不答。众以其素讷，故不为怪，或推之，或挽之，以归。至家，直上床卧，终日不起，冥如醉，唤之不醒。家人疑其失魂，招于旷野，莫能效。强拍问之，则蒙眬应云：「我在阿宝家。」及细诘之，又默不语。家人惶惑莫解。初，生见女去，竟不忍舍，觉身已从之行，渐傍其衿带间，人无呵者。遂从女归，坐卧依之，夜辄与狎，甚相得；然觉腹中奇馁，思欲一返家门，而迷不知路。女每梦与人交，问其名，曰：「我孙子楚也。」心异之，而不可以告人。生卧三日，气休休若将澌灭。家人大恐，托人婉告翁，欲一招魂其家。翁笑曰：「平昔不相往还，何由遗魂吾家？」家人固哀之，翁始允。巫执故服、草荐以往。女诘得其故，骇极，不听他往，直导入室，任招呼而去。巫归至门，生榻上已呻。既醒，女室之香奁什具，何色何名，历言不爽。女闻之，益骇，阴感其情之深。生既离床寝，坐立凝思，忽忽若忘。每伺察阿宝，希幸一再遘之。浴佛节，闻将降香水月寺，遂早旦往候道左，目眩睛劳。日涉午，女始至。自车中窥见生，以掺手搴帘，凝睇不转。生益动，尾从之。女忽命青衣来诘姓字。生殷勤自展，魂益摇。车去，始归。归复病，冥然绝食，梦中辄呼宝名。每自恨魂不复灵。家旧养一鹦鹉，忽毙，小儿持弄于床。生自念倘得身为鹦鹉，振翼可达女室。心方注想，身已翩然鹦鹉，遽飞而去，直达宝所。女喜而扑之，锁其肘，饲以麻子。大呼曰：「姐姐勿锁！我孙子楚也！」女大骇，解其缚，亦不去。女祝曰：「深情已篆中心。今已人禽异类，姻好何可复圆？」鸟云：「得近芳泽，于愿已足。」他人饲之不食，女自饲之则食。女坐，则集其膝；卧，则依其床。如是三日。女甚怜之。阴使人生，生则僵卧气绝，已三日，但心头未冰耳。女又祝曰：「君能复为人，当誓死相从。」鸟云：「诳我。」女乃自矢。鸟侧目若有所思。少间，女束双弯，解履床下，鹦鹉骤下，衔履飞去。女急呼之，飞已远矣。女使妪往探，则生已寤。家人见鹦鹉衔绣履来，堕地死，方共异之。生既苏，即索履。众莫知故。适妪至，入视生，问履所在。生曰：「是阿宝信誓物。借口相覆：小生不忘金诺也。」妪反命。女益奇之，故使婢泄其情于母。母审之确，乃曰：

“此子才名亦不恶，但有相如之贫。择数年得婿若此，恐将为显者笑。”女以履故，矢不他。翁媪从之。驰报生。生喜，疾顿瘳。翁议赘诸家。女曰：“婿不可久处岳家。况郎又贫，久益为人贱。儿既诺之，处蓬茅而甘，藜藿不怨也。”生乃亲迎成礼，相逢如隔世欢。自是家得奁妆，小阜，颇增物产。而生痴于书，不知理家人生业；女善居积，亦不以他事累生。居三年，家益富。生忽病消渴，卒。女哭之痛，泪眼不晴，至绝眠食。劝之不纳，乘夜自经。婢觉之，急救而醒，终亦不食。三日，集亲党，将以殓生。闻棺中呻以息，启之，已复活。自言：“见冥王，以生平朴诚，命作部曹。忽有人白：‘孙部曹之妻将至。’王稽鬼录，言：‘此未应便死。’又白：‘不食三日矣。’王顾谓：‘感汝妻节义，姑赐再生。’因使驭卒控马送余还。”由此体渐平。值岁大比，入闱之前，诸少年玩弄之，共拟隐僻之题七，引生僻处与语，言：“此某家关节，敬秘相授。”生信之，昼夜揣摩，制成七艺。众隐笑之。时典试者虑熟题有蹈袭弊，力反常经，题纸下，七艺皆符。生以是抡魁。明年，举进士，授词林。上闻异，召问之。生具启奏。上大喜悦。后召见阿宝，赏赉有加焉。

异史氏曰：“性痴则其志凝，故书痴者文必工，艺痴者技必良；世之落拓而无成者，皆自谓不痴者也。且如粉花荡产，卢雉倾家，顾痴人事哉！以是知慧黠而过，乃是真痴；彼孙子何痴乎！”

【译文】

真西有个名叫孙子楚的人，是一位著名的文人。他手上长着个六个指头，性情比较迂腐，又不大会讲话，别人明明在跟他开玩笑，他却信以为真。有时碰到席上有妓女，他远远地望见，就赶快逃走。朋友知道他的脾气，故意把他骗来，让妓女和他亲近，闹得他面红耳赤，汗流浃背。大家哄堂大笑，模仿着他的傻相，互相传说，当作笑柄，还给他起了一个绰号，叫作“孙痴”。

县有个大商人，家财豪富，和王侯差不多，亲戚都是名门贵族。他膝下有个女儿，名叫阿宝，是人世间少有的美人，正在找寻门当户对的女婿。阔人家的子弟，争先恐后托媒人去说亲，但是都不合老头儿的心意。

时孙子楚刚死了妻子，有人同他开玩笑，劝他托人去做媒。他并不估量自己的地位，果然找人前去求婚。老头儿也听得人家说起他，又嫌他家里太穷，不肯答应。媒婆出门的时候，恰好遇到阿宝。阿宝问她的来意，媒婆照实说了。阿宝开玩笑似的说道：“如果他能去掉六指儿，我便嫁给他。”

媒婆把阿宝的话告诉了孙子楚，孙子楚说道：“这很容易！”等媒人走后，他把指头砍了下来，一时痛彻心肺，血流如注。

病了好几天，他才能下床，跑到媒婆家里，把手伸给她看。媒婆大惊，立刻跑去告诉阿宝。阿宝也觉得奇怪，又开玩笑说他再把那股痴劲去掉才行。孙子楚听到了，竭力分辩，说自己并不傻，可又没法当面去辩白。他再一想，阿宝未必美若天仙，她何必这样自抬身价呢？于是向她求婚的心思顿时冷了下来。

到了清明节，妇女们都出门踏青。一班浮头浪子，也成群结队，在女人后面，任意地品头论足。孙子楚有几个同社的朋友，硬拉他游春，有人嘲笑他道：『你大概也想看看心上人吧！』他明知道这朋友在同他开玩笑，但是因为几次被阿宝戏弄，也很想见她一面，高高兴兴地跟着大家去寻找阿宝。他们远远地看到，有一个女郎在树荫底下休息，许多轻薄少年像堵墙一样包围着她。朋友们说道：『这一定是阿宝了。』孙子楚走去一瞧，果然是阿宝，标致得真是世间无双。过了一会儿，围观的越来越多，阿宝便站起来走了，弄得这些人神魂颠倒，好像疯了般，只有孙子楚独自沉默着。

渐渐地，人都走散了，朋友们回头一看，见孙子楚还呆呆地站在原地，叫他也不答应。朋友们去拉他走，说道：『你的灵魂莫非跟着阿宝一同回去了？』他也不作声。大家因为他向来不大爱说话，也就不以为奇，有的推着，有的拉着，把他送回家去。他一到家，就睡在床上，整天不起来，迷迷糊糊，像是喝醉了酒似的，叫也叫不醒。家里的人疑心他失了魂，便到旷野里去叫，也没有效果。用力拍着他追问，他含糊地答道：『我在阿宝家里！』再问下去，他又不说话了。家里的人全都莫名其妙。孙子楚自己则觉得在他见到阿宝要走开的时候，很舍不得，好像也在跟着她走，慢慢地靠近她身边，也没人斥责。他就跟着阿宝回到家，坐卧都靠着她，夜里和她睡在一起，很是投合。但是感到肚子饿，想要回家，又迷迷糊糊找不到路。阿宝常梦见有人与她交欢，问他的名字，他说：『我是孙子楚。』阿宝很诧异，但不能告诉别人。

孙子楚躺了三天，要断气了，家里的人很害怕，托人请求阿宝的父亲，说是要到他家招魂。老头笑着说：『两家一向没有往来，什么因由会把魂掉在我家了？』家人一再哀求，老头儿答应了。孙家请巫婆到阿宝家舞弄了一番，等到巫婆刚回来，孙子楚在床上已经呻吟了。醒来之后，阿宝绣房里的粉盒镜匣，以及日常用具，什么颜色，什么名字，一一都能清楚地说出来。阿宝听了，越发觉得奇怪，暗暗感激他用情的深挚。

子楚下床之后，还是无时无刻不在想念阿宝，什么事都不放在收上，希望和她再见一面。

过了浴佛节，他听说阿宝要往水月寺烧香，便一早在路旁等候，呆呆地盼望着，望得两眼昏花。直到快近中午的时候，阿宝来了。她从车厢望见孙子楚，目不转睛地看着他。孙子楚更觉得动心，紧跟在她的车后。阿宝忽然打发丫鬟来问他的姓名，他便殷勤地告诉了她。这样一来，他的心神越发不能安定，直到车子走远，才惆然回到家里，而且又病了，昏昏沉沉地不吃东西，睡梦中时不能像上次那样随心所欲地跟了阿宝回去。

他家里养有一只鹦鹉，那天忽然死了。孩子拿着死鹦鹉在床上玩，他想如果自己能变成鹦鹉，就可以飞到阿宝房间里。心里这样想着，突然腾空飞去，直飞到阿宝的住处，阿宝很高兴，用链子锁了它的腿，拿麻子喂给他。他大声呼叫，『姐姐不要捆我，我是孙子楚呀！』阿宝吓了一跳，向它祝告道：『你的深情，已经牢记在我的心里，不过现在我和你不是同类了，如何能婚配！』鹦鹉说：能靠近你，我心满意足了。『旁人喂那鹦鹉，它不肯吃，只有阿宝喂它才吃。阿宝坐下，它便站在她的膝上；阿宝睡下，它便飞到她的床上。这样过了三天，阿宝很怜爱它，暗地打发人到孙家去看，孙子楚已经昏昏地躺了三天，阿宝又以它祝告：『你如果能再变成人，我立誓定嫁给你！』阿宝便对它立誓。鹦鹉侧着头想了一会儿，见阿宝脱下绣鞋放在床上，就飞下来，衔着一只绣鞋，向外飞去。阿宝赶快叫住它，它已经飞远了。阿宝便派一个老婆子往孙家去打听。

鹦鹉衔着绣鞋飞回家来，落到地上，立刻就死了。家人正在惊奇的时候，孙子楚醒了，马上要那只绣鞋，大家不知道这是什么缘故。恰巧那老婆子到了，进房去看孙子楚，问他绣鞋放在哪里，他说：『这是阿宝的信物，烦你带个口信给她，我是绝不会忘掉她的诺言的！』老婆子回去说明情形，阿宝更觉得奇怪，故意让丫鬟把这件事泄露给母亲，母亲核查确实后，便说道：『这人文才很好，只是穷得和司马相如一般，我选了好几年，最后选了这样一个女婿，要被别人耻笑。』阿宝因为绣鞋落在孙子楚手里，发誓不嫁别人，二老没办法，把消息传到孙家，孙子楚一高兴，病马上好了。

阿宝的父亲打算让孙子楚入赘到他家，阿宝道：『女婿不能长住岳父家，何况他又是穷人，住久了越发叫人家看不起。女儿既然答应了婚事，住茅屋革舍也愿意，吃糠咽菜也甘心，我不埋怨父母。』于是孙子楚把她迎娶回家。两人相处，好像是第二世做夫妻了，十分欢乐。孙家得到了嫁妆，家道小康，增加了许多资产。可是孙子楚是个书呆子，只知道读书，不懂得料理家务，幸而阿宝很会经营，什么事都不来麻烦他。

过了三年，正赶上乡试。在进场之前，许多年轻朋友要弄孙子楚，拟了七道隐僻的试题，将他叫到一个冷静的地方，把题目告诉他，说是别人家花钱买来的关节，特地秘密相赠。孙子楚信以为真，一天到晚不断地研究，做成了七篇文章。大家都在暗地里笑他。

不料，当时的主考官恐怕熟题目会发生抄袭旧文章的流弊，竟一反常例，力求隐僻。试卷下来，就是那七道题目。孙子楚高中第一，第二年又成了进士，官授翰林之职。皇上听说了孙子楚的那些奇事，就将他召来询问，孙子楚全部都如实上奏，皇上非常高兴，大加赞赏。后来又召见了阿宝，赏赐了她很多东西。

异史氏说：『痴心的人目标就一定专注，所以痴心于书本的人，文章必定工整，痴心于工艺的人，技术一定精良。世上那些落拓不羁而一事无成的人，都是自认为不痴的人。比如那些为了嫖妓而荡尽家产的人，为了赌博而败家的人，不过是痴傻的人做的事。由此可知，聪慧过了头才是真的痴，那个孙子楚哪是真的痴呢！』

九山王

曹州李姓者，邑诸生。家素饶。而居宅故不甚广；舍后有园数亩，荒置之。一日，有叟来税屋，出直百金。李以无屋为辞。叟曰：『请受之，但无烦虑。』李不喻其意，姑受之，以觇其异。越日，村人见舆马眷口入李家，纷纷甚伙，共疑李第无安顿所，问之。李殊不自知，归而察之，并无迹响。过数日，叟忽来谒。且云：『庇宇下已数晨夕。事事都草创，起炉作灶，未暇一修客子礼。今遣小女辈作黍，幸一垂顾。』李从之。则入园中，欻见舍宇华好，崭然一新。入室，陈设芳丽。酒鼎沸于廊下，茶烟袅于厨中。俄而行酒荐馔，备极甘旨。时见庭下少年人，往来甚众。又闻儿女喁喁，幕中作笑语声。家人婢仆，似有数十百口。李心知其狐。席终而归，阴怀杀心。每入市，市硝硫，积数百斤，暗布园中殆满，骤火之，焰亘霄汉，如黑灵芝，燔臭灰眯不可近；但闻鸣啼嗥动之声，嘈杂聒耳。既熄入视，则死狐满地，焦头烂额者，不可胜计。方阅视间，叟自外来，颜色惨恸，责李曰：『夙无嫌怨；荒园报岁百金，非少；何忍遂相族灭？此奇惨之仇，无不报者！』忿然而去。疑其掷砾为殃，而年余无少怪异。时顺治初年，山中群盗窃发，啸聚万余人，官莫能捕。生以家口多，日忧离乱。适村中来一星者，自号『南山翁』，言人休咎，了若目睹，名大噪。李召至家，求推甲子。翁愕然起敬，曰：『此真主也！』李闻大骇，以为妄。翁正容固言之。李疑信半焉，乃曰：『岂有白手受命而帝者乎？』翁谓：『不然。自古帝王，类多起于匹夫，谁是生而天子者？』生惑之，前席而请。翁毅然以『卧龙』自任。请先备甲胄数千具、弓弩数千事。李虑人莫之归。翁曰：『臣请为大王连诸山，深相结。使哗言者谓大王真天子，山中士卒，宜必响应。』李喜，遣翁行。发藏镪，造甲胄。翁数日始还，曰：『借大王威福，加臣三寸舌，诸山莫不愿执鞭靮，从戏下。』浃旬之间，果归命者数千人。于是拜翁为军师；建大纛，设彩帜若林；据山立栅，声势震动。邑令率兵来讨，翁指挥群寇，大破之。令惧，告急于兖。兖兵远涉而至，翁又伏寇进击，兵大溃，将士杀伤者甚众。势益震，党以万计，因自立为『九山王』。翁患马少，会都中解马赴江南，遣一旅要路篡取之。由是『九山王』之名大噪。加翁为『护国大将军』。高卧山巢，公然自负，以为黄袍之加，指日可俟矣。东抚以夺马故，方将进剿；又得兖报，乃发精兵数千，与六道合围而进。军旅旌旗，弥满山谷。『九山王』大惧，召翁谋之，则不知所往。『九山王』窘急无术，登山而望曰：『今而知朝廷之势大矣！』山破，被擒，妻孥戮之。始悟翁即老狐，盖以族灭报李也。

异史氏曰：『夫人拥妻子，闭门科头，何处得杀？即杀，亦何由族哉？狐之谋亦巧矣。而壤无其种者，虽溉不生；彼其杀狐之残，方寸已有盗根，故狐得长其萌而施之报。今试执途人而告之曰：「汝为天子！」未有不骇而走者。明明导以族灭之为，而犹乐听之，妻子为戮，又何足云？然人之听匪言也，始闻之而怒，继而疑，又继而信，迨至身名俱殒，而始悟其误也，大率类此矣。』

【译文】

东曹州府中有一个姓李的书生，他的家里十分富有，但是住宅却不是很宽敞。宅子后面有一个几亩地大的园子，却一直荒废着。一天，有一个老头来租李生的房子，愿出一百两银子做租金。李生心想，我家哪有空余的房子出租？于是就拒绝了。老头把银子搁在桌上，坚持说道：『你只管放心收下租金，其他的事都不用考虑。』李生也不明白他的意思，只能暂且收下，看看到底是怎么回事。

过了一天，村里人就见一队马车浩浩荡荡地驶进了李家大门，上面还载了不少人。大家都十分疑惑，李家宅子并不大，怎么住得下这么多人呢？有人跑去问李生，李生却一点都不知情，回家看了看，也没发现任何动静。又过了几天，租房子的老头忽然来拜访，对李生说：『搬来贵府已经好几天了，事事都得重新安排，一直没来得及拜访主人。今天我让小辈们做了顿便饭，请您一定赏光过去品尝。』李生同意了，跟着老头来到后面的园子。穿过院门，李生就被眼前的一切惊呆了。原本野草满地的园子竟然变成了一片崭新的房舍，琉璃的瓦片，雕花的窗棂，看上去非常华丽。进入房间，里面的陈设也十分精致，还散发出阵阵幽香。走廊上，几个酒鼎支在小火上加热，咕咕地冒着泡。不远处的厨房里，茶炉的烟袅袅升向天空。不一会儿，仆人们鱼贯而入，端上酒菜，摆满了整张桌子，尽是山珍海味，味道异常鲜美。门外，不时有少年人来来往往，还能听到小孩儿在帷幕后面说话，欢声笑语不绝于耳，家里的奴婢仆人大约有一百多人。李生心里明白，他们必定是狐狸无疑。

宴席结束后，李生回到自己家里，暗暗动了杀机。于是，他每次去赶集，都要买下一些硫黄、硝石，慢慢地积攒到几百斤，然后在后园的各个角落里偷偷埋下。等一切都布置好了，就猛地点燃引线。刹那间，熊熊烈火直冲上天，滚滚浓烟在空中盘旋不散，聚集成一朵黑色的蘑菇云，接着就闻到一股浓烈的恶臭，燃烧的灰烬随风飘来，使人无法睁开眼睛，根本不能靠近火场半步。隔着很远，都能听到火里传来阵阵哀鸣声、惨叫声，乱糟糟地响成一片。等火熄灭了，进园子一看，满园都是烧死的狐狸，焦头烂额的，不计其数。正当李生四处查看时，老头从外面回来了，一看到这样的惨景，顿时脸色大变，悲恸欲绝，厉声责问李生：『我与你无冤无仇。租你的荒园出了一百两银子，也不算少吧。你怎么忍心灭我全族！这个血海深仇，不能不报！』说完，愤然离去。李生每天都提心吊胆，生怕这狐狸回来报复，可转眼一年过去了，始终没有任何动静，于是放下心来。

当时正值顺治初年，山中盗贼群起，聚集了一万多人，官兵也拿他们毫无办法。李生因为家中人口众多，又财产丰厚，整日紧闭门户，唯恐盗贼下山来抢劫。这时，村里来了一个算命先生，自称『南山翁』，判定人的祸福吉凶，没有不准的，一时声名大振。李生也请他来家算卦。南山翁一看到他，肃然起敬，惊愕地说：『你是真龙天子啊！』李生听了十分惊骇，以为他是在胡言乱语。南山翁却一脸的郑重其事。李生半信半疑，说：『这天下哪有白手起家的帝王呀？』南山翁说：『你错了！自古以来，大多数皇帝都是出身平民，有谁生下来就是天子的？』李生依旧不敢相信，但对南山翁却尊敬起来，请他上坐。南山翁随即就自命为『卧龙』先生，说是要辅佐李生成就帝业，他还让李生先准备好几千套胄甲和几千副弓箭。李生招呼来人马。南山翁安慰他说：『臣愿为大王联合诸山人马，订立盟约，并四处宣扬大王为真龙天子，到时候，山中将领、士卒必然前来响应。』李生听了很高兴，便让他按计划行事。自己则把家藏银子全部拿出来，制造胄甲，购买弓箭，准备起事。隔了几天，南山翁回来了，一见李生，就恭贺道：『恭喜大王！凭借您的福威，加上我三寸不烂之舌，各个山头的首领没有不愿归您指挥的。』果然，不出十天就有数千人马前来归顺。于是，李生正式拜南山翁为军师，宣布起事造反，竖起大旗，在山头各处插上五色彩旗，占据山林，设立路栅，一时声势大震。

当地县令一听说有反贼，赶忙带兵来剿。南山翁指挥兵马，上前迎敌，把官兵打得大败而归。县令害怕了，急忙报告了兖州知州。不久，兖州兵就奉命出征讨伐，南山翁则指挥人马在山间埋伏起来，打了个漂亮的伏击战，兖州官兵伤亡惨重。从此，李生的声势更大了，投奔过来的人马达到了一万多，他便自立为『九山王』。现在，士兵有了，可马匹却远远不够，南山翁又派出一支队伍，拦路抢劫京城押往江南的军马。这一下，『九山王』的名声更是威震天下。李生得意扬扬，马上就加封南山翁为『护国大将军』。从此之后，他在山上高枕无忧，自负骄横，以为做皇帝的日子为期不远了。

而这时，山东巡抚因为夺马一事，大为恼火，再加上得到兖州兵败的报告，便决定围剿这群胆大妄为的反贼。他会集了六路马，精兵数千，把『九山王』所在的山头围了个滴水不漏。『九山王』吓得胆战心惊，急忙找南山翁来商议计策，谁料，南山翁早已不见踪影。『九山王』束手无策，登上山顶一望，只见漫山遍野都是朝廷的军队，人喊马嘶，响声震天，他仰天长叹道：『我今天才知道朝廷的势力是如此之大啊！』

不久，官兵就攻破了山寨，将李生一举擒获，他的一家老小也都被杀光了。李生这才醒悟过来，原来南山翁就是当年的老狐狸，他蛊惑自己犯下满门抄斩的大罪，就是来报当年的灭族之仇。

异史氏说：『二人在家中与妻儿闭门共享清福，哪来的杀头之祸？即使被杀，也不会无缘无故一门族灭。狐的计谋，真是太妙了。但土壤里若没有种子，灌溉也枉然。当李杀狐时的残忍，心里已有了上山为王的根苗。狐不过使它萌发、借以复仇罢了。今天，随便找一个人，对他说：「你是皇帝。」他听了一定被吓走，明明是教你族灭之道，反乐得听他的话，结果妻子被杀，真不值得一提。然而，当听到最有害的话时，开始是「怒」，接着是真「疑」，再进一步是「信」，直到身与名俱裂，才认识是「错误」的，世上的人，大抵如此。』

巧娘

广东有绅傅氏，年六十余。生一子，名廉。甚慧，而天阉，十七岁，阴裁如蚕。遐迩闻知，无以女女者。自分宗绪已绝，昼夜忧担，而无如何。廉从师读。师偶他出，适门外有猴戏者，廉观之，废学焉。度师将至而惧，遂亡去。离家数里，见一素衣女郎，偕小婢出其前。女一回首，妖丽无比。莲步蹇缓，廉趋过之。女回顾婢曰：『试问郎君，得无欲如琼乎？』婢果呼问。

廉诘其为。女曰：『倘之琼也，有尺一书，烦便道寄里门。老母在家，亦可为东道主。』廉出本无定向，念浮海亦得，因诺之。女出书付婢，婢转付生。问其姓名居里，云：『华姓，居秦女村，去北郭三四里。』生附舟便去。至琼州北郭，日已曛暮。问秦女村，迄无知者。望北行四五里，星月已灿，芳草迷目，旷无逆旅，窘甚。见道侧墓，思欲傍坟栖止，大惧虎狼。因攀树猱升，蹲踞其上。听松声谡谡，宵虫哀奏，中心忐忑，悔至如烧。忽闻人声在下，俯瞰之，庭院宛然；一丽人坐石上，双鬟挑画烛，分侍左右。丽人左顾曰：『今夜月白星疏，华姑所赠团茶，可烹一盏，赏此良夜。』生意其鬼魅，毛发直竖，不敢少息。忽婢子仰视曰：『树上有人！』女惊起曰：『何处大胆儿，暗来窥人！』生大惧，无所逃隐，遂盘旋下，伏地乞宥。女近临一睇，反恚为喜，曳与并坐。睨之，年可十七八，姿态艳绝。听其言，亦土音。问：『郎何之？』答云：『为人作寄书邮。』女曰：『野多暴客，露宿可虞。不嫌蓬荜，愿就税驾。』邀生入。室惟一榻，命婢展两被其上。生自惭形秽，愿在下床。女笑曰：『佳客相逢，女元龙何敢高卧？』生不得已，遂与共榻，而惶恐不敢自舒。未几，女暗中以纤手探入，轻捻胫股。生伪寐，若不觉知。又未几，启衾入，摇生，迄不动。女便下探隐处。乃停手怅然，悄悄出衾去。俄闻哭声。生惶愧无以自容，恨天公之缺陷而已。女呼婢篝灯。婢见啼痕，惊问所苦。女摇首曰：『我叹吾命耳。』婢立榻前，耽望颜色。女曰：『可唤郎醒，遣放去。』生闻之，倍益惭怍；且惧宵半，茫茫无所之。筹念间，一妇人排闼入。婢白：『华姑来。』微窥之，年约五十余，犹风格。见女未睡，便致诘问。女未答。又视榻上有卧者，遂问：『共榻何人？』婢代答：『夜一少年郎寄此宿。』妇答曰：『不知巧娘谐花烛。』见女涕泪未干，惊曰：『合卺之夕，悲啼不伦；将勿郎君粗暴也？』女不言，益悲。妇欲捋衣视生，一振衣，书落榻上。妇取视，骇曰：『我女笔意也！』拆读叹咤。女问之。妇云：『是三姐家报，言吴郎已死，茕无所依，且为奈何？』女曰：『彼固云为人寄书，幸未遣之去。』妇呼生起，究询书所自来。生备述之。妇曰：『远烦寄书，当何以报？』又熟视生，笑问：『何迕巧娘？』生言：『不自知罪。』又诘女。女叹曰：『自怜生适阉寺，殁奔椓人，是以悲耳。』妇顾生曰：『慧黠儿，固雄而雌者耶？是我之客，不可久溷他人。』遂导生入东厢，探手于裤而验之。笑曰：『无怪巧娘零涕。然幸有根蒂，犹可为力。』挑灯遍翻箱簏，得黑丸，授生，令即吞下，秘嘱勿吪，乃出。生独卧筹思，不知药医何症。将比五更，初醒，觉脐下热气一缕，直冲隐处，蠕蠕然似有物垂股际；自探之，身已伟男。心惊喜，如乍膺九锡。棂色才分，妇入，以炊饼纳生室，叮嘱耐坐，反关其户。出语巧娘曰：『郎有寄书劳，将留招三娘来，与订姊妹交。且复闭置，免人厌恼。』乃出门去。生回旋无聊，时近门隙，如鸟窥笼。

望见巧娘，辄欲招呼自呈，惭谢而止。延及夜分，妇始携女归。发扉曰：『闷煞郎君矣！三娘可来拜谢。』途中人逡巡入，向生敛衽。妇命相呼以兄妹。巧娘笑曰：『姊妹亦可。』并出堂中，团坐置饮。饮次，巧娘戏问：『寺人亦动心佳丽否？』生曰：『跛者不忘履，盲者不忘视。』相与粲然。巧娘以三娘劳顿，迫令安置。妇顾三娘，俾与生俱。三娘羞晕不行。妇曰：『此丈夫而巾帼者，何畏之？』敦促偕去。私嘱生曰：『阴为吾婿，阳为吾子，可也。』生喜，捉臂登床，发硎新试，其快可知。既于枕上问女：『巧娘何人？』曰：『鬼也。才色无匹，而时命蹇落。适毛家小郎子，病阉，十八岁而不能人，因邑邑不畅，赍恨如冥。』生惊，疑三娘亦鬼。女曰：『实告君，妾非鬼，狐耳。巧娘独居无耦，我母子无家，借庐栖止。』生大愕。女云：『无惧，虽故鬼狐，非相祸者。』由此日共谈宴。虽知巧娘非人，而心爱其娟好，独恨自献无隙。生蕴藉，善谀噱，颇得巧娘怜。一日，华氏母子将他往，复闭生室中。生闷气，绕室隔扉呼巧娘。巧娘命婢历试数钥，乃得启。生附耳请间。巧娘遣婢去。生挽就寝榻，偎向之。女戏掬脐下，曰：『惜可儿此处阙然。』语未竟，触手盈握。惊曰：『何前之渺渺，而遽累然！』生笑曰：『前羞见客，故缩；今以诮谤难堪，聊作蛙怒耳。』遂相绸缪。已而恚曰：『今乃知闭户有因。昔母子流荡栖无所，假庐居之。三娘从学刺绣，妾曾不少秘惜。乃妒忌如此！』生劝慰之，且以情告。巧娘终衔之。生曰：『密之，华姑嘱我严。』语未及已，华姑掩入。二人皇遽方起。华姑瞋目，问：『谁启扉？』巧娘笑逆自承。华益怒，聒絮不已。巧娘故哂曰：『阿姥亦大笑人！是丈夫而巾帼者，何能为？』三娘见母与巧娘苦相抵，意不自安，以一身调停两间，始各拗怒为喜。巧娘言虽愤烈，然自是屈意事三娘。但华姑昼夜闲防，两情不得自展，眉目含情而已。一日，华姑谓生曰：『吾儿姊妹皆已奉事君。念居此非计，君宜归告父母，早订永约。』即治装促生行。二女相向，容颜悲恻；而巧娘尤不可堪，泪滚滚如断贯珠，殊无已时。华姑排止之，便曳生出。至门外，则院宇无存，但见荒冢。华姑送至舟上，曰：『君行后，老身携两女僦屋于贵邑。倘不忘夙好，李氏废园中，可待亲迎。』生乃归。时傅父觅子不得，正切焦虑，见子归，喜出非望。生略述崖末，兼致华氏之订。父曰：『妖言何足听信？汝尚能生还者，徒以阉废故；不然，死矣！』生曰：『彼虽异物，情亦犹人；况又慧丽，娶之亦不为戚党笑。』父不言，但嗤之。生乃退而技痒，不安其分，辄私婢；渐至白昼宣淫，意欲骇闻翁媪。一日，为小婢所窥，奔告母。母不信，薄观之，始骇。呼婢研究，尽得其状。喜极，逢人宣暴，以示子不阉，将论婚于世族。生私白母：『非华氏不娶。』母曰：『世不乏美妇人，何必鬼物？』生曰：『儿非华姑，无以知人道，背之不祥。』傅父从之，遣一仆一妪往觇之。出东郭四五里，寻李氏园。见败垣竹树中，缕缕有炊烟。妪下乘，直造其闼，则母子拭几濯溉，似有所伺。妪拜致主命。见三娘，惊曰：『此即吾家小主妇耶？我见犹怜，何怪公子魂思而梦绕之？』便问阿姊。华姑叹曰：『是我假女。三日前，忽殂谢去。』因以酒食饷妪及仆。妪归，备道三娘容止，父母皆喜。末陈巧娘死耗，生恻恻欲涕。至亲迎之夜，见华姑亲问之。答云：『已投生北地矣。』生欷歔久之。迎三娘归，而终不能忘情巧娘，凡有自琼来者，必召见问之。或言秦女墓夜闻鬼哭。生诧其异，入告三娘。三娘沉吟良久，泣下曰：『妾负姊矣！』诘之，答云：『妾母子来时，实未使闻。兹之怨啼，将无是姊？向欲相告，恐彰母过。』生闻之，悲已而喜。即命舆，宵昼兼程，驰诣其墓。叩墓木而呼曰：『巧娘，巧娘！某在斯。』俄见女郎绷婴儿，自穴中出，举首酸嘶，怨望无已。生亦涕下。探怀问谁氏子，巧娘曰：『是君之遗孽也，诞三月矣。』生叹曰：『误听华姑言，使母子埋忧地下，罪将安辞？』乃与同舆，航海而归。抱子告母。母视之，体貌丰伟，不类鬼物，益喜。二女谐和，事姑孝。后傅父病，延医来。巧娘曰：『疾不可为，魂已离舍。』督治冥具，既竣而卒。儿长，绝肖父；尤慧，十四游泮。高邮翁紫霞，客于广而闻之。地名遗脱，亦未知所终矣。

【译文】

广东有一位姓傅的绅士，本来已经六十多岁还生了一个儿子，取名廉，十分聪颖，但没有生育能力。十七岁，生殖器却像蚕一般大，远近皆知，因此无人把女儿嫁给他。傅自知绝代无疑，日夜忧伤，却无可奈何。廉从师读书，老师偶然因事外出，门外有耍猴戏的，廉前往观看。许久，估计老师即将回来，心里害怕责罚，索性逃学外游。离家数里，见一白衣女郎带着小丫头从前面走过。女郎偶然回头，美丽极了。女郎走得很慢，廉走在她前面。女郎对丫头说：『去问问这位少年，是否去琼州。』丫头就过来问他，廉问她想做什么？女说：『倘若去琼州，有信想请你顺便带去给我母亲，母亲也会招待你。』廉逃学出来，到哪里本无一定，心想：过海去琼州玩玩，未尝不可。因此答应了她。女郎把信交丫头再转交给廉。问她姓名和住址，她说：『姓秦，住秦女村，在城北大约三四里路。』于是搭船渡海。到了琼州城北，已是黄昏时候。问秦女村，无人知晓。往北行四五里，月亮、星星已出来。遍地荒草，旷野中又无旅舍，进退两难。见路旁有高墓，就在墓旁休息。但又怕虎狼，只好爬上树，坐在树杈中。侧耳静听松风飒飒，虫声吱吱，心里忐忑不安，深悔不该来。忽然听到下面有人说话，低头看去，庭院中有一美貌女子坐在石上，两个丫鬟侍候左右。女子说：『今夜月光很好，可煎一杯华姑所送团茶来喝。』廉想遇着鬼魅了，吓得不敢出声。

一会儿丫鬟抬头望望树上说：『有人！』女子吃惊地问：『什么人，好大的胆，敢到这里偷看。』廉虽害怕，但已无法躲避，只好下来。伏在地下，请求宽恕。女子向前看看他，转怒为喜，扶起他来同坐。廉见她约十七八岁，姿色罕见，口音像是本地人。她问：『你是哪里人？要到何处去？』廉答代人送信。女子又说：『野外恶人多，不可露宿。倘不嫌弃，请到舍下。』邀廉入屋，室内只设一床，叫丫鬟铺两条被子，廉自知身有缺陷，愿睡在床下。女子笑着说：『佳客临门，女元龙何敢高卧。』廉不得已同床共寝，但心里诚惶诚恐。片刻间女用手摸他，他假装熟睡。女又钻进他被中摇他，他一直不动。女伸手探他胯间，忽然将手缩回，并从被窝里出来，接着呜呜地哭。廉又羞又怕，简直无地自容，但恨老天爷太不公道。女叫丫鬟点灯，丫鬟见她满面泪痕，问她，她说：『我叹自己的命太苦。』同时吩咐丫鬟！叫醒廉，放他出去。廉一听这话，更加惭愧，又愁深夜里无处可走。

一会儿，一妇人推门进来。丫鬟说：『华姑来了。』廉稍稍瞥看，妇人大约五十多岁，风韵犹存。问女为什么不睡，女不答。再看床上有人睡着，因问睡的是谁，丫鬟代女回答说：『夜里有少年来寄宿。』妇人笑着说：『原来是巧娘花烛之夜。』又见女泪痕未干，吃惊地说：『新婚不应啼哭，莫非少年过于粗暴？』女哭得更伤心。妇人撩开衣服看廉，衣一抖动信就落在床上，取来一看，不觉大吃一惊，说：『这是我女儿的笔迹。』拆开看看内容，又悲又叹。女子问她，她说：『是三姐家书，说吴郎已死，没有依靠。你看怎么办好？』女说：『少年说过代人寄信，幸亏未打发他走。』妇人把廉叫醒，追问信的来由，廉一一讲了。妇人说：『劳你远来送信，如何报答？』又仔细看了看他，笑着问道：『你怎么冒犯巧娘啦？』他说：『我自己也不知错在什么地方。』又问巧娘。巧娘叹口气说：『可怜我自己，生前嫁了一个太监式的丈夫，死后又投奔了一个动了宫刑的人，所以伤心！』妇人望着廉说：『好一个聪明漂亮的小伙子，原来是雌性的。好吧，既是我家的客人，就不麻烦别人了。』领着廉走进东边厢房中。用手伸入廉裤中查验后笑着说：『怪不得巧娘要哭。幸亏还有点根蒂，可以想办法。』说着，挑灯翻箱箧，找出一粒黑色药丸交给廉，叫他吞服，还郑重其事地叮嘱他不要说出去。妇人走后，廉一人睡在床上，心想这药究竟治什么病，将近五更时，感到肚脐下有一股热气直往下冲，仿佛有东西下垂，用手试探一下，居然是一个伟男子，不禁又惊又喜，比做了王侯更为得意。曙光时分，妇人进屋，送烙饼来，叫他耐心静坐，然后把门反锁出去。听她对巧娘说：『这小伙子有送信的功劳，我留他住下，等三娘来和他结为姊妹。把他关在房内，免得别人讨厌。』说完走了。

廉关在房内，无聊得很，时时从门缝中向外看。看见巧娘，想招呼她，告诉她今非昔比，又不便启齿。到了夜里，妇人带着女儿回家，开锁进门。对廉说：『闷死了吧？三娘快过来拜谢。』一看，真是路上相遇那位白衣女郎。女郎向他行礼，妇人要他们今后以兄妹相称。巧娘笑着说：『姐妹也可以。』大家在堂中饮酒。席上，巧娘戏问：『庵人看见女子也动心吗？』廉说：『跛脚的人并未忘记穿鞋，瞎眼的人也想看东西。』他的话引得别人都笑了。巧娘因三娘路上辛苦，要她早休息。妇人招呼三娘和廉同寝，三娘害羞不答应，妇人说：『这是个有名无实的男子汉大丈夫，怕什么？》』催他们快去睡，暗中对廉说：『你表面上是我的儿子，实际上是我的女婿。』廉高兴得很，两人携手上床，其乐可知。廉在枕上问三娘：巧娘何许人？三娘说：『她是个才色无双的鬼，可惜命不好，嫁给毛家那小子，是个天阉，十八岁尚未享受室家之乐，以致含恨而死。』廉听了，大吃一惊。怀疑三娘也是鬼。三娘说：『实话相告，我不是鬼，是狐。巧娘独居无亲人，我母女没有家园，因借住在此。』廉更加恐怖。女说：『不要怕，我们虽是鬼狐，却不害人。』从此，每天相聚在一起，生活充满了快乐。廉虽知巧娘不是人，但爱她美貌非凡，可惜没有机会和她亲近。

廉生性柔和，又善于谈论，讨人欢喜。巧娘也爱他。一天，华氏母女外出，又把廉锁在房内，廉烦闷极了。隔着门喊巧娘，巧娘的丫鬟试用了几把钥匙，才把门开了。廉和巧娘耳语，要求和她单独在一起，巧娘把丫鬟支使出去。廉挽巧娘同上床，巧娘用手戏探他胯下，说：『可惜这里空空如也。』话未说完，有东西勃然而起，她吃惊地说：『何昔之渺渺，今之累累？』廉笑着答道：『昔日羞见客人，今因被嘲笑而怒起。』于是双方，情爱得到满足。女恼怒说：『怪不得华家母女把你锁在房内，以往她母女没有地方安身，我借屋给她住；三娘跟我学刺绣，我也毫无保留地尽心尽意地教她，她却这样妒忌。』廉一面劝慰，一面告诉她是华姑治好他的病。但巧娘不能无恨。廉还警戒她严守秘密。正在谈话间，华姑进来了。二人不免有些慌张。华姑瞪着眼说：『是哪个开的门？』巧娘承认是自己开的，华更加怒火上升，说个不休。巧娘故意调笑说：『姥姥也太可笑，他不是有名无实的男子汉吗？有何关系？』三娘见母亲和巧娘争吵，感到不安，从中调停，两人才转怒为喜。巧娘心里虽愤愤不平，却处处迁就三娘。华姑却昼夜提防，使廉与巧娘不能自由谈情说爱。

华姑对廉说：『她两姊妹都归你了。住在这里不是长久之计。你应禀告父母，早订婚约。』说罢，催廉动身。这时，巧娘和三娘都形容凄凉，巧娘更加难过，整天泪珠滚滚。华姑拉着廉往外走，出门已不见屋宇，但有荒冢。华姑送廉上船后说：『你先回去，我随后领她姊妹两个来。如果你不忘旧情，我将在李氏废园中等你来迎亲。』

傅家不见了儿子，正在焦急。见廉回来，喜出望外。廉简单地讲了一下经过，并提到华氏婚约。父亲说：『妖言不足信，你能够平安回来，主要是因为你有阉疾，不然早死了。』廉说：『她们虽非人类，但感情与人无异。况且聪明秀丽，结婚后不会遭到亲友耻笑。』父亲听后冷笑而已。

廉因为具备了生殖能力，在家不安本分，和丫鬟苟苟且且，甚至白昼宣淫，有意让父母知道。一天，给小丫头碰见，立刻告诉他母亲。母不信，亲自去察看，一看大为吃惊。把丫鬟叫来盘问，了解一切真相，高兴万分，逢人便说，用意是让所有的人都知道，自己的儿子和别人的儿子一样，将来便可以与世家女子结婚。廉偷偷禀告母亲：非华氏不娶！母亲说：『世上不缺美貌女子，何必要与克物成婚。』廉说：『不是华姑，我哪有今天？违背盟约，不是好事。』傅老头命仆人一男一女前往观看再说。出东城四五里，找到了李氏园。远远望见断垣竹林中飘出缕缕炊烟，女仆下骑走到那里，华氏母女早在等候。女仆说明来意，又见到三娘，不觉大惊，说：『这就是我家少奶奶吗？我见了也爱到心里去，怪不得公子日夜魂思梦想。』又问：『姐姐呢？』华姑说：『唉！那是我干女儿，三天前去世了。』说完这话，立刻摆酒饭款待两位客人。仆人回家，大讲三娘长得如何如何美丽，廉父母听了都很喜欢。最后得知巧娘不在了，廉悲哀已极。迎亲那天，见到华姑，亲自问她。华姑说她已投生北方。廉不断地叹气、流泪。虽把三娘接回家，终不能忘情巧娘。凡遇到从琼州来的人，都要询问一番。有人说秦女墓夜里有鬼哭，廉非常诧异，告诉三娘。三娘沉默许久，然后流泪说：『是我对不起姐姐。』问为什么？她说：『我母女来时，没有让她知道。秦女墓哭的可能是她。我本想告诉你，又怕把母亲的过失暴露。』廉听后既悲又喜，立刻备车昼夜不停地赶往琼州。到了墓地，敲着墓树大声呼喊：『巧娘！巧娘！我在这里。』刹那间便见巧娘抱着婴儿从穴洞中出来，哭得非常伤心，廉也陪着她哭。稍停，问婴儿是谁的，巧娘说：『是你留下的孽根，生下来已经三个月了。』廉叹气说：『误信了华姑的话，使你母子埋忧地下，真是我的罪过！』于是同乘一辆车，启程回家。抱着婴儿去见母亲，母亲见婴儿长得体貌非常，完全不像是鬼物所生，格外欢喜。巧娘两姊妹也很和睦，都能孝顺父母。后来父亲因病迎医诊治，巧娘说：『病不可救，魂已离舍。』于是家中赶办后事。廉的儿子长大后，很像父亲，聪明出众，十四岁便中了秀才。高邮翁紫霞客游广东，听说此事。可惜地名遗忘，结果也不详知。

口技

村中来一女子，年二十有四五。携一药囊，售其医。有问病者，女不能自为方，俟暮夜问诸神。晚洁斗室，闭置其中。众绕门窗，倾耳寂听；但窃窃语，莫敢咳。内外动息俱冥。至夜许，忽闻帘声。女在内曰：『九姑来耶？』一女子答云：『来矣。』又曰：『腊梅从九姑来耶？』似一婢答云：『来矣。』三人絮语间杂，喋喋不休。俄闻帘钩复动，女曰：『六姑至矣。』乱言曰：『春梅亦抱小郎子来耶？』一女曰：『拗哥子！呜呜不睡，定要从娘子来。身如百钧重，负累煞人！』旋闻女子殷勤声，九姑问讯声，六姑寒暄声，二婢慰劳声，小儿喜笑声，一齐嘈杂。即闻女子笑曰：『小郎君亦大好耍，远迢迢抱猫儿来。』既而声渐疏，帘又响，满室俱哗，曰：『四姑来何迟也？』有一小女子细声答曰：『路有千里且溢，与阿姑走尔许时始至。阿姑行且缓。』遂个个道温凉声，并移坐声，唤添坐声，参差并作，喧繁满室，食顷始定。即闻女子问病。九姑以为宜得参，六姑以为宜得芪，四姑以为宜得术。参酌移时，即闻九姑唤笔砚。无何，折纸戢戢然，拔笔掷帽丁丁然，磨墨隆隆然；既而投笔触几，震震作响，便闻撮药包裹苏苏然。顷之，女子推帘，呼病者授药并方。反身入室，即闻三姑作别，三婢作别，小儿哑哑，猫儿唔唔，又一时并起。九姑之声清以越，六姑之声缓以苍，四姑之声娇以婉，以及三婢之声，各有态响，听之了了可辨。群讶以为真神。而试其方，亦不甚效。此即所谓口技，特借之以售其术耳。然亦奇矣！

昔王心逸尝言：在都偶过市廛，闻弦歌声，观者如堵。近窥之，则见一少年曼声度曲。并无乐器，惟以一指捺颊际，且捺且讴；听之铿铿，与弦索无异。亦口技之苗裔也。

【译文】

一年在农闲时，村里不知从什么地方来了一位年轻女子，约摸二十四五岁。她随身携带了一个药箱子，自称是以看病、卖药为生。但她看病的方法很奇特，有人求她看病，她就说自己开不了药方，要等到夜深人静的时候请教神仙，所以让病人等到夜晚再来找她。

到了夜里，她清扫了一间小房子，问明病人的病症后，就让人们到房外去。她却把房门关了，独自一个人留在屋里。人们都聚在门窗下等候。开始时，偶尔也有人低声说话，接着大家连咳嗽都不敢出声，生怕听不到屋里的声音。渐渐地屋内屋外静得连微细的声响都没有了，大家都屏住呼吸静听房内的动静。

大约到了将近一更天的时候，忽听房内传出掀起帘子的声音，听得那个年轻女子说：『九姑来了吗？』另一个女声回答：『来了。』接着又听女子说：『腊梅跟随九姑来了吗？』似乎是一个丫鬟的声音：『来了。』接着又听见三个女人互相闲谈。一会儿，又听得掀帘子的声音，只听得女子又说：『六姑来了！』此时又听见几个女子同时说话的杂乱声音：『春梅也抱上孩子来了？』一个女子回答说：『这个小顽皮，怎么哄也不睡，定要跟着来。重的像一块大石头，真要累煞人！』接着，听到年轻女子殷勤接待客人的声音、九姑询问的声音、六姑寒暄的声音、两个丫鬟奉承主人的声音、小孩子嬉笑的声音，声音有大有小，有粗有细，几种声音交织在一起，但又音色分明。嘈杂中，又听年轻女子说：『小公子也太顽皮了，那么远的路，还抱个猫儿来。』

以前王心逸曾经说过：他在京城偶然经过集市，听到一阵弹琴唱歌的声音，围着看的人好似一堵墙。他凑近了一看，只见一位少年用优美的声音在演唱。可他手中并没有乐器，只用一个手指按着脸颊，一边按一边唱，听起来铿锵有声，与乐器伴奏没什么两样。这是口技的一个流派啊。

红玉

广平冯翁有一子，字相如。父子俱诸生。翁年近六旬，性方鲠，而家屡空。数年间，媪与子妇又相继逝。井臼自操之。一夜，相如坐月下，忽见东邻女自墙上来窥。视之，美。近之，微笑。招以手，不来亦不去。固请之，乃梯而过，遂共寝处。问其姓名，曰：『妾邻女红玉也。』生大爱悦，与订永好。女诺之。夜夜往来，约半年许。翁夜起，闻女子含笑语，窥之，见女。怒，唤生出，骂曰：『畜产所为何事！如此落寞，尚不刻苦，乃学浮荡耶？人知之，丧汝德；人不知，促汝寿！』生跪自投，泣言知悔。翁叱女曰：『女子不守闺戒，既自玷，而又以玷人。倘事一发，当不仅贻寒舍羞！』骂已，愤然归寝。女流涕曰：『亲庭罪责，良足愧辱！我二人缘分尽矣！』生曰：『父在不得自专。卿如有情，尚当含垢为好。』女言辞决绝，生乃洒涕。女止之曰：『妾与君无媒妁之言，父母之命，逾墙钻隙，何能白首？此处有一佳偶，可聘也。』告以贫。女曰：『来宵相俟，妾为君谋之。』次夜，女果至，出白金四十两赠生。曰：『去此六十里，有吴村卫氏，年十八矣，高其价，故未售也。君重啖之，必合谐允。』言已，别生。生乘间语父，欲往相之。而隐馈金不敢告。翁自度无资，以是故，止之。生又婉言：『试可乃已。』翁颔之。生遂假仆马，诣卫氏。卫故田舍翁。生呼出引与闲语。卫知生望族，又见仪采轩豁，心许之，而虑其靳于资。生听其词意吞吐，会其旨，倾囊陈几上。卫乃喜，浼邻生居间，书红笺而盟焉。生入拜媪。居室逼侧，女依母自幛。微睨之，虽荆布之饰，而神情光艳，心窃喜。卫借舍款婿，便言：『公子无须亲迎。待少作衣妆，即合舁送去。』生与期而归。诡告翁，言卫爱清门，不责资。翁亦喜。至日，卫果送女至。女勤俭，有顺德，琴瑟甚笃。逾二年，举一男，名福儿。会清明抱子登墓，遇邑绅宋氏。宋官御史，坐行赇免。居林下，大煽威虐。是日亦上墓归，见女艳之。问村人，知为生配。料冯贫士，诱以重赂，冀可摇，使家人风示之。生骤闻，怒形于色；既思势不敌，敛怒为笑，归告翁。大怒，奔出，对其家人，指天画地，诟骂万端。家人鼠窜而去。宋氏亦怒，竟遣数人入生家，殴翁及子，汹若沸鼎。女闻之，弃儿于床，披发号救。群篡舁之，哄然便去。父子伤残，呻吟在地，儿呱呱啼室中。邻人共怜之，扶之榻上。经日，生杖而能起。翁忿不食，呕血寻毙。生大哭，抱子兴词，上至督抚，讼几遍，卒不得直。后闻妇不屈死，益悲。冤塞胸吭，无路可伸。每思要路刺杀宋，而虑其扈从繁，儿又罔托。日夜哀思，双睫为不交。忽一丈夫吊诸其室，虬髯阔颔，曾与无素。挽坐，欲问邦族。客遽曰：『君有杀父之仇，夺妻之恨，而忘报乎？』生疑为宋人之侦，姑伪应之。客怒眦欲裂，遽出曰：『仆以君人也，今乃知不足齿之伧！』生察其异，跪而挽之，曰：『诚恐宋人餂我。今实布腹心：仆之卧薪尝胆者，固有日矣。但怜此襁中物，恐坠宗祧。君义士，能为我杵臼否？』客曰：『此妇人女子之事，非所能。君所欲托诸人者，请自任之；所欲自任者，愿得而代庖焉。』生闻，崩角在地。客不顾而出。生追问姓字，曰：『不济，不任受怨，济，亦不任受德。』遂去。生惧祸及，抱子亡去。至夜，宋家一门俱寝，有人越重垣人，杀御史父子三人，及一媳一婢。宋家具状告官。官大骇。宋执谓相如，于是遣役捕生，生遁不知所之，于是情益真。宋仆同官役诸处冥搜。夜至南山，闻儿啼，迹得之，系缧而行。儿啼愈嗔，群夺儿抛弃之。生怨愤欲绝。见邑令，问：『何杀人？』生曰：『冤哉！某以夜死，我以昼出，且抱呱呱者，何能逾垣杀人？』令曰：『不杀人，何逃乎？』生词穷，不能置辩。乃收诸狱。生泣曰：『我死无足惜，孤儿何罪？』令曰：『汝杀人子多矣；杀汝子，何怨？』生既褫革，屡受梏惨，卒无词。令是夜方卧，闻有物击床，震震有声，大惧而号。举家惊起，集而烛之，一短刀，铦利如霜，剁床入木者寸余，牢不可拔。令睹之，魂魄丧失。荷戈遍索，竟无踪迹。心窃馁。又以宋人死，无可畏惧，乃详诸宪，代生解免，竟释生。生归，瓮无升斗，孤影对四壁。幸邻人怜馈食饮，苟且自度。念大仇已报，则辗然喜；思惨酷之祸，几于灭门，则泪潸潸堕；及思半生贫彻骨，宗支不续，则于无人处，大哭失声，不复能自禁。如此半年，捕禁益懈。乃哀邑令，求判还卫氏之骨。及葬而归，悲怛欲死，辗转空床，竟无生路。忽有款门者，凝神寂听，闻一人在门外，哝哝与小儿语。生急起窥觇，似一女子。扉初启，便问：『大冤昭雪，可幸无恙？』其声稔熟，而仓卒不能追忆。烛之，则红玉也。挽一小儿，嬉笑胯下。生不暇问，抱女呜哭。女亦惨然。既而推儿曰：『汝忘尔父耶？』儿牵女衣，目灼灼视生。细审之，福儿也。大惊，泣问：『儿那得来？』女曰：『实告君：昔言邻女者，妄也。妾实狐。适宵行，见儿啼谷口；抱养于秦。闻大难既息，故携来与君团聚耳。』生挥涕拜谢。儿在女怀，如依其母，竟不复能识父矣。天未明，女即遽起。问之，答曰：『奴欲去。』生裸跪床头，涕不能仰。女笑曰：『妾诳君耳。今家道新创，非夙兴夜寐不可。』乃剪莽拥彗，类男子操作。生忧贫乏，不自给。女曰：『但请下帷读，勿问盈歉，或当不殍饿死。』遂出金治织具；租田数十亩，雇佣耕作。荷镵诛茅，牵萝补屋，日以为常。里党闻妇贤，益乐资助之。约半年，人烟腾茂，类素封家。生曰：『灰烬之余，卿白手再造矣。然一事未就安妥，如何？』诘之，答曰：『试期已迫，巾服尚未复也。』女笑曰：『妾前以四金寄广文，已复名在案。若待君言，误之已久。』生益神之。是科遂领乡荐。时年三十六，腴田连阡，夏屋渠渠矣。女袅娜如随风欲飘去，而操作过农家妇；虽严冬自苦，而手腻如脂。自言三十八岁，人视之，常若二十许人。

异史氏曰：『其子贤，其父德，故其报之也侠。非特人侠，狐亦侠也。遇亦奇矣！然官宰悠悠，竖人毛发，刀震震入木，何惜不略移床上半尺许哉？使苏子美读之，必浮白曰：「惜乎击之不中！」』

【译文】

广平县人冯翁有一个儿子，名唤作相如，父子都是大秀才。冯翁已将近六十，性格端正耿直，但是，家里经常穷困不堪，几年间，老伴与儿媳先后去世，更加悲凉，一切家务都得亲自操持。

一天夜里，相如一人在月下独坐，忽然看见东邻有个女子从墙头偷看。他仔细端详，见那女子长得很漂亮。走到她眼前，她含情微笑。他打手势呼她，她既不过来也不离去。相如就一再请求她过来，她才从梯子上爬过来，两人便共枕同眠，睡在一起。相如问她的姓名，女子说：『我是邻之女，名叫红玉。』相如很喜欢她，便与她订终身之好。女子答应了。后来红玉每夜都来和他欢聚，这样大约过了半年时间。

冯翁偶然起夜，听见儿子房里有女子的说笑声，悄悄近前去窥察，发现有个女子。他不觉发怒，立即将儿子喊出来，骂道：『你这畜生，干了些什么事？家境衰落到如此地步，还不刻苦奋发，竟然学浪荡吗？若被人知道，就败坏了你的品德；人不知道，也缩短了你的寿命。』相如扑通一声跪到地上向父亲认错，哭着说知道悔改。冯翁又叫来那女子训斥道：『你一个女孩子家也不知严守规矩，既玷污自己，又伤害了别人。倘若事情暴露出去，不仅仅只是我们一家丢脸。』骂完后，老头便愤愤然回自己房里睡觉去了。红玉流着眼泪对相如说：『你父亲斥责我们，很使人感到羞辱。咱们的缘分到这里就算完了。』相如说：『有父亲在，我不能自作主张。你如果对我真有情，还应含羞忍辱地继续好下去。』红玉言辞决绝，相如便涕泪俱下。红玉却劝住他说：『我和你没有媒妁之言、父母之命，只是翻墙越隙暗中往来，这怎么能白头偕老呢？此处有一个好女子，可以托媒人聘她，结为夫妻。』相如告诉她家里穷得没有能力娶亲。红玉说：『明天晚上你等着我，我可以替你想想办法。』到了第二天夜里，红玉果然到来，拿出四十两白银送给相如，说：『离这儿六十里的地方有个吴村，村里有家姓卫的，他家女儿今年整十八岁，因为要的聘礼太高，所以还没人能娶得起她。你给卫家送去这笔重礼，一定能成好事。』红玉说完，就离去了。后来，相如选择时机向父亲说起此事，表示他想前去相看。但他不敢提起红玉给他的那笔聘金。冯翁自知家里无钱，就劝他不要去。相如婉言对父亲说：『只去试探一下罢了。』冯翁点头同意。

相如就向朋友借了马匹仆人，前往卫村。卫家是世代农民，相如把卫老头请出来，闲谈中提及亲事。卫老头知道相如出身望族，又见相如长得仪表堂堂，心里已有许亲的意愿，只是怕相如不肯拿出更多的彩礼。相如听他讲话吞吞吐吐，就明白了他的心思，于是将那四十两银子掏出来放在桌上。卫老头很高兴，就请来邻居书生做中间人，用红纸写下婚约。相如便进屋去拜见卫氏母女。卫家屋子狭窄，卫家女儿藏在母亲身后。相如扫了一眼，见她虽然身穿粗布衣裳，但长得光彩照人，心里暗暗喜悦。卫老头借邻家屋子来设酒款待女婿，在席间说：『公子就不必亲自迎娶了。等我们少做些陪嫁衣服，就将嫁妆和人一起抬着送过去。』相如和他们约好日子，就回来了。相如骗父亲说，卫家看重冯家清高的门第，不要彩礼。冯翁听了也高兴。到了约定的日子，卫家果然将女儿送过来。卫氏很勤俭也很孝顺，夫妇两人感情很深厚。两年后，便生下一个男孩，取名福儿。

恰巧在清明节那天，妻子抱着儿子去扫墓，路上偶然遇见本县一个乡绅宋某。此人曾做御史官，因行贿而被免职，还乡后仍大施淫威。这一天他也扫墓回来，见卫氏长得十分娇艳，就起了淫心。他一问村里人，得知是冯家媳妇，料想相如是个贫士，用重金诱惑，可以指望让他动心而让出自己的妻子。宋某派家人前去暗暗示意。相如一听，脸上现出怒色，但一想自己不是宋家对手，便转怒为笑，回家告知父亲。冯翁怒火中烧，奔出家门，指着宋某家人破口大骂，宋某家人仓皇逃窜而归。宋某也大怒，就派了几个人前往冯家，对冯家父子大打出手，气势凶恶，卫女听见打闹声，将小孩放在床上，披散着头发大喊救命。那一群人不由分说，抢了卫女，直向宋家抬去。冯氏父子被打得遍体鳞伤，在地上呻吟，小孩也在床上大声啼哭。邻居们很同情他们，就把他们抬到床上躺下。过了一天，相如才勉强拄着拐杖站起来，冯翁却气得吃不下饭，不久便口吐鲜血死去。相如痛哭不已，抱着儿子到衙门去告状，上至总督巡抚衙门，几乎告遍了，他的冤屈始终没有得到伸张。后来他又得知妻子不屈服而死，更加悲痛。他满腹含冤却无处申诉。常常心里想着要拦路杀死宋某，但怕他出门时随从众多，还担心儿子太小，无处托付。他白天夜里苦苦哀思，两眼未合过。

忽然有一个壮士登门来凭吊，络腮胡子宽下巴，从未见过。相如请他坐下，刚想询问他的姓名籍贯，而客人却抢先说：『你杀父夺妻的仇恨，已经忘了报了？』相如怕他是宋某派来的探子，就假意应付他。客人仿佛被激怒了，双目怒睁，眼眶欲裂，转身要出门说：『我把你当君子，现在知道你原来是个不足挂齿的懦夫！』相如观察他的言行，不像是装出来的，就跪下来拉着客人说：『我深怕宋家派人来引诱我上钩，所以才这么谨慎。我实话告诉你，我卧薪尝胆已有多日，只是可怜这襁褓中的儿子，怕使我们冯家绝后。你是个仗义之士，能不能代我抚养他？』客人说：『这本是妇道人家所做的事情，我不能使你如愿。你想托别人代为抚养孤儿的事，就请你自己办，而你亲自要报仇的事，我愿意代你去办。』相如听了他的话，在地上叩响头。客人并不搭理，径直转身出门。相如赶快追出来问他的姓名，客人说：『事情办不成，不愿受责备；办成了，也不会接受感谢。』说完离去了。

相如唯恐灾祸殃及自身，就抱着孩子逃走了。深夜时分，宋某全家都睡去，有人翻过重重墙垣，将宋某父子三人一起杀死，又杀了一个媳妇一个丫鬟。宋家递状子告到官府。县官大惊。宋家坚持控告是相如所为，县官于是派差役前往捉拿，而相如已不知去向。由此便确认是相如干的。宋家仆人与官府差役四处搜寻。夜里，他们在南山听见小孩的啼哭声，就循声搜寻，捆着相如拉走了。小孩哭得厉害，众人将小孩夺过去扔在路边。相如怨恨欲绝。县令见到他，责问道：『为什么杀人？』相如申辩说：『冤枉啊！宋某等人夜里被杀，我白天就出走，并且抱着个小孩，怎么能够翻墙去杀人？』县令说：『既然没杀人，你为什么要逃跑？』相如被问得答不上话来，就被投到监牢里。相如悲愤地说：『我死了不足怜惜，小孩何罪之有？』县令说：『你杀人家儿子够多了，现在杀你一个儿子，怨什么？』相如被革去功名，屡次遭受酷刑，始终不招供认罪。这天夜里，县令刚刚躺下，听见有什么东西击中床，响声震耳，他惊恐得连声呼叫。全家人都被惊起，举着蜡烛察看，发现一把短刀亮闪闪地放出寒光，刀尖已扎入床板有一寸多深，紧得拔不下来。县令看见，吓得魂飞魄散。衙役各手持刀枪四处搜寻，什么痕迹也没有。县令心里发虚，觉得宋家人已经死了，没什么可怕的，于是在上报这宗案子时为相如开脱，终于无罪释放相如。

相如回到家里，瓮里早已没有米面，他一人孤孤单单地面壁而坐，凄惨极了。幸好邻居送来些饭食，暂且得以度日。当他想到大仇已报，心里觉得欣慰，再一想到家里遭到这么大的灾难，几乎满门灭绝，就不禁潸然泪下，等想到自己贫寒半生，连个儿子也保不住，冯家香火断绝，就在无人处失声大哭，不能自我控制。这样过了半年时间，捉拿案犯的命令执行得更松懈了，他便去哀求县令，要求判决归还妻子的遗骨，由他安葬。后事办完，相如十分悲伤，在床上翻来覆去睡不着，只感到绝望。忽然听见有人敲门，他凝神仔细一听，有一个人在门外和小孩说话。他急忙起来从门缝往外看，好像是个女子。他刚一开门，就听见女子说：『大冤已经昭雪，幸得无恙吧！』他觉得声音很熟悉，仓促中却又记不起来。当他秉烛相照时，才认出是红玉。她手里牵着一个孩子，那孩子在胯下嬉笑。相如来不及询问，抱着红玉就哭。红玉也凄然泪下。红玉推了一下孩子说：『你忘了自己的父亲了吗？』孩子抓着红玉的衣服，目光闪闪地望着相如。相如仔细端详，认出他正是福儿。于是大吃一惊，哭着问：『你从哪儿找到他的？』红玉说：『实话告诉你，以前我对你说我是邻家女，那是骗你的。我是狐仙。那天我在黑夜中行走，听见小孩在山谷口啼哭，就抱到家抚养。得知你而今大难已过去，所以领他来和你团聚。』相如挥泪向她拜谢。孩子在红玉怀里，就像依偎母亲一般，竟然不再认识自己的父亲。

第二天天还未亮，红玉便起了床。相如问她要干什么，红玉说：『我要走了。』相如光着身子跪在床头哭得抬不起头。红玉笑着说：『我只不过是哄哄你。现在家道要重新创建，非早起晚睡不可。』于是清除杂草打扫灰尘，像男子那样操劳。相如忧虑家境太贫穷，不能维持三人的生活。红玉说：『你只管闭门安心读书，不要操心家里经济，或许还不致饿死。』于是拿出银两来置办了织布机，租下了几十亩田地，雇人来耕作。她自己里里外外一手操持，耕作修房，每天如此。邻里听说她是个贤惠的媳妇，更乐于主动来帮助她，过了大约半年时间，家道兴旺已像富户。相如感激地对红玉说：『这个被毁掉的家，全靠你白手重建起来。但是还有一件事没解决，不知该怎么办？』红玉问他什么事，相如说：『考试的日期已经迫近，我的功名还未恢复。』红玉笑笑说：『在此之前，我已送给学官四两白银，你的功名已经恢复在案。这事若等你说起再办，就耽误得不像样了。』

相如更加敬慕她的神明。这次乡试，他中了举人。当年他三十六岁，土地肥沃，庄稼连片，大厦楼房鳞次栉比。红玉腰苗条柔美，似乎风都能把她吹走，但操持家业胜过了农家妇女。即使在严寒的冬天，她的手也柔嫩如脂。她自己说已经二十八岁了，别人看去却只不过二十岁上下。

异史氏说：「冯家父子具有贤德，所以才得侠士相报。不只那位壮士是侠士，狐精红玉也是侠士。相如的遭遇也真算奇异了！但是县官的荒谬令人发指，使人愤怒。那短刀震响，扎入床板，为何不稍微往床上再移半寸左右？若让宋人苏舜钦读到这里，一定会像当年读《汉书·张良传》时，刺客未击中秦始皇而拍案大叫，饮一杯酒后说，「可惜啊没击中」！」

林四娘

青州道陈公宝钥，闽人。夜独坐，有女子搴帏入。视之，不识；而艳绝，长袖宫装。笑云：「清夜兀坐，得勿寂耶？」公惊问：「何人？」曰：「妾家不远，近在西邻。」公意其鬼，而心好之。捉袂挽坐，谈词风雅，大悦。拥之，不甚抗拒。顾曰：「他无人耶？」公急阖户，曰：「无。」促其缓裳，意殊羞怯。公代为之殷勤。女曰：「妾年二十，犹处子也，狂将不堪。」狎亵既竟，流丹浃席。既而枕边私语，自言「林四娘」。公详诘之，曰：「一世坚贞，业为君轻薄殆尽矣。有心爱妾，但图永好可耳，絮絮何为？」无何，鸡鸣，遂起而去。由此夜夜必至。每与阖户雅饮。谈及音律，辄能剖悉宫商。公遂意其工于度曲。曰：「儿时之所习也。」公请一领雅奏。女曰：「久矣不托于音，节奏强半遗忘，恐为知者笑耳。」再强之，乃俯首击节，唱伊凉之调，其声哀婉。歌已，泣下。公亦为酸恻，抱而慰之曰：「卿勿为亡国之音，使人悒悒。」女曰：「声以宣意，哀者不能使乐，亦犹乐者不能使哀。」两人燕昵，过于琴瑟。既久，家人窃听之，闻其歌者，无不流涕。夫人窥见其容，疑人世无此妖丽，非鬼必狐；惧为厌蛊，劝公绝之。公不能听，但固诘之。女愀然曰：「妾，衡府宫人也。遭难而死，十七年矣。以君高义，托以燕婉，然实不敢祸君。倘见疑畏，即从此辞。」公曰：「我不为嫌；但燕好若此，不可不知其实耳。」乃问宫中事。女缅述，津津可听。谈及式微之际，则哽咽不能成语。女不甚睡，每夜辄起诵《准提》《金刚》诸经咒。公问：「九原能自忏耶？」曰：「一也。妾思终身沦落，欲度来生耳。」又每与公评骘诗词，瑕辄疵之；至好句，则曼声娇吟。意绪风流，使人忘倦。公问：「工诗乎？」曰：「生时亦偶为之。」公索其赠。笑曰：「儿女之语，乌足为高人道。」居三年。一夕，忽惨然告别。公惊问之。

答云：『冥王以妾生前无罪，死犹不忘经咒，俾生王家。别在今宵，永无见期。』言已，怆然。公亦泪下。乃置酒相与痛饮。女慷慨而歌，为哀曼之音，一字百转，每至悲处，辄便呜咽。数停数起，而后终曲，饮不能畅。乃起，逡巡欲别。公固挽之，又坐少时。鸡声忽唱，乃曰：『必不可以久留矣。然君每怪妾不肯献丑；今将长别，当率成一章。』索笔构成，曰：『心悲意乱，不能推敲，乖音错节，慎勿出以示人。』掩袖而去。公送诸门上，湮然没。公怅悼良久。视其诗，字态端好，珍而藏之。诗曰：『静锁深宫十七年，谁将故国问青天？闲看殿宇封乔木，泣望君王化杜鹃。海国波涛斜夕照，汉家箫鼓静烽烟。红颜力弱难为厉，惠质心悲只问禅。日诵菩提千百句，闲看贝叶两三篇。高唱梨园歌代哭，请君独听亦潸然。』诗中重复脱节，疑有错误。

【译文】

青州道陈宝钥，福建人。夜间自己独坐，有一位女子掀纬帘进来，自己并不认识。长得很漂亮，穿着长袖宫装。对陈笑着说：『夜里静坐不感到寂寞吗？』陈吃惊地问：『你是什么人？』她答说：『我家近在西邻。』心想一定是鬼，但心里很喜欢，请她坐下。听她说话文雅，更为高兴。拥抱她，也不怎么拒绝。她说：『这里没有别人吗？』陈起身把门关上，答说：『没有。』一边说一边催脱衣裳，她很害羞，于是代她把衣脱去。她说：『我长到二十岁，还是个处女，请不要粗暴。』在枕上，自说姓林名四娘。陈追问身世，她说：『我为你献出了贞操，如果你真心相爱，何必多问？』鸡叫时起身走了。

从此，每夜必至。时常闭门同饮。谈到音乐，剖析入微。陈料想她定会唱歌，她说：『小时候学过。』陈请她试唱一曲，她说：『久不亲近音乐，节奏大半遗忘，希望不要见笑。』再三催促，她才唱了《伊州》《凉州》等曲调，声调过于哀伤。唱完，流下了眼泪。陈也感到难过，安慰她说：『不要唱这些亡国之音，使人郁郁不快。』女说：『歌，代表人的思想感情。悲哀的人不会唱出快乐的歌声，快乐的人也不会唱悲哀的曲子。』日子久了，陈与女子感情胜过夫妻。家里的人慢慢也知道了，都来偷听她唱歌。每次听后都流下眼泪。

陈夫人暗中见过她，认为世界上不会有这种美貌的人，不是鬼，就是狐。因此，劝陈和她断绝关系。同时还请些和尚、道士来作法，陈反对夫人这样做。但不断追问女子，女子伤心地说：『我是衡王府宫娥，遭难而死，今已有十七年了。因你为人讲情义，所以与你相爱，决不会害你。如果你猜疑畏惧，今后就不再来。』陈申明决无猜疑之心，不过既然两人相爱，不可不了解实情。顺便问她在宫中的事，女子说得委婉动听。至于谈到亡国之际，她悲痛得说不出话。女子终夜很少睡觉，常常念《准提》《金刚》等佛经。陈问她：阴司也作兴忏悔吗？她说：『和阳世一样。我终生沦落，不过想修度来世罢了。』

她和陈谈论诗词时，往往能指出某些缺点。遇到佳句，就低头曼吟，高情逸致，令人流连不已。问她擅长写诗词吗，她说生前偶一为之。陈请她写几首送给自己，她笑着说：『儿女之言，不足以奉献高明。』过了三年，一夜，忽然很凄惨地来告别，陈吃惊，问她为什么，她说：『阎王念我生前无过错，死后还不忘记讼经念佛，叫我托生到王侯之家。离别就今晚，永无相见之日了。』陈听了也不觉流下泪来，随即设酒痛饮，女子慷慨悲歌，唱到伤心的地方，无法继续下去，几次起身要走，陈再三留住。直到鸡叫，她说：『再也不能留了。你以前怪我不肯献丑，现当长别，特赋诗一章，心悲意乱，不能仔细修改，一定有许多错误，望不要外传。』写完，用袖子掩面哭着走了。陈看所写，书法娟秀，诗是律体：静锁深宫十七年，谁将故国问青天？闲看殿宇封乔木，泣望君王化杜鹃。海国波涛斜夕照，汉家箫鼓静烽烟。红颜力弱难为厉，蕙质心悲只问禅。日诵菩提千百句，闲看贝叶两三篇。高唱梨园歌代哭，请君独听亦潸然！

这诗重复脱节，疑传抄有误。

江中

王圣俞南游，泊舟江心。既寝，视月明如练，未能寐，使童仆为之按摩。忽闻舟顶如小儿行，踏芦席作响，远自舟尾来，渐近舱户。虑为盗，急起问童。童亦闻之。问答间，见一人伏舟顶上，垂首窥舱内。大愕，按剑呼诸仆，一舟俱醒。告以所见。或疑错误。俄响声又作。群起四顾，渺然无人，惟疏星皎月，漫漫江波而已。众坐舟中，旋见青火如灯状，突出水面，随水浮游；渐近舡，则火顿灭。即有黑人骤起，屹立水上，以手攀舟而行。众噪曰：『此必物也！』欲射之。方开弓，则遽伏水中，不可见矣。问舟人。舟人曰：『此古战场，鬼时出没，其无足怪。』

【译文】

王圣俞游历南方，把船停泊在江心。就寝以后，他看见月光映在水面上如同白练，睡也睡不着，就叫童仆给他按摩。忽然听见船舱顶上好像有个小孩在走动，踩得芦席嚓嚓作响，从远处的船尾走过来，渐渐走近舱门。他担心是个盗贼，急忙起来问童子。童子也听到了脚步声。正在一问一答的时候，看见一个人趴在船舱顶上，垂着脑袋向船舱里窥望。王圣俞大吃一惊，手按宝剑，呼喊他的那些仆人，船上的人全都醒了。他就把刚才看见的东西告诉了大家。有人怀疑是他眼睛看错了。过了不一会儿，又响起了脚步声。大家起来四处察看，渺渺茫茫，不见有人，只有疏朗的星光、皎洁的明月和漫无边际的江波而已。大家坐在船舱里，时隔不久，看见一点青荧荧的火光，像灯的样子，突出在水面上，随着水波漂浮着，逐渐来到船边，青光突然熄灭了。马上有一个黑人，忽然从水里钻出来，屹立在水面上，用手攀着船往前走。大家吵吵嚷嚷地说：『一定是这个家伙！』想要射死它。刚刚拉开弓箭，那个黑人突然潜进水中，再也看不见了。向船夫打听情况。船夫说：『这里是古战场，鬼怪时常出没，没什么可大惊小怪的。』

鲁公女

招远张于旦，性疏狂不羁。读书萧寺。时邑令鲁公，三韩人。有女好猎。生适遇诸野，见其风姿娟秀，着锦貂裘，跨小骊驹，翩然若画。归忆容华，极意钦想。后闻女暴卒，悼叹欲绝。鲁以家远，寄灵寺中，即生读所。生敬礼如神明，朝必香，食必祭。每酹而祝曰：『睹卿半面，长系梦魂；不图玉人，奄然物化。今近在咫尺，而邈若河山，恨如何也！然生有拘束，死无禁忌，九泉有灵，当姗姗而来，慰我倾慕。』日夜祝之，几半月。一夕，挑灯夜读，忽举首，则女子含笑立灯下。生惊起致问。女曰：『感君之情，不能自已，遂不避私奔之嫌。』生大喜，遂共欢好。自此无虚夜。谓生曰：『妾生好弓马，以射獐杀鹿为快，罪孽深重，死无归所。如诚心爱妾，烦代诵《金刚经》一藏数，生生世世不忘也。』生敬受教，每夜起，即柩前捻珠讽诵。偶值节序，欲与偕归。女忧足弱，不能跋履。生请抱负以行，女笑从之。如抱婴儿，殊不重累，遂以为常。考试亦载与俱。然行必以夜。生将赴秋闱，女曰：『君福薄，徒劳驰驱。』遂听其言而止。积四五年，鲁罢官，贫不能舆其榇，将就窆之，苦无葬地。生乃自陈：『某有薄壤近寺，愿葬女公子。』鲁公喜。生又力为营葬。鲁德之，而莫解其故。鲁去，二人绸缪如平日。一夜，侧倚生怀，泪落如豆，曰：『五年之好，于今别矣！受君恩义，数世不足以酬！』生惊问之。曰：『蒙惠及泉下人，经咒藏满，今得生河北卢户部家。如不忘今日，过此十五年，八月十六日，烦一往会。』生泣下曰：『生三十余年矣；又十五年，将就木焉，会将何为？』女亦泣曰：『愿为奴婢一报。』少间曰：『君送妾六七里。此去多荆棘，妾衣长难度。』乃抱生项。生送至通衢，见路旁车马一簇，马上或一人，或二人；车上或三人、四人、十数人不等；独一钿车，绣缨朱，仅一老媪在焉。见女至，呼曰：『来乎？』女应曰：『来矣。』乃回顾生云：『尽此，且去，勿忘所言。』生诺。女行近车，媪引手上之，展即发，车马阗咽而去。生怅怅而归，志时日于壁。因思经咒之效，持诵益虔。梦神人告曰：『汝志良嘉。但须要到南海去。』问：『南海多远？』曰：『近在方寸地。』醒而会其旨，念切菩提，修行倍洁。三年后，次子明、长子政，相继擢高科。生虽暴贵，而善行不替。夜梦青衣人邀去，见宫殿中坐一人，如菩萨状，逆之曰：『子为善可喜。惜无修龄，幸得请于上帝矣。』生伏地稽首。唤起，赐座；饮以茶，味芳如兰。又令童子引去，使浴于池。池水清洁，游鱼可数，入之而温，掬之有荷叶香。移时，渐入深处，失足而陷，过涉灭顶。惊寤，异之。由此身益健，目益明。自捋其须，白者尽簌簌落；又久之，黑者亦落。面纹亦渐舒。至数月后，颔秃面童，宛如十五六时。辄兼好游戏事，亦犹童。过饰边幅，二子辄匡救之。未几，夫人以老病卒。子欲为求继室于朱门。生曰：『待吾至河北来而后娶。』屈指已及约期，遂命仆马至河北。访之，果有卢户部。先是，卢公生一女，生而能言，长益慧美，父母最钟爱之。贵家委禽，女辄不欲。怪问之，具述生前约。共计其年，大笑曰：『痴婢！张郎计今年已半百，人事变迁，其骨已朽；纵其尚在，发童而齿豁矣。』女不听。母见其志不摇，与卢公谋，戒阍人勿通客，过期以绝其望。未几，生至，阍人拒之。退返旅舍，怅恨无所为计。闲游郊郭，因循而暗访之。女谓生负约，涕不食。母言：『渠不来，必已殂谢；即不然，背盟之罪，亦不在汝。』女不语，但终日卧。卢患之，亦思一见生之为人，乃托游遨，遇生于野。视之，少年也，讶之。班荆略谈，甚倜傥。公喜，邀至其家。方将探问，卢即遽起，嘱客暂独坐，匆匆入内告女。女喜，自力起。窥审其状不符，零涕而返，怨父欺罔。公力白其是。女无言，但泣不止。公出，意绪懊丧，对客殊不款曲。生问：『贵族有为户部者乎？』公漫应之。首他顾，似不属客。生觉其慢，辞出。女啼数日而卒。生夜梦女来，曰：『下顾者果君耶？年貌舛异，觌面遂致违隔。妾已忧愤死。烦向土地祠速招我魂，可得活，迟则无及矣。』既醒，急探卢氏之门，果有女亡二日矣。生大恸，进而吊诸其室。已而以梦告卢。卢从其言，招魂而归。启其衾，抚其尸，呼而祝之。俄闻喉中咯咯有声。忽见朱樱乍启，坠痰块如冰。扶移榻上，渐复呻吟。卢公悦，肃客出，置酒宴会。细展官阀，知其巨家，益喜。择吉成礼。居半月，携女而归。卢送至家，半年乃去。夫妇居室，俨如小耦，不知者多误以子妇为姑嫜者焉。卢公逾年卒。子最幼，为豪强所中伤，家产几尽。生迎养之，遂家焉。

【译文】

招远县有位书生名叫张于旦，为人狂放不羁，自己在寺庙里读书。当时招远县令姓鲁，是一个朝鲜人。他有个女儿很喜欢打猎，张生和她在荒野恰巧相见，见她姿色秀丽，身穿锦绣貂皮大衣，骑着一匹小黑马，翩翩然是画中人一般。回到家里，他还一直回想着她的美丽容颜，心里非常艳美。后来，他听说鲁县令的女儿暴病而死，便悲痛欲绝。

鲁公因家太远，就将女儿的灵柩停放在张生读书的寺庙里。张生将鲁公女儿的灵寝敬如神明。早晨必上香，吃饭时必祭奠。他常常洒酒在地祷告说：『虽然只睹你半面，常常魂牵梦绕，谁知你这般俏丽的美人，却转眼间化为异物？而今我与你近在咫尺，却像遥隔千万里，让人抱恨不已！然而活着时有拘束的礼节，死后却不再有禁忌了。你若九泉之下有灵，就请姗姗而来，安慰我对你的一片倾慕之痴情。』张生就这样祈祷了几乎半个月。一天夜里，他正挑灯夜读，忽然一抬头，只见那女子笑吟吟地站在灯前。他惊起询问，女子说：『感谢你的一片真情，我不能自我控制，所以就不避私奔之嫌而来了。』张生高兴极了，于是两人就好上了。此后，那女子每夜必来。她对张生说：『我活着时酷爱骑马射箭，把射死獐鹿当作快乐的事，所以罪孽深重，死后没有归宿之处。你若是真心爱我，就请你代我诵《金刚经》五千零四十八遍，我将永世不忘你的恩情。』张生按照她说的，每天晚上起来在她灵前手捻佛珠念经。

偶尔逢上过节的时候，张生想和她一起回家去。女子担心自己脚力弱不能跋涉，张生请求抱着她走，女子笑着答应了。张生觉得自己像抱着个婴儿一样，并不觉得累。于是就习以为常了。他考试的时候也背着她一起前往。但是，每次都得夜里行走。张生要去考举人，女子说：『你没福分，考试是徒劳的。』张生听她的话，就不去应试了。

过了四五年，鲁公被罢了官，无钱把女儿的棺材运回老家去安葬，将就地安葬，但又苦于没有地方可葬。张生便主动说：『我有一块地在寺院附近，愿意献出安葬女公子。』鲁公一听很高兴，张生又尽力帮鲁公办理丧事。鲁公很感激他，却并不明白其中的缘由。

鲁公离去以后，他们二人还像以前那么亲密往来。一天夜里，女子偎在张生怀里，泪滚如豆。她说：『我们相好五年，现在却要分手了。蒙受你的恩情，我几生几世都报答不尽。』张生很吃惊地问她为什么说这样的话。女子说：『承蒙你代我念经，已经五千零四十八遍满数了，现在要往河北卢户部家投生。如果你不忘我们今天的情分，就请你在十五年以后的八月十六日前去与我相会。』张生流泪对她说：『我已三十岁的人了，再过十五年，就快进棺材了，相会又能干什么？』女子也哭着说：『我愿做丫鬟来报答你。』停了停，她又说：『请你送我六七里路程。这段路有很多荆棘，我的衣服太长，走起来很不方便。』于是她抱着张生的脖子。张生把她一直送到大路上。见路边有一队车马，马上有一人的，也有两人的，车上有三人的、四人的、十多人的不等。唯独有一辆雕花车子，挂着红幔，里面只有一个老太太独坐。她见鲁公女来了，就叫道：『来了吗？』女子回答说：『来了。』便回头对张生说：『送这儿就行了，你回去吧，不要忘了我对你说的话！』张生答应着。女子向车子跟前走去，老太太伸手拽她上去，车子即刻启动，车马轰隆隆地走了。

张生孤独而惆怅地回去，把时间记在墙壁上。他想起念经的效应，于是就念得更虔诚了。有一天夜里，他梦见神人告诉他：『你志向确实可嘉，但必须要到南海去。』张生问：『南海有多远？』神人说：『近在方寸之地。』他醒来后悟出其中的意思，渴望领悟佛理，修行更为虔敬。三年以后，他的二儿子张明、大儿子张政都先后科举高中。他虽然突然发迹，但仍然坚持做善事，夜里他梦见有个青衣人邀他去，到了一座宫殿，见中央坐着一个人，像菩萨的样子，迎着他说：『你为善可喜，只可惜年寿不长，幸已请上帝优待。』张生拜伏在地上叩头。菩萨叫他起来，请他坐下，又给他喝茶，茶叶芬芳如香兰。菩萨又命令童子领他去沐浴。只见池水清澈，游鱼历历可数，进到水里感到很温和，用手掬着水一闻，有一股荷叶的香味。一会儿，他慢慢地移到水深的地方，一失脚陷进水里，水一直将他淹没了。他这时突然惊醒了，感到很诧异。从此他的身体更加健康，眼睛更加明亮。他用手一折胡子，白胡须纷纷掉落，再过了很久，黑胡须也落完了，脸上的皱纹也舒展了。过了几个月后，下巴光净无须，面呈童颜，宛如十五六岁的时候，总喜欢玩耍和做游戏，也像个小孩。而且非常讲究打扮，穿衣很注意。两个儿子常常劝他注意身份。不久，他妻子因老病去世，儿子想找个大户人家的女子来为他续弦。他说：『等我从河北回来后再娶。』他屈指一算，已到约定日期，于是命令仆人备马跟随着他一起去河北。到了那里一打听，果然有个卢户部家。

先前，卢公生了一个女儿，一出世就会说话，长大后越发聪颖美丽，父母对女儿钟爱极了。贵族公子前来求婚，她总是不愿意。父母很奇怪，就问她，她便把自己前世订盟约的事原原本本说了。一算年龄，父母便笑着说：『痴心丫头！张郎今年已年过半百，人事变迁，也许早已死去。即使活着，也已头秃齿缺。』但是女儿不听劝告。母亲见她意志坚决，就和卢公背地商定，告诫守门人有客人来不要通报，企图让女儿过期绝望。

不久，张生寻到门上，守门人拒绝通报。他没办法，只得返回旅馆，心里想不出好主意，十分惆怅。闲着没事，他便到郊外去游玩，顺便暗中打听女子的情况。女子却以为张生负约不来，泪流不止，也不思饮食。母亲趁机说：『他不来肯定已死，即使没死，违背誓约也是他的责任，与你无干。』女子不说话，只是终日卧床不起。卢公很忧虑，也想见见张生究竟是怎样的人，于是他托词游玩散心，和张生在郊野相遇。他一看张生是个少年，就很诧异。就地而坐交谈，发现张生风流洒脱。卢公一高兴，就把他请到家里。张生正要探问，卢公却站起来，招呼张生先坐坐，他匆匆进到里屋，把这事告诉了女儿。女子很欣喜，挣扎着起来，偷偷一看觉得形貌不相符，又哭哭啼啼地到自己的房间，责怪父亲欺骗自己。父亲竭力解释他就是张生。女儿不说话，只是哭泣不止。卢公出来，情绪很懊丧，对客人的态度也很不热情。张生问：『贵家族里有人在户部任职的吗？』卢公不在意地答应着，眼睛看着别地方，不理会客人。张生觉出他的怠慢，就告辞出来。

女子哭了多日，终于憔悴而死。张生夜里梦见女子来了，说道：『到我家去的真是你吗？年龄和相貌差别这样大，所以叫我发生错觉。我已愤而死。烦劳赶快到土地祠去为我招魂，还能活的，若要延迟就来不及了。』张生醒来后，就急忙赶到卢家门口，一打听，果然有个女儿已死两天了。张大为悲痛，哭着去为女子吊丧。随后，他把梦中的事对卢公说了。卢公按照他说的，到土地祠招魂后返回。揭开被子，抚摸尸体，呼叫名字祝告。一会儿就听见女儿喉咙里有一种咯咯声，又见女儿张开嘴唇，吐出一块痰就像冰一样。然后把她扶在床上，慢慢又呻吟起来。卢公欣喜极了，引导客人出来设宴款待。在酒席上仔细了解官阶门第，知道张生是名门大户，就更加喜欢了。

卢公为他们择定吉日，办了婚事。张生在卢家住了半个多月，然后带着妻子一起回家。卢公把他们送到家里，又住了半年才离去。张生夫妇在房里，俨然像一对小两口，不知真情的人，居然把儿子和媳妇误认为是公婆。卢公过了一年就死去，儿子太小，被当地豪门劣绅所陷害，家产几乎丧尽。张生将他接到家抚养，以后便以这儿为家。

戏术

有桶戏者，桶可容升；无底，中空，亦如俗戏。戏人以二席置街上，持一升入桶中；旋出，即有白米满升，倾注席上；又取又倾，顷刻两席皆满。然后一一量入，毕而举之，犹空桶。奇在多也。

利津李见田，在颜镇闲游陶场，欲市巨瓮，与陶人争直，不成而去。至夜，窑中未出者六十余瓮，启视一空。陶人大惊，疑李，踵门求之。李谢不知。固哀之，乃曰：『我代汝出窑，一瓮不损，在魁星楼下非与？』如言往视，果一一俱在。楼在镇之南山，去场三里余。佣工运之，三日乃尽。

【译文】

有一位用木桶耍戏法的艺人，所用的木桶可以容纳一升粮食，并且没有底，中间是空的，和一般的戏法一样。耍戏法的人在街上铺了两领席子，拿一个空升装进木桶里，马上又拿出来，升里就装满了白米，倒在席子上；又装进去取米，又倒在席子上，顷刻之间，两领席子全满了。然后又一升一升地量进去，装完就举起来，还是一个空桶。奇怪的是白米的数量那么多。

利津县的李见田，在颜镇的陶器市场上闲游，想买一口大缸，和卖陶器的人争论价钱，没有成交就走了。到了晚上，窑里还有六十多口缸，打开窑门一看，全都不见了。卖陶器的人大吃一惊，怀疑是李见田干的，就去登门哀求。李见田推辞说不知道。一再哀求，才说：『我替你出窑，一口缸也没损坏，摆在魁星楼下边的不是你的缸吗？』按他的说法，到魁星楼下一看，果然一口一口地都摆在那里。魁星楼在颜镇的南山上，离市场三里多地。雇工往回搬运，三天才运完。

丐僧

济南一僧，不知何许人。赤足衣百衲，日于芙蓉、明湖诸馆，诵经抄募。与以酒食、钱、粟，皆弗受；叩所需，又不答。终日未尝见其餐饭。或劝之曰：『师既不茹荤酒，当募山村僻巷中，何日日往来于膻闹之场？』僧合眸讽诵，睫毛长指许，若不闻。少选，又语之。僧遽张目厉声曰：『要如此化！』又诵不已。久之，自出而去。或从其后，固诘其必如此之故，走不应。叩之数四，又厉声曰：『非汝所知！老僧要如此化！』积数日，忽出南城，卧道侧如僵，三日不动。居民恐其饿死，贻累近郭，因集劝他徙。欲饭，饭之；欲钱，钱之。僧瞑然不应。群摇而语之。僧怒，于衲中出短刀，自剖其腹；以手入内，理肠于道，而气随绝。众骇告郡，藁葬之。异日为犬所穴，席见。踏之似空；发视之，席封如故，犹空茧然。

【译文】

济南有一个和尚，不知道他是哪里人，只见他赤着脚，穿着百衲衣衫，每天在芙蓉街、大明湖等处的茶楼酒馆里念经化缘。人们给他酒食、钱粮，他都不会要，问他要什么，又不回答，一整天都不见他吃饭用餐。有人劝他说：『师父既然不吃荤菜酒肉，就应该到山村偏僻的地方去化缘，为什么却天天往来于膻腥喧闹之地？』和尚只闭着眼睛念经，眼睫毛有一指那么长，似乎没听见。过了一会儿，又有人这样说。他于是张开眼睛厉声说道：『就要这样化缘！』说完就又念起来。过了很久，便自己起来离去。有人跟在他身后问他为什么一定要这样，他只走路并不理会。问的遍数多了，他就又厉声说：『这并不是你们知道的，我就要这样化缘！』

过了好几天，他忽然出了南城门，躺在路边，像僵尸一般，三天过去了也不动。居民怕他会饿死，连累附近地方的人，于是都前来劝他到别处去，说是要饭就给饭，要钱便给钱，但是和尚紧闭双眼不答应。大家边摇边说。这下把他激怒了，从衣兜里取出小刀，自己划破肚子，把手塞进去，从里边扯出肠子抛在路上整理，于是断了气。大家很惊慌，就报告到济南府衙门，用草席卷着将他埋了。

后来，野狗刨开了他的墓穴，露出草席。踩上去像是空的，打开一看，席子像当初那样卷着，如同空蚕茧，不见尸体。

蛰龙

于陵曲银台公，读书楼上。值阴雨晦暝，见一小物，有光如萤，蠕蠕而行。过处，则黑如蚰迹。渐盘卷上，卷亦焦。意为龙，乃捧卷送之。至门外，持立良久，蠖曲不少动。公曰：『将无谓我不恭？』执卷返，乃置案上，冠带长揖送之。方至檐下，但见昂首乍伸，离卷横飞，其声嗤然，光一道如缕；数步外，回首向公，则头大于瓮，身数十围矣；又一折反，霹雳震惊，腾霄而去。回视所行处，盖曲曲自书笥中出焉。

【译文】

曲公，于陵县人氏，官居通政史。一天，他在楼上读书。适逢阴雨连绵，天色昏暗，看见一个很小的东西，发着萤火似的光亮，蠕动着往前爬行。爬过的地方，就留下一条黑线，好像蚰蜒爬过的痕迹。逐渐爬上书本，在书页上盘旋着，书也焦黑了。他猜想是一条神龙，就捧着书本送出去。送到门外，捧着站了好长时间，它像尺蠖一样，蜷曲着身子，一点也不动弹。曲公说：『是不是说我对你不恭敬啊？』就捧着书本返回屋里，仍然放到桌子上，正正帽子，理理袍带，深深作了一揖，再往外送。刚到房檐下，只见它仰起脑袋，突然挺开身子，离开书本，横空飞腾，嗤的一声，闪出一道很长的光亮；飞出几步以外，回头对着曲公，这时脑袋已经比大缸还大，身子有几十抱粗了；又一折身，一声霹雳，震天动地，腾空飞走了。到屋里看看它所爬过的地方，弯弯曲曲，是从书箱子里爬出来的。

苏仙

高公明图知郴州时，有民女苏氏，浣衣于河。河中有巨石，女踞其上。有苔一缕，绿滑可爱，浮水漾动，绕石三匝。女视之，心动。既归而娠，腹渐大。母私诘之，女以情告。母不能解。数月，竟举一子。欲置隘巷，女不忍也，藏诸椟而养之。遂矢志不嫁，以明其不二也。然不夫而孕，终以为羞。儿至七岁，未尝出以见人。儿忽谓母曰：『儿渐长，幽禁何可长也？去之，不为母累。』问所之。曰：『我非人种，行将腾霄昂壑耳。』女泣询归期。答曰：『待母属纩，儿始来。去后，倘有所需，可启藏儿椟索之，必能如愿。』言已，拜母竟去。出而望之，已杳矣。女告母，母大奇之。女坚守旧志，与母相依，而家益落。偶缺晨炊，仰屋无计。忽忆儿言，往启椟，果得米，赖以举火。由是有求辄应。逾三年，母病卒；一切葬具，皆取给于椟。既葬，女独居三十年，未尝窥户。一日，邻妇乞火者，见其兀坐空闺，语移时始去。居无何，忽见彩云绕女舍，亭亭如盖，中有一人盛服立，审视，则苏女也。回翔久之，渐高不见。邻人共疑之。窥诸其室，见女靓妆凝坐，气则已绝。众以其无归，议为殡殓。忽一少年入，丰姿俊伟，向众申谢。邻人向亦窃知女有子，故不之疑。少年出金葬母，植二桃于墓，乃别而去。数步之外，足下生云，不可复见。后桃结实甘芳，居人谓之『苏仙桃树』，年年华茂，更不衰朽。官是地者，每携实以馈亲友。

【译文】

高明图任湖南郴州知州的官职时，民间有一女子在河边洗衣服。河中有一块大石头，女子蹲在石上，见到绿苔一缕，很是光洁可爱。绿苔在水面上荡来荡去，围绕石头转了三圈。女子不觉内心有所触动，回家就怀孕了。肚子一天天大起来，母亲偷偷盘问她，她如实地讲了。母亲感到很难理解。到时候生下一个儿子。想把他抛弃，于心不忍，就藏在柜子里哺养。并且立誓不嫁人，表明决不三心二意。但是，没有丈夫，居然怀孕生子，毕竟觉得难以见人。

儿子长到七岁，从来没有见过外人。一天，忽然向母亲说：『我渐渐长大了，关起来养，怎么行呢？我想离开这里，免得带累母亲。』问他到哪里去，他说：『我不是凡人的种子，将要飞上天去。』母亲流泪说：『什么时候回来呢？』答：『等母亲归天时再来。』又说：『儿去后，倘需要什么，可以打开我藏身的柜子，就能如愿。』说完，拜过母亲走了。出门已杳无踪迹。

女把这事告诉母亲，母亲更加惊奇。女坚持原来的志向不嫁人，母女二人，相依为命。可是家道却日益衰落。有一次没有早饭米，非常为难。忽然记起儿子临别时说的话，打开柜子，果然得到了米。从此有求必应。三年后母亲得病死去，一切安葬死者的东西，都从柜中取得。

葬了母亲之后，女子单独生活了三十年，从未跨出大门。一天，有邻居来借火，见她安安静静坐在房中，和她讲了几句话，然后告辞。不久，忽见一朵又一朵的彩云围绕女子所住的房屋，像张开的华盖，中间站着一位穿着漂亮衣裳的人，仔细看看，正是苏家女子。她乘云在空中盘旋，越飞越高，最后不见。邻居无不感到惊讶。走进女子家中，见她打扮得整整齐齐端坐在那里，已经停止了呼吸。

大家因为这女子并无亲属，商量如何治理丧事。这时忽然来了一个长得清秀而雄伟的少年，向他们道谢。邻人过去也暗地里知道她有个儿子，所以并不怀疑。少年出钱安葬母亲后，还在墓旁栽了两株桃树。丧事办完，告别乡亲，驾着云去了。

后来，桃树结了果，又甜又香，人们称它为『苏仙桃』。桃树很茂盛，年年开花结果。凡是在郴州做官的，常把桃子送给亲友尝尝。

李伯言

李生伯言，沂水人。抗直有肝胆。忽暴病，家人进药，却之曰：『吾病非药饵可疗。阴司阎罗缺，欲吾暂摄其篆耳。死勿埋我，宜待之。』是日果死。驺从导去，入一宫殿，进冕服；隶胥祗候甚肃。案上簿书丛沓。一宗，江南某，稽生平所私良家女八十二人。鞫之，佐证不诬。按冥律，宜炮烙。堂下有铜柱，高八九尺，围可一抱；空其中而炽炭焉，表里通赤。群鬼以铁蒺藜挞驱使登，手移足盘而上。甫至顶，则烟气飞腾，崩然一响如爆竹，人乃堕；团伏移时，始复苏。又挞之，爆堕如前。三堕，则匝地如烟而散，不复能成形矣。又一起，为同邑王某，被婢父讼盗占生女。王即生姻家。先是，一人卖婢。王知其所来非道，而利其直廉，遂购之。至是王暴卒。越日，其友周生遇于途，知为鬼，奔避斋中。王亦从入。周惧而祝，问所欲为。王曰：『烦作见证于冥司耳。』惊问：『何事？』曰：『余婢实价购之，今被误控。此事君亲见之，惟借季路一言，无他说也。』周固拒之。王出曰：『恐不由君耳。』未几，周果死，同赴阎罗质审。李见王，隐存左袒意。忽见殿上火生，焰烧梁栋。李大骇，侧足立。吏急进曰：『阴曹不与人世等，一念之私不可容。急消他念，则火自熄。』李敛神寂虑，火顿灭。已而鞫状，王与婢父反复相苦。问周，周以实对。王以故犯论笞。笞讫，遣人俱送回生。周与王皆三日而苏。李视事毕，舆马而返。中途见阙头断足者数百辈，伏地哀鸣。停车研诘，则异乡之鬼，思践故土，恐关隘阻隔，乞求路引。李曰：『余摄任三日，已解任矣，何能为力？』众曰：『南村胡生，将建道场，代嘱可致。』李诺之。至家，驺从都去，李乃苏。胡生字水心，与李善，闻李再生，便诣探省。李遽问：『清醮何时？』胡讶曰：『兵燹之后，妻孥瓦全，向与室人作此愿心，未向一人道也。何知之？』李具以告。胡叹曰：『闺房一语，遂播幽冥，可惧哉！』乃敬诺而去。次日，如王所，王犹惫卧。见李，肃然起敬，申谢佑庇。李曰：『法律不能宽假。今幸无恙乎？』王云：『已无他症，但笞疮脓溃耳。』又二十余日始痊；臀肉腐落，瘢痕如杖者。

异史氏曰：『阴司之刑，惨于阳世；责亦苛于阳世。然关说不行，则受残酷者不怨也。谁谓夜台无天日哉？第恨无火烧临民之堂廨耳！』

【译文】

书生李伯言是沂水县人，为人很是刚强正直，很有胆识义气。李伯言忽然得了重病，家里人喂他吃药，他拒绝说：『我的病不是药物就可以治疗的，阴司阎罗殿上缺着王位，要我临时去任职罢了。我死后不要埋葬，可以等我复活。』当天，李伯言果然死去。

侍从引导他入一宫殿，又送来礼服，那些吏卒、差役十分恭敬、严肃地站在两旁。桌案上放满了文书、卷宗。其中有一宗案子，说的是江南某某一生中奸污了八十二个良家妇女。审讯结果，证据确凿无误。按阴间刑律，此人应受到炮烙的严惩。只见堂下设有铜柱，高八九尺，有一抱那么粗，中间是空的，烧着红红的炭火，里外一片通红。一群鬼卒拿着带刺的铁棍驱赶他，强迫他往上登，他用手抱着柱子两脚使劲往上爬着。刚爬到顶上，就见烟雾蒸腾，只听像爆竹般一声震响，人就从顶上跌了下来，在地上蜷曲着趴了好长时间，才苏醒过来。鬼卒又驱打他，他只好又往上爬，然后又是一声巨响，再次跌落下来。如此三番，他已变成一股烟雾绕地消散，此后再也成不了人形。另有一起案子，是同县的王某被丫鬟的父亲控告为强占其女。王某和李伯言家有亲戚关系。当初有人卖女儿，王某知道这桩生意来路不正，但他只贪图廉价，于是买下了。后来王某暴死。第二天，他的朋友周某在路上遇见了他，知道他已成了鬼，于是奔回书房藏起来，王某尾随而至。周某吓得赶快祈祷，问他要干什么。王某说：『烦劳到阴间为我做个见证人。』周某惊问什么事，王某说：『我的丫鬟确实是出钱买的，现在却被诬告，这事你亲眼见过。只借重你一句诚实之言为我做个公证，没有别的意思。』周某坚决拒绝，王某一边往外走一边说：『恐怕由不得你。』没多久，周某果然死了，一起到阎罗殿接受质询审理。李伯言见了王某，心里想着要袒护他。忽然看见殿上起火，火焰一直烧到大梁上。李伯言惊恐极了，侧足而立，不知所措。这时一个吏卒急忙进言：『阴间不像人世，一丝私心杂念都不容许，你赶快消除私心，火就会自己熄灭。』于是李伯言定神排除杂念，火顿时熄灭了。过后他再审理此案，王某和丫鬟的父亲争执了很长时间。他再问讯周某，周某将实情相告。王某因明知故犯而判处打板子。打完后，派人把他们一起送回阳间。周某和王某都在三天以后苏醒过来。

李伯言办完阴间的公事，乘车马返回，在途中见到缺头断腿的有好几百人，都趴在地上惨叫。他停下车子仔细询问，知道这些人都是异乡鬼魂，想念自己的故土，害怕路上关卡阻隔，因而向他乞求发给通行证。李伯言说：『我只代职三天，现在已经离任，怎能相助？』大家说：『南村的胡生就要设道场诵经，请代我们向他转告就行了。』李伯言答应了。到家后，那些随从全回去了，李伯言苏醒过来。胡生，字水心，和李伯言关系密切。当听说李伯言复活，便前来探望，李伯言立即问他：『什么时候做道场？』胡生惊讶地说：『兵荒战乱之后，妻子儿女都安全无恙，我和妻子一直有这份心愿，从未向别人说过，你怎么知道的？』李伯言把他在阴间上遇见的事说了。胡生叹道：『闺房中说的一句话，很快传到阴间，真是可怕啊！』于是恭敬地答应下来就走了。

第二天，李伯言到了王某家，王某还疲惫地躺在床上。他见到李伯言，肃然起敬，对他的庇护和照顾表示谢意。李伯言说：『法律是无情的，不容许袒护。现在没事吧？』王某说：『已没有别的病症，只是挨板子的地方有些溃烂化脓了。』又过了二十多天伤才好。臀部的坏肉脱落，板子打过的地方痕迹还在。

异史氏说：『阴间的刑罚比阳世更残酷，对官吏执法的要求也比阳间严格。但是不许说情走后门，所以受残酷责罚的人也没有怨言。谁说阴间暗无天日？只恨没有天火在阳世的衙门公堂上烧一把。』

黄九郎

何师参，字子萧，斋于苕溪之东，门临旷野。薄暮偶出，见妇人跨驴来，少年从其后。妇约五十许，意致清越。转视少年，年可十五六，丰采过于姝丽。何生素有断袖之癖，睹之，神出于舍；翘足目送，影灭方归。次日，早伺之。落日冥蒙，少年始过。生曲意承迎，笑问所来。答以『外祖家』。生请过斋少憩，辞以不暇，固曳之，乃入。略坐兴辞，坚不可挽。生挽手送之，殷嘱便道相过。少年唯唯而去。生由是凝思如渴，往来眺注，足无停趾。一日，日衔半规，少年欻至。大喜，要入，命馆童行酒。问其姓字，答曰：『黄姓，第九。童子无字。』问：『过往何频？』曰：『家慈在外祖家，常多病，故数省之。』酒数行，欲辞去。生捉臂遮留，下管钥。九郎无如何，赪颜复坐。挑灯共语，温若处子；而词涉游戏，便含羞，面向壁。未几，引与同衾。九郎不许，坚以睡恶为辞。强之再三，乃解上下衣。着裤卧床上。生灭烛；少时，移与同枕，曲肘加髀而狎抱之，苦求私昵。九郎怒曰：『以君风雅士，故与流连；乃此之为，是禽处而兽爱之也！』未几，晨星荧荧，九郎径去。生恐其遂绝，复伺之，蹀躞凝盼，目穿北斗。过数日，九郎始至，喜逆谢过；强曳入斋，促坐笑语，窃幸其不念旧恶。无何，解屦登床，又抚哀之。

九郎曰：『缠绵之意，已镂肺膈，然亲爱何必在此？』生甘言纠缠，但求一亲玉肌。九郎从之。生俟其睡寐，潜就轻薄。九郎醒，揽衣遽起，乘夜遁去。生邑邑若有所失，忘啜废枕，日渐委悴。惟日使斋童逻侦焉。一日，九郎过门，即欲径去。童牵衣入之。见生清癯，大骇，慰问。生实告以情，泪涔涔随声零落。九郎细语曰：『区区之意，实以相爱无益于弟，而有害于兄，故不为也。君既乐之，仆何惜焉？』生大悦。九郎去后，病顿减，数日平复。九郎果至，遂相缱绻。曰：『今勉承君意，幸勿以此为常。』既而曰：『欲有所求，肯为力乎？』问之，答曰：『母患心痛，惟太医齐野王先天丹可疗。君与善，当能求之。』生诺之。临去又嘱。生入城求药，及暮付之。九郎喜，上手称谢。又强与合。九郎曰：『勿相纠缠。请为君图一佳人，胜弟万万矣。』生问谁何。九郎曰：『有表妹，美无伦。倘能垂意，当执柯斧。』生微笑不答。九郎怀药便去。三日乃来，复求药。生恨其迟，词多诮让。九郎曰：『本不忍祸君，故疏之；既不蒙见谅，请勿悔焉。』由是燕会无虚夕。凡三日必一乞药。齐怪其频，曰：『此药未有过三服者，胡久不瘥？』因裹三剂并授之。又顾生曰：『君神色黯然，病乎？』曰：『无。』脉之，惊曰：『君有鬼脉，病在少阴，不自慎者殆矣！』归语九郎。九郎叹曰：『良医也！我实狐，久恐不为君福。』生疑其诳，藏其药，不以尽予，虑其弗至也。居无何，果病。延齐诊视，曰：『曩不实言，今魂气已游墟莽，秦缓何能为力？』九郎日来省侍，曰：『不听吾言，果至于此！』生寻死。九郎痛哭而去。先是，邑有某太史，少与生共笔砚；十七岁擢翰林。时秦藩贪暴，而赂通朝士，无有言者。公抗疏劾其恶，以越俎免。藩升是省中丞，日伺公隙。公少有英称，曾邀叛王青盼，因购得旧所往来札，胁公。公惧，自经，夫人亦投缳死。公越宿忽醒曰：『我何子萧也。』诘之，所言皆何家事，方悟其借躯返魂。留之不可，出奔旧舍。抚疑其诈，必欲排陷之，使人索千金于公。公伪诺而忧闷欲绝。忽通九郎至，喜共话言，悲欢交集。既欲复狎。九郎曰：『君有三命耶？』公曰：『余悔生劳，不如死逸。』因诉冤苦。九郎悠忧以思。少间曰：『幸复生聚。君旷无偶，前言表妹，慧丽多谋，必能分忧。』公欲一见颜色。曰：『不难。明日将取伴老母，此道所经。君伪为弟也兄者，我假渴而求饮焉。君曰「驴子亡」，则诺也。』计已而别。明日亭午，九郎果从女郎经门外过。公拱手絮絮与语。略睨女郎，娥眉秀曼，诚仙人也。九郎索茶，公请入饮。九郎曰：『三妹勿讶，此兄盟好，不妨少休止。』扶之而下，系驴于门而入。公自起瀹茗。因目九郎曰：『君前言不足以尽。今得死所矣！』女似悟其言之为己者，离榻起立，嘤喔而言曰：『去休！』公外顾曰：『驴子其亡！』九郎火急驰出。公拥女求合。女颜色紫变，窘若囚拘，大呼九兄，不应。曰：『君自有妇，何丧人廉耻也？』公自陈无室。女曰：『能矢山河，勿令秋扇见捐，则惟命是听。」公乃誓以皦日。女不复拒。事已，九郎至。女色然怒让之。九郎曰：「此何子萧，昔之名士，今之太史。与兄最善，其人可依，即闻诸妗氏，当不相见罪。」日向晚，公邀遮不听去。女恐姑母骇怪。九郎锐身自任，跨驴径去。居数日，有妇携婢过，年四十许，神情意致，雅似三娘。公呼女出窥，果母也。瞥睹女，怪问：「何得在此？」女惭不能对。公邀入，拜而告之。母笑曰：「九郎稚气，胡再不谋？」女自入厨下，设食供母，食已乃去。公得丽偶，颇快心期；而恶绪萦怀，恒蹙蹙有忧色。女问之，公缅述颠末。女笑曰：「此九兄一人可得解，君何忧？」公诘其故。女曰：「闻抚公溺声歌而比顽童，此皆九兄所长也。投所好而献之，怨可消，仇亦可复。」公虑九郎不肯。女曰：「但请哀之。」越日，公见九郎来，肘行而逆之。九郎惊曰：「两世之交，但可自效，顶踵所不敢惜。何忽作此态向人？」公具以谋告。九郎有难色。女曰：「妾失身于郎，谁实为之？脱令中途凋丧，焉置妾也？」九郎不得已，诺之。公阴与谋，驰书与所善之王太史，而致九郎焉。王会其意，大设，招抚公饮。命九郎饰女郎，作天魔舞，宛然美女。抚惑之，亟请于王，欲以重金购九郎，惟恐不得当。王故沉思以难之。迟之又久，始将公命以进。抚喜，前却顿释。自得九郎，动息不相离；侍妾十余，视同尘土。九郎饮食供具如王者，赐金万计。半年，抚公病。九郎知其去冥路近也，遂辇金帛，假归公家。既而抚公薨。九郎出资，起屋置器，畜婢仆，母子及妗并家焉。九郎出，舆马甚都，人不知其狐也。余有「笑判」，并志之：

男女居室，为夫妇之大伦；燥湿互通，乃阴阳之正窍。迎风待月，尚有荡检之讥；断袖分桃，难免掩鼻之丑。人必力士，鸟道乃敢生开；洞非桃源，渔篙宁许误入？今某从下流而忘返，舍正路而不由。云雨未兴，辄尔上下其手；阴阳反背，居然表里为奸。华池置无用之乡，谬说老僧入定；蛮洞乃不毛之地，遂使眇帅称戈。系赤兔于辕门，如将射戟；探大弓于国库，直欲斩关。或是监内黄，访知交于昨夜；分明王家朱李，索钻报于来生。彼黑松林戎马顿来，固相安矣；设黄龙府潮水忽至，何以御之？宜断其钻刺之根，兼塞其送迎之路。

【译文】

何师参，字子萧，他的书斋就在苕溪的东边，门外是一大片旷野。一天傍晚，他偶然出去散步，看到有一个妇人骑驴走来，一个少年在她后面跟着。妇人大概五十来岁，意态情致清雅脱俗。转眼再看那少年，年龄也就十五六岁，丰采胜过美女。何生素有同性恋的癖好，看到这个漂亮男孩，灵魂都出了窍；踮着脚目送他远去，一直到看不见身影了才回去。第二天，何生一早就在路边等他。直到夕阳西下天色昏暗之时，那少年才过来。何生曲意奉承迎合，笑着问他从哪里来。少年回答：『外祖家。』何生请他到书斋稍坐，少年推辞说没有时间；何生强拽着他，少年才进去。略微一坐，少年就站起身要走，留也留不住。何生拉着他的手送他出去，殷勤嘱咐他再路过时进来坐坐。少年漫口应承着走了。何生从此想那少年想得如饥似渴，出来进去地来回张望，脚步一刻也不停歇。一天，落日衔山，那少年突然来了。何生大喜，拦住他邀他进来，命书童摆酒款待。问少年的姓名，他说：『姓黄，排行第九。年纪小还没有表字。』何生问：『为什么经常从此路过？』九郎说：『家母住在外祖家，经常生病，所以常去探望。』喝了几杯，黄九郎想告辞。何生拉着他的胳膊挽留他，关上门上好锁。九郎没有办法，红着脸又坐了。二人灯下漫话，九郎温柔安静得像个女孩儿；何生说些黄色挑逗的话，九郎就羞红着脸，面对墙壁。过了一会儿，他又引逗九郎同榻而眠。九郎不答应，坚决说自己睡相不好想推辞。何生再三请求，九郎才脱了衣服，穿着裤子躺在床上。何生吹灭蜡烛；不一会儿，就靠过来与九郎睡在一个枕头上，用胳膊抱着他，把大腿绕着他的大腿，进行轻薄，苦苦哀求着要和九郎亲昵。九郎生气地说：『以为你是个风雅之士，才与你交往；竟然做出这事，我这是和禽兽相处相爱啊！』不一会儿，天色微明，九郎便走了。

何生担心九郎不再来了，又在道旁等着他，进来出去，望眼欲穿，直等到天黑星上。过了很多天，九郎才又来。高兴地迎上去赔礼道歉；何生硬把九郎拉到屋里，促膝而坐，说说笑笑，暗中庆幸九郎没和他记仇。不一会儿，脱鞋上床，又抚摸着九郎哀求交合。九郎说：『你的一片缠绵之情，我已铭记肺腑，但是亲爱何必捣鼓这个？』何生又甜哥哥蜜姐姐纠缠，何生趁着九郎睡着了，就偷偷轻薄了他。九郎醒后，拿过自己衣服，起来在夜色中走了。何生郁闷不安，若有所失，不吃不睡，日渐萎靡憔悴。只是每天让小书童察看九郎的动静。一天，九郎从门前经过，想直接过去。书童拉着他的衣服把他拉进屋来。他看到何生清瘦得厉害，何生把思念之情实话说了，泪水涔涔边说边流。九郎小声说：『在下心里认为，这种爱对小弟实在没什么好处，而对仁兄却有害处，所以我一直不愿干。你既然喜欢这样，我还可惜什么？』何生大喜。九郎走后，他的病顿时见轻，没几天好了。九郎果然来了，两人就缠绵缱绻一番。九郎对他说：『今天勉强从了你的意思，希望以后不要老是这样。』过了一会儿又说：『我有件事求你，你能帮忙吗？』何生问什么事，九郎回答说：『我母亲患有心痛病，只有太医齐野王的先天丹可以治疗。你和他很好，应该能求得来。』何生答应了他。九郎临走又嘱咐一遍。何生马上进城找太医要药，天黑时交给九郎。九郎很高兴，作揖道谢。何生便强行和九郎欢合。九郎说：『请不要再纠缠我了。我已经用心给你找了个佳人，超过我万倍。』何生问是谁。九郎说：『我有一个表妹，美丽无比。你若愿意，我就给你做媒报答你。』何生微笑不语。九郎揣着药就走了。三天后九郎又来了，还是求药。何生怪他来得太迟，就不免说话带刺儿。九郎说：『我本不忍心祸害你，这才疏远你；既然不能被你原谅，希望你不要后悔。』从此两人欢会，夜夜如此。何生每三天就要一次药。齐太医怪他要得太频繁，说：『吃这个药从来没有超过三副的，你的病人怎么老是不好？』于是就包了三副药一起给他。他又看着何生说：『你神色黯淡，病了吗？』何生说：『没有啊。』齐太医给他试脉，大惊说：『你有鬼脉呀，病在肾经，如果自己不注意就完了！』何生回来告诉九郎。九郎叹气说：『这是良医呀！我其实是狐狸，时间长了恐怕不是你的福分。』何生怀疑他说假话，把药藏起来，不一块儿给他，怕他不来了。不久，何生果然病了。请齐太医诊治，太医说：『以前你不说实话，现在灵魂已游荡到野地坟墓了，就是名医秦缓，也无能为力了。』九郎每天都来慰问探望，说：『不听我的话，果然到了这个地步！』何生不久就死了。九郎痛哭着离去。

以前，县里有位太史，少年时与何生同学，十七岁便考上了翰林。当时陕西布政使贪婪残暴，贿赂了朝中官员，遮掩的恶劣行径，但因为越位反映问题，被罢了官。那个布政使升任了此公那个省的巡抚，整天找他的碴儿。公少年时有英杰之称，曾经被叛王看中，巡抚就重金购得当年公与叛王的往来信件，要挟公。公害怕了，他的夫人也上吊死了。公过了一晚上忽然醒了，说：『我是何子萧啊。』问他，他说的都是何家的事，这才明白是何子萧借尸还魂了。留不住他，他就跑回到自己家中。巡抚怀疑太史诈死，必定要设计陷害他，便派人来向公索要千两银子。公表面上答应下来，但忧愁烦闷，就要死去。忽有人通报说九郎到，两人高兴地交谈起来，悲喜交集，说着又要和九郎交欢。九郎说：『你有三条命吗？』公说：『我觉着活着太累，不如死了轻松。』于是诉说了心中的冤苦。九郎深思熟虑一番，然后说：『幸亏还能活着见面。你孤身一人没有妻子，前时我说的表妹美丽智慧，定能解除你的忧愁。』何生想先见见表妹。九郎说：『这不难。要叫她来陪伴老母亲，从这里经过。你假装是我的结拜兄长，我假装口渴进来喝水。你若说一声「驴子跑了」，就证明你相中了。』两人计议已定，然后分别。第二天中午，九郎果然领着一位女郎从门前经过。公拱拱手慢慢地与九郎说话。偷着打一下那女郎，眉毛弯弯模样秀丽，实在是位仙人。九郎说要喝茶，公请他到屋里用茶。九郎说：『三妹不要惊讶，这是哥哥的好朋友，不妨进去休息一下。』于是把她从驴子上扶下来，把驴子拴在门外就进去了。公亲自沏茶，趁机看着九郎说：『你以前的描述还不足以说出她的美丽。』女郎明白他们在说自己，离开座位站起来娇滴滴地说：『走吧。』何子萧向外面看了一眼说：『驴子跑了！』九郎火烧屁股似的冲出去。公抱住女郎要求欢合。女郎羞得脸色发紫，像囚徒一般，大喊九兄，九郎不回答。女子说：『你有老婆，为何还要败坏我的清白？』公自己说没有妻室。女子说：『如果你能对着山河发誓，永远不抛弃我，你说干什么我就和你干什么。』公就指着太阳发誓。女子不再拒绝。两人完了事，九郎就进来了。女子变脸怒斥他。九郎说：『他是何子萧，过去的名士，现在的太史。和我最好，是个可以依赖的人。就是把这件事告诉舅母，想来也不会怪罪我的。』天色已晚，公拦着路不让他们走。女子恐怕姑母怪罪。九郎慷慨承担责任，骑上驴先走了。过了几天，有个妇人带着婢女经过，四十来岁，神情风度，很像三娘。公喊出三娘来看看，果然是母亲来了。母亲一眼看见女儿，奇怪地问：『你怎么在这里？』三娘惭愧得说不出话来。公把她请到家里，先叩头然后告诉她。母亲笑着说：『九郎孩子气，怎不和我商量一下？』三娘下厨，做饭招待母亲，母亲吃完饭便走了。公娶得美妻，心中很是惬意；但愁绪满怀，常常愁眉不展。女子问是怎么回事，公就述说事情的始末。女子笑着说：『这事九兄一人就能解决，你烦恼啥呀？』公问缘故。女子说：『听说巡抚溺于声色喜欢娈童，这都是九兄的长项。你便投其所好把九兄献给他，既可消怨，也能报仇。』公担心九郎不愿去。女子说：『只请你哀求哀求他就行。』第二天，公看到九郎来了，爬着过去见他。九郎大惊说：『我们两世之交，只要可以效劳，献身也在所不惜。你怎么弄这些怪模怪样让人看？』公就把和妻子的打算告诉了他。九郎面有难色。女子说：『我失身给了他，是谁干的好事？如果他半路上死了，我怎么办呢？』郎不得已，只好同意了。公与九郎合计好后，便修书一封给朋友王太史，把九郎送到他那里。王太史明白了公的意思，大摆宴席，招来巡抚喝酒。让九郎扮成女子，跳天魔舞，宛然个美女。巡抚被九郎迷住了，极力向王太史请求，想以重金买下九郎，只怕价码不够高。太史故意沉思，让巡抚感到不好办。过了很长时间，才以翰林公的名义把九郎献给他。巡抚大喜，以前的仇怨全部消除。

自从得到了九郎，巡抚与他形影不离；家中十多个小老婆，都视如粪土。九郎的饮食供给和王侯一般，巡抚赏给他的金钱数以万计。半年后，巡抚病倒，九郎知道他离阴间很近，就用车子拉着金银绸缎，请假拉到了公家。过几天，巡抚就死了。九郎出钱，盖房子买物，养丫鬟仆人，把母亲和妗子接来，合成一家居住。九郎出门车马非常华美，人们不知道他是狐狸。

我有一则开玩笑的判词，一并写在这里：

男女同居，是夫妻的伦理；干湿互通，要通过男女的孔窍。男女迎风待月，得到越礼的讥笑；男子同性相恋，让人掩鼻子笑话。人一定是大力士，才能打通鸟道；洞不一定在桃源，进入不准渔人。如今有人愿意下流流连忘返，舍弃正路行不由径。云雨还没开始，就上头动手下头动手；违背阴阳关系，还里头为奸外头为奸。抛开妻子开花的水池，假装老僧入定；留恋男子无毛的山洞，独眼将军得意。把赤兔马拴在辕门，马上就要射戟；到国库里寻找大弓，眼看就要入关。或许是监内的黄鳝鱼，在昨夜访问知交；分明为王戎的红李子，用钻头报答来生。他黑松林中兵马来到，相安无事；我黄龙府里潮水汹涌，怎能抵挡？应该斩那钻刺的根子，并且堵住那进出的路子。

金陵女子

沂水居民赵某，以故自城中归，见女子白衣哭路侧，甚哀。睨之，美。悦之，凝注不去。女垂涕曰：『夫夫也，路不行而顾我！』赵曰：『我以旷野无人，而子哭之恸，实怆于心。』女曰：『夫死无路，是以哀耳。』赵劝其复择良匹。曰：『渺此一身，其何能择？如得所托，媵之可也。』赵忻然自荐，女从之。赵以去家远，将觅代步。女曰：『毋庸。』乃先行，飘若仙奔。至家，操井臼甚勤。积二年余，谓赵曰：『感君恋恋，猥相从，忽已三年。今宜且去。』赵曰：『曩言无家，今焉往？』曰：『彼时漫为是言耳，何得无家？身父货药金陵。倘欲再晤，可载药往，可助资斧。』赵经营，为贳舆马。女辞之，出门径去；追之不及，瞬息遂杳。居久之，颇涉怀想，因市药诣金陵。寄货旅邸，访诸衢市。忽药肆一翁望见，曰：『婿至矣。』延之入。女方浣裳庭中，见之不言亦不笑，浣不辍。赵衔恨遽出，翁又曳之返，女不顾如初。翁命治具做饭，谋厚赠之。女止之曰：『渠福薄，多将不任；宜少慰其苦辛，再检十数医方与之，便吃着不尽矣。』翁问所载药。女云：『已售之矣，直在此。』翁乃出方付金，送赵归。试其方，有奇验。沂水尚有能知其方者。以蒜臼接茅檐雨水，洗瘊赘，其方之一也，良效。

【译文】

沂水有个姓赵的居民，因事从城里回来，看见一个穿白衣服的女子，在路旁哭泣，哭得很悲哀。他斜看了一眼，很美。心里很喜欢她，就眼盯盯地瞅着不离开。女子流着眼泪说：『你这个男子，干吗不赶路，而死盯盯地瞅着我！』姓赵的说：『我因为旷野无人，听你哭得很悲痛，心里实在不好受。』女子说：『因为丈夫去世了，我生活无靠，所以心里很悲痛。』姓赵的劝她再选择一个好丈夫。她说：『家乡渺茫，孤身一人，我怎么选择呢？如果得到一个托身的地方，做妾也可以。』姓赵的欣然向她毛遂自荐，女子答应了。

姓赵的认为离家很远，要去找一辆车子给她坐。她说：『不用。』就迈步走在前面，飘飘然，好像仙女飞奔。到家以后，提水捣米，操持家务很殷勤。过了两年多，她对姓赵的说：『感谢你的恋恋深情，苟且相从；倏忽已经三年。我现在应该回去了。』姓赵的问她：『你从前说是没有家，现在要往哪里去呢？』她说：『那时候是随便说说罢了，怎能无家呢？我父亲是金陵卖药的。你如果想要再见面，可用车子装载药物前去金陵，能帮你一些路费。』姓赵的张张罗罗要给他租借车马。她推辞不要，出门径自走了；姓赵的追也追不上，眨眼就无影无踪了。

过了很长时间，姓赵的心里很想她，就买了药物，到了金陵。把货物寄存在旅店里，就到大街上寻访。忽被药店里的一个老头儿看见了，就说：『我女婿来了。』把他请了进去。女子正在院子里洗衣裳，见了他不说也不笑，仍然不停手地洗着。姓赵的就含着怨恨退出药店，老头儿又把他拉了回去。女子和刚才一样，还是不理他。老头儿命人备酒做饭，打算送给他很多东西。女子制止老头儿说：『他福分浅薄，送多了承受不起；应该稍稍慰劳他的辛苦，多挑选十几个药方送给他，他就吃不尽用不完了。』老头儿问她拉来的药物怎么处置。女子说：『已经卖出去了，钱在这里。』老头儿就献出药方，付了药钱，送他回家。他回家试试那些药方，都有奇特的效验。现在沂水还有知道那些药方的。用蒜钵子接住茅檐上的雨水，洗瘊子痞子，就是其中的一个验方，很有效。

连琐

杨于畏，移居泗水之滨。斋临旷野，墙外多古墓，夜闻白杨萧萧，声如涛涌。夜阑秉烛，方复凄断，忽墙外有人吟曰：『玄夜凄风却倒吹，流萤惹草复沾帏。』反复吟诵，其声哀楚。听之，细婉似女子。疑之。明日，视墙外，并无人迹。惟有紫带一条，遗荆棘中；拾归置诸窗上。向夜二更许，又吟如昨。杨移杌登望，吟顿辍。悟其为鬼，然心向慕之。次夜，伏伺墙头。一更向尽，有女子珊珊自草中出，手扶小树，低首哀吟。杨微嗽，女忽入荒草而没。杨由是伺诸墙下，听其吟毕，乃隔壁而续之曰：『幽情苦绪何人见？翠袖单寒月上时。』久之，寂然。杨乃入室。方坐，忽见丽者自外来，敛衽曰：『君子固风雅士，妾乃多所畏避。』杨喜，拉坐。瘦怯凝寒，若不胜衣。问：『何居里，久寄此间？』答曰：『妾陇西人，随父流寓。十七暴疾殂谢，今二十余年矣。

九泉荒野，孤寂如鹜。所吟，乃妾自作，以寄幽恨者。思久不属；蒙君代续，欢生泉壤。」杨欲与欢。蹙然曰：『夜台朽骨，不比生人，如有幽欢，促人寿数。妾不忍祸君子也。」杨乃止。戏以手探胸，则鸡头之肉，依然处子。又欲视其裙下双钩。女俯首笑曰：『狂生太罗唣矣！」杨把玩之，则见月色锦袜，约彩线一缕。更视其一，则紫带系之。问：『何不俱带？』曰：『昨宵畏君而避，不知遗落何所。」杨曰：『为卿易之。」遂即窗上取以授女。女惊问何来，因以实告。女乃去线束带。既翻案上书，忽见连昌宫词，慨然曰：『妾生时最爱读此。今视之，殆如梦寐！」与谈诗文，慧黠可爱。剪烛西窗，如得良友。自此每夜但闻微吟，少顷即至。辄嘱曰：『君秘勿宣。妾少胆怯，恐有恶客见侵。」杨诺之。两人欢同鱼水，虽不至乱，而闺阁之中，诚有甚于画眉者。女每于灯下为杨写书，字态端媚。又自选宫词百首，录诵之。使杨治棋枰，购琵琶。每夜教杨手谈。不则挑弄弦索，作『蕉窗零雨」之曲，酸人胸臆；杨不忍卒听，则为『晓苑莺声」之调，顿觉心怀畅适。挑灯作剧，乐辄忘晓。视窗上有曙色，则张皇遁去。一日，薛生造访，值杨昼寝。视其室，琵琶、棋局具在，知非所善。又翻书得宫词，见字迹端好，益疑之。杨醒，薛问：『戏具何来？」答：『欲学之。」又问诗卷，托以假诸友人。薛反复检玩，见最后一叶细字一行云：『某月日连琐书。」笑曰：『此是女郎小字，何相欺之甚？」杨大窘，不能置词。薛诘之益苦，杨不以告。薛卷挟，杨益窘，遂告之。薛求一见。杨因述所嘱。薛仰慕殷切；杨不得已，诺之。夜分，女至，为致意焉。女怒曰：『所言伊何？乃已喋喋向人！」杨以实情自白。女曰：『与君缘尽矣！」杨百词慰解，终不欢，起而别去，曰：『妾暂避之。」明日，薛来，杨代致其不可。薛疑支托，暮与窗友二人来，淹留不去，故挠之，恒终夜哗，大为杨生白眼，而无如何。众见数夜杳然，浸有去志，喧嚣渐息。忽闻吟声，共听之，凄婉欲绝。薛方倾耳神注，内一武生王某，掇巨石投之，大呼曰：『作态不见客，甚得好句，呜呜恻恻，使人闷损！」吟顿止。众甚怨之。杨恚愤见于词色。次日，始共引去。杨独宿空斋，冀女复来，而殊无影迹。逾二日，女忽至。泣曰：『君致恶宾，几吓煞妾！」杨谢过不遑。女遽出曰：『妾固谓缘分尽也，从此别矣。」挽之已渺。由是月余，更不复至。杨思之，形销骨立，莫可追挽。一夕，方独酌，忽女子搴帏入。杨喜极曰：『卿见宥耶？」女涕垂膺，默不一言。亟问之，欲言复忍，曰：『负气去，又急而求人，难免愧恧。」杨再三研诘，乃曰：『不知何处来一龌龊隶，逼充媵妾。顾念清白裔，岂屈身舆台之鬼？然一线弱质，乌能抗拒？君如齿妾在琴瑟之数，必不听自为生活。」杨大怒，愤将致死；但虑人鬼殊途，不能为力。女曰：『来夜早眠，妾邀君梦中耳。」于是复共倾谈，坐以达曙。女临去，嘱勿昼眠，留待夜约。杨诺之。因于午后薄饮，乘醺登榻，蒙衣偃卧。忽见女来，授以佩刀，引手去。至一院宇，方阖门语，闻有人掿石挝门。女惊曰：『仇人至矣！』杨启户骤出，见一人赤帽青衣，猬毛绕喙。怒咄之。隶横目相仇，言词凶谩。杨大怒，奔之。隶捉石以投，骤如急雨，中杨腕，不能握刃，方危急所，遥见一人，腰矢野射。审视之，王生也。大号乞救。王生张弓急至，射之中股；再射之，殪。杨喜感谢。王问故，具告之。王自喜前罪可赎，遂与共入女室。女战惕羞缩，遥立不作一语。案上有小刀，长仅尺余，而装以金玉；出诸匣，光芒鉴影。王叹赞不释手。与杨略话，见女惭惧可怜，乃出，分手去。杨亦自归，越墙而仆，于是惊寤，听村鸡已乱鸣矣。觉腕中痛甚；晓而视之，则皮肉赤肿。亭午，王生来，便言夜梦之奇。杨曰：『未梦射否？』王怪其先知。杨出手示之，且告以故。王忆梦中颜色，恨不真见。自幸有功于女，复请先容。夜间，女来称谢。杨归功王生，遂达诚恳。女曰：『将伯之助，义不敢忘。然彼赳赳，妾实畏之。』既而曰：『彼爱妾佩刀。刀实妾父出使粤中，百金购之。妾爱而有之，缠以金丝，瓣以明珠。大人怜妾夭亡，用以殉葬。今愿割爱相赠，见刀如见妾也。』次日，杨致此意。王大悦。至夜，女果携刀来，曰：『嘱伊珍重，此非中华物也。』由是往来如初。积数月，忽于灯下，笑而向杨，似有所语，面红而止者三。生抱问之。答曰：『久蒙眷爱，妾受生人气，日食烟火，白骨顿有生意。但须生人精血，可以复活。』杨笑曰：『卿自不肯，岂我故惜之？』女云：『交接后，君必有念余日大病，然药之可愈。』遂与为欢。既而着衣起，又曰：『尚须生血一点，能拚痛以相爱乎？』杨取利刃刺臂出血；女卧榻上，便滴脐中。乃起曰：『妾不来矣。君记取百日之期，视妾坟前，有青鸟鸣于树头，即速发冢。』杨谨受教。出门又嘱曰：『慎记勿忘，迟速皆不可！』乃去。越十余日，杨果病，腹胀欲死。医师投药，下恶物如泥，浃辰而愈。计至百日，使家人荷锸以待。日既夕，果见青鸟双鸣。杨喜曰：『可矣。』乃斩荆发圹。见棺木已朽，而女貌如生。摩之微温。蒙衣舁归，置暖处，气咻咻然，细于属丝。渐进汤酏，半夜而苏。每谓杨曰：『二十余年如一梦耳。』

【译文】

杨于畏，从外地迁居到泗水的岸边。他的书斋距离旷野很近，墙外有很多古墓，每到夜里就能听到白杨树被刮得哗哗作响，声音好像波涛汹涌一般。一天夜里，杨于畏正秉烛而坐，感到黯然神伤。忽然墙外有人吟诗道：『玄夜凄风却倒吹，流萤惹草复沾帏。』反复吟诵了好几遍，声音悲哀凄楚，杨于畏仔细一听，柔弱婉转像是个女子，他感到非常奇怪。第二天，他到墙外看了看，并没有什么人的踪迹，只有一条紫色的带子，遗落在荆棘丛中，杨于畏捡回来顺手放到了窗台上。当天夜里二更时分，外面又传来了吟诗声，和昨夜相同。杨于畏悄悄地搬来凳子站到墙边往外看，吟诗的声音顿时停止了。杨于畏一下子明白了。

第二夜，他早早地藏在墙头等着。一更天快要过去的时候，他看到一个女子从荒草中姗姗走出，手扶着小树，低着头悲伤地吟诵那两句诗。杨于畏轻轻咳嗽了一声，那女子倏地就隐没到荒草丛中不见了。杨于畏继续在墙头等待，等到那女子吟诵完后，他隔墙续诗道：『幽情苦绪何人见？翠袖单寒月上时。』过了很久，墙外沉寂无声，杨于畏又回到了书斋中。他刚坐下，忽然看到有个美丽的女子从外面走进来，她整理了一下衣襟上前施礼说：『先生原本是风雅之士，我竟过分害怕躲避着你了。』杨于畏非常高兴，拉她坐下。只见她瘦削又娇弱，单薄得好似连衣服的重量都无法承担。杨于畏问道：『你的家乡在哪里？寄居在这个地方很久了吗？』女子回答说：『我是陇西人，跟随父流落至此。十七岁时得了急病死去，现在已经二十多年了。黄泉之下，荒野之中，我孤单寂寞地如同失群之雁。我吟诵的两句诗是我自己作的，用以寄托哀怨的情怀。想了很久都想不出来下句，承蒙先生代我续上，让我在九泉之下也感到欢快。』杨于畏想和她交欢，女子皱着眉头说：『我是阴间的朽骨，不能和活人相比，如果和人幽欢，就会折人阳寿。我不忍心祸害君子。』杨于畏这才作罢。他又用手戏摸女子的胸部，觉得女子的乳房还是像处女一样坚挺。又想看看她裙下的一双脚，女子低头笑道：『你这狂生也太能纠缠了！』杨于畏把女子的脚放在手中把玩，看到白色的锦袜上系着一缕彩线。而另一只脚上却系着一条紫色的带子。杨于畏问：『怎么不都系上带子？』女子回答『昨夜因为害怕你而躲避，紫色的带子不知道丢到什么地方去了。』杨于畏说：『我替你换上吧。』便到窗台上取来那条紫色的带子递给女子。女子惊讶地问哪里来的，杨于畏便如实相告了。女子便解下彩线，仍旧用带子系住。后来，女子翻阅桌上的书，忽然看到唐代元稹的《连昌宫词》，便感慨地说：『我活着的时候最喜欢读这首诗了。现在又看到了它，好像在做梦一样。杨于畏和她谈论起诗文，发觉她聪慧博学，十分可爱。两人便在西窗下促膝夜谈，就如同得到了知心朋友一样。

此后，每天晚上只要听到杨于畏低声吟诗，不需多时女子就会到来。她多次嘱咐杨于畏说：『咱们相识的事情你一定要保密，不要向外人泄露。我自幼胆小，担心有不怀好意的人来欺负我。』杨于畏答应了。两人如鱼得水，感情融洽，虽然没有同床共寝，但感情却胜过了夫妻。女子常常在灯下替杨于畏抄书，字体端正柔媚。又自己挑选了百首宫词，自行抄录下来吟诵。她还让杨于畏添置了棋盘，购置了琵琶，每晚教杨于畏下棋。如果不下棋，女子就弹琵琶，她演奏的《蕉窗零雨》的曲子，感人肺腑；杨于畏难过得听不下去，女子便又奏起《晓苑莺声》的曲子，杨于畏顿时感觉心旷神怡。两人灯下玩乐，常常忘了天明。直到看到窗上有了一缕曙光，女子才慌慌张张地离去。

一天，薛生来访，正巧碰上杨于畏白天睡觉。看到他屋子里琵琶、棋盘都有，薛生知道这些东西不是杨于畏所擅长的。又翻书发现了一些抄录的官词，字迹端正娟秀，心里便更加怀疑。杨于畏醒来后，薛生问道：『这些玩意儿是从哪里来的？』杨于畏回答说：『我想学学呢。』又问那些诗卷是从哪来的，杨于畏假托说是从朋友那里借来的。薛生反复把玩，看到诗卷最后一行小字写的是『某月某日连琐书』。于是笑着说：『这是女子的小名。你怎么这样欺骗我呢？』杨于畏十分窘迫，不知该如何回答。薛生更是苦苦追问，杨于畏闭口不说。薛生便卷起诗卷，以拿走相要挟，杨于畏更加窘困，只好把实情相告。薛生恳求见一见女子，杨于畏告诉了他女子的嘱咐。薛生却更加仰慕，杨于畏没有办法，只好答应了。夜里，女子来了，杨于畏便转述了薛生的意思。女子生气地说：『我是怎么叮嘱你的？你竟然喋喋不休地跟别人说了！』杨于畏把当时的实情告诉了女子。女子说：『我和你缘分到头了！』杨于畏百般安慰劝解，女子始终不高兴，起身告别说：『我暂时避一避。』

第二天，薛生来了，杨于畏告诉他女子不愿意与生人见面。薛生便怀疑他有意推托，晚上他带着两个同窗来了，借故不走，故意捣乱，彻夜喧哗吵闹，气得杨于畏直翻白眼，但也拿他们没办法。众人连续闹了几夜，连女子的影子都没看见，便有了离去的心思，不再喧哗了。忽然听到外面传来吟诗声，众人静听，那声音凄婉欲绝。薛生正在凝神侧耳倾听，同来的有一个武生王某，搬起一块大石头向墙外投过去，大叫道：『扭扭捏捏不肯见客人，念的什么好诗，呜呜咽咽，凄凄恻恻，让人听了烦闷！』吟诗声立刻消失了。众人都埋怨王生，杨于畏更是恼怒地变了脸色，大声地斥责他们。第二天，那些人才一起离开。

杨于畏独自待在空空的书斋中，盼望着女子再来，却一直没有踪影。又过了两天，女子忽然来了，她哭着说：『你招来的那些凶恶的客人，差点把我吓死！』杨于畏忙不迭地向她道歉认错。女子急匆匆地出门而去，说：『我先就说过和你缘分尽了，咱们就此告别吧。』杨于畏急忙挽留，而女子已经消失不见了。此后的一个多月，女子一次都没来过。杨于畏日夜思念她，茶不思饭不想，瘦得只剩下一把骨头了，但也没法挽回。

一天晚上，杨于畏正在独自喝酒，女子忽然掀开门帘进来了。杨于畏非常高兴地说：『你原谅我了吗？』女子泪流不止，默默地一句话也不说。杨于畏连忙询问原因，女子欲言又止，终于说道：『我赌气离去，现在遇到急事又来求人，难免感到羞愧。』杨于畏再三询问，女子才说：『不知道从哪里来了个肮脏的鬼役，硬要逼我当他的小妾。我想到自己出身清白人家，怎么能屈身嫁给鄙贱的鬼役呢？可惜我一个柔弱的女子，又怎么能和他抗拒呢？您如果还把我当作妻妾一样对待，一定不会听任不管吧。』杨于畏听后大怒，气愤地要去和那鬼役拼命，可是又顾虑到阴阳殊途，担心自己无能为力。女子说：『明天夜！你早点睡，我在你梦中和你相见。』于是两人又像先前一样重修旧好，一直坐到天亮。女子临走时，嘱咐杨于畏白天不要睡觉，等到夜晚在梦中相会。杨于畏答应了。

第二天午后，杨于畏喝了点酒，乘着醉意上了床，蒙了件衣服躺在床上。忽然看到女子来了，交给他一把佩刀，拉着他的手走出去。走到一处院子，两人刚关上门要说话，忽然听到有人用大石头砸门。女子吃惊地说：『仇人来了！』杨于畏打开院门，猛地冲出去，看到一个人头戴红帽，身穿青衣，满脸都是刺猬毛般的络腮胡须。杨于畏愤怒地斥责他。鬼役横眉相对，言语谩骂恶毒凶狠。杨于畏大怒，冲上去和他拼命。鬼役抓起一把石块，雨点般地向杨于畏砸过来，一块石头打中了杨于畏的手腕，疼得他握不住刀了。正在这危急的时刻，远远看到一人，腰里挂着弓箭正在打猎，杨于畏仔细一看，竟是武生王某，于是大声呼救。王生弯弓搭箭，急忙赶过来，一箭射中了鬼役的大腿，又一箭射出，鬼役倒地而死。杨于畏高兴地感谢王生。王生询问缘故，杨于畏都告诉了他。王生暗自庆幸自己可以将功赎罪了，于是和杨于畏一块儿进入女子的屋内。女子战战兢兢的，又害羞又害怕，远远地站着一句话不说。王生看到桌子上放着一把小佩刀，只有一尺多长，刀把上用金玉镶嵌着，他从匣中抽出来一看，光芒四射，能照见人影。王生大加赞赏，爱不释手。他和杨于畏说了几句话，见女子羞愧害怕，很是可怜，便走出屋子，告辞离去。杨于畏也独自回家了，翻墙时跌倒在地，于是从梦中惊醒，只听到村中的雄鸡已经喔喔地叫开了。杨于畏感觉手腕很疼，天亮后一看，发现手腕上的皮肉都肿了。

中午时分，王生来了，就说起夜晚做了个奇怪的梦。杨于畏说：『没梦到射箭吗？』王生很奇怪他还没说，杨于畏就能预先知道，杨于畏伸出手给王生看，便告诉了他其中的原委。王生回忆起来梦中看到了女子的容貌，只是遗憾不能真正见一面，王生暗自觉得对女子有功，又请杨于畏替自己通融引见。夜里，女子前来拜谢。杨于畏把功劳归给王生，便说了王生想要见面的诚恳心情。女子说：『王某的相助之恩，我不敢忘记。但他是个粗壮的武夫，着实让我害怕。』接着她又说：『他喜欢我的佩刀。这把佩刀是我父亲出使粤中时，用一百两银子买来的，我十分喜欢就要了过来，缠上金丝，并镶上了夜明珠。父亲大人可怜我年幼夭亡，就用刀来殉葬。现在我愿意割爱，把刀赠送给王生，见到刀就好像见了我本人。』第二天，杨于畏把女子的意思跟王生说了，王生十分高兴。到了晚上，女子果然带着佩刀来了，并且对杨于畏说：『请叮嘱王生好生珍重这把刀，这不是中原所产的东西。』此后，杨于畏和女子又像当初一样亲密来往了。

过了几个月，女子忽然在灯下含笑看着杨于畏，像是要说什么，可又红着脸不说了，欲言又止了好多次。杨于畏便抱着她问她原因，女子说：『长久以来承蒙你的眷爱，我接受了活人的气息，天天食人间烟火，枯骨竟然有了活意。但是还需要人的精血，才可以复活。』杨于畏笑着说：『本来就是你不愿意，难道是我吝惜那点精血吗？』女子说：『我们交合后，你肯定会大病二十多天，但是吃药可以治愈。』于是两人恩爱起来。过了一会儿，女子起床穿上衣服，又说：『我还需一点新鲜血液，你能够忍受疼痛爱我吗？』杨于畏就取来利刃，刺破手臂，女子仰卧在床上，让鲜血滴入肚脐中。然后女子起来说：『我不再来了。你要记住，一百天以后，看到我的坟头上有青鸟在树梢上鸣叫，就赶紧挖坟。』杨于畏认真地记下了女子的嘱托。女子临出门又叮嘱说：『千万要记住，不要忘了，时间早了晚了都不行！』说完就离去了。

过了十多天，杨于畏果然生了场大病，肚子胀得要死。他请来医生抓了药吃下，排泄出很多污泥一样的污物，又过了十几天，病就痊愈了。计算着到了一百天的期限，杨于畏让家人扛着铁锹在女子的坟前等着。太阳落山后，果然看到两只青鸟在坟前的树枝上鸣叫。

杨于畏高兴地说：『可以了。』于是铲除荆棘，挖开坟墓。只见棺木已经朽烂，但女子的容貌仍旧像活着一样，杨于畏用手一摸，女子身上还是温热的。于是给她盖上衣服，把她抬回家中，放置在暖和的地方，感觉女子口中有微微的气息，细若柔丝。又慢慢给她喂了些汤粥，到了半夜，女子醒过来了。此后，女子经常对杨于畏说：『二十多年真像是一场梦啊！』

霍生

文登霍生，与严生少相狎，长相谑也。口给交御，惟恐不工。霍有邻妪，曾与严妻导产。偶与霍妇语，言其私处有两赘疣。妇以告霍。霍与同党者谋，窥严将至，故窃语云：『某妻与我最昵。』众不信。霍因捏造端末，且云：『如不信，其阴侧有双疣。』严止窗外，听之既悉，不入径去。至家，苦掠其妻；妻不服，搒益残。妻不堪虐，自经死。霍始大悔，然亦不敢向严而白其诬矣。严妻既死，其鬼夜哭，举家不得宁焉。无何，严暴卒，鬼乃不哭。霍妇梦女子披发大叫曰：『我死得良苦，汝夫妻何得欢乐耶！』

既醒而病，数日寻卒。霍亦梦女子指数诟骂，以掌批其吻。惊而寤，觉唇际隐痛，扪之高起，三日而成双疣，遂为痼疾。不敢大言笑；启吻太骤，则痛不可忍。

异史氏曰：『死能为厉，其气冤也。私病加于唇吻，神而近于戏矣。』

邑王氏，与同窗某狎。其妻归宁，王知其驴善惊，先伏丛莽中，伺妇至，暴出；驴惊妇堕，惟一僮从，不能扶妇乘。王乃殷勤抱控甚至，妇亦不识谁何。王扬扬以此得意，谓僮逐驴去，因得私其妇于莽中，述裤履甚悉。某闻，大惭而去。少间，自窗隙中见某一手握刀，一手提妻来，意甚怒恶。大惧，逾垣而逃。某从之，追二三里地不及，始返。王尽力极奔，肺叶开张，以是得吼疾，数年不愈焉。

【译文】

文登县书生霍某，与书生严某从小经常在一起互相轻薄调笑，长大后也常开玩笑。霍生的一位邻居老太婆，曾经给严某的妻子接生过。有一次在与霍妻闲聊时，说严某妻子的阴部长有一对瘤子，霍妻又把这话告诉了丈夫。霍某就与几个朋友商量好等严生快要来时，故意在房中小声嘀咕说：『谁谁的妻子是我的相好。』众人装作不信，霍某便胡乱捏造一番事实，说得有鼻子有眼，最后还说：『你们要是不信，她的阴部长着一对瘤子。』严某在窗外将这番话听得清清楚楚。不进屋而径直离去。到家狠狠责打妻子，妻子不服，他打得更凶。严妻满腹委屈，实在不堪忍受，自缢而死。霍某才十分后悔，但也不敢向严某说明实情。

严某的妻子死后，她的鬼魂夜夜哭号，搅得全家不得安宁。不久，严某暴病身亡，鬼才不哭了。霍某的妻子在梦中见到一个女鬼，披头散发地对着她大叫着：『我死得好苦，你们夫妻哪能得到欢乐啊！』醒来后就病了，几天以后死去。霍某也梦见有女鬼指着他百般咒骂，并打他嘴巴。惊醒之后，觉得嘴唇隐隐作痛，用手一摸，竟肿起老高，三天后长出一对瘤子，从此再也治不好。不能大声说话和开口笑，一旦嘴张得太快，就疼痛难忍。

异史氏说：『死后能变为厉鬼，是一腔怨气郁结的结果。阴部的毛病加到仇人的嘴上，虽然神灵，却近于儿戏了。』

村上王某与一同学常开玩笑。一次那同学的老婆回娘家，王某知道她骑的驴子容易受惊，预先伏在杂草丛中，等那女人到来，突然窜出。驴子受惊，把女人掀落在地。只有一个小僮儿跟着，无法扶起她骑上驴背。王某就讨好地过来帮忙，抱抱捏捏，占了不少便宜。女人也不认识他是谁。王某为这事很得意扬扬，说僮儿追驴子去了，自己乘机与女人在草丛中有了勾当，把女人穿什么衣裤、穿什么鞋都说得清清楚楚。那同学听说，羞惭已极而去。过了一会儿，王某从窗缝中看到那同学一手握刀，一手揪着妻子走来，满脸杀气。王某吓坏了，跳墙逃走。那同学在后紧紧追赶，追了两三里路，看看追不上，才回去。王某死命奔逃，肺叶扩张，因此而患上了哮喘病，几年不愈。

赌符

韩道士，居邑中之天齐庙。多幻术，共名之『仙』。先子与最善，每适城，辄造之。一日，与先叔赴邑，拟访韩，适遇诸途。韩付钥曰：『请先往启门坐，少旋我即至。』乃如其言。诣庙发扃，则韩已坐室中。诸如此类。先是，有敝族人嗜博赌，因先子亦识韩。值大佛寺来一僧，专事樗蒲，赌甚豪。族人见而悦之，罄资往赌，大亏；心益热，典质田产，复往，终夜尽丧。邑邑不得志，便道诣韩，精神惨淡，言语失次。韩问之，具以实告。韩笑曰：『常赌无不输之理。倘能戒赌，我为汝覆之。』族人曰：『倘得珠还合浦，花骨头当铁杵碎之！』韩乃以纸书符，授佩衣带间。嘱曰：『但得故物即已，勿得陇复望蜀也。』又付千钱，约赢而偿之。族人大喜而往。僧验其资，易之，不屑与赌。族人强之，请以一掷为期。僧笑而从之。乃以千难万险钱为孤注。僧掷之无所胜负，族人接色，一掷成采；僧复以两千为注，又败；僧渐增至十余千，明明枭色，呵之，皆成卢雉：计前所输，顷刻尽覆。阴念再赢数千亦更佳，乃复博，则色渐劣；心怪之，起视带上，则符已亡矣，大惊而罢。载钱归庙，除偿韩外，追而计之，并末后所失，适符原数也。已乃愧谢失符之罪。韩笑曰：『已在此矣。固嘱勿贪，而君不听，故取之。』

异史氏曰：『天下之倾家者，莫速于博；天下之败德者，亦莫甚于博。入其中者，如沉迷海，将不知所底矣。夫商农之人，俱有本业；诗书之士，尤惜分阴。负耒横经，固成家之正路；清谈薄饮，犹寄兴之生涯。尔乃狎比淫朋，缠绵永夜。倾囊倒箧，悬金于险巇之天；呵雉呼卢，乞灵于淫昏之骨。盘旋五木，似走圆珠；手握多张，如擎团扇。左觑人而右顾己，望穿鬼子之睛；阳示弱而阴用强，费尽魍魉之技。门前宾客待，犹恋恋于场头；舍上火烟生，尚眈眈于盆里。忘餐废寝，则久入成迷；舌敝唇焦，则相看似鬼。迨夫全军尽没，热眼空窥。视局中则叫号浓焉，技痒英雄之臆；顾橐底而贯索空矣，灰寒壮士之心。引颈徘徊，觉白手之无济；垂头萧索，始玄夜以方归。幸交谪之人眠，恐惊犬吠；苦久虚之腹饿，敢怨羹残。既而鬻子质田，冀还珠于合浦；

不意火灼毛尽，终捞月于沧江。及遭败后我方思，已作下流之物；试问赌中谁最善，群指无裤之公。甚而枵腹难堪，遂栖身于暴客；搔头莫度，至仰给于香奁。呜呼！败德丧行，倾产亡身，孰非博之一途致之哉！』

【译文】

有一位姓韩的道士，住在县城中的天齐庙里。此人会很多幻术，人们都称呼他为『神仙』。我的父亲在世时和他最要好，每次到县城去，都会去拜访他。一天先父与先叔父到县城去，打算去拜访韩道士，正好在路上遇见他。韩道士把钥匙交给先父，说：『请你们先去打开门坐坐，我一会儿就回去。』他们按道士说的，到了庙里，打开门一看，韩道士已经坐在屋里。诸如此类的事还有很多。

原先，我有一个族人，嗜好赌博，也因为先父结识了韩道士。正值大佛寺来了一个和尚，专门从事赌博，下的赌注都很大。我的族人听说后非常高兴，拿出家里所有的钱去赌，结果大亏；族人更加冲动，抵押了田产，拿上钱再去，结果一夜又输得精光。族人心情郁闷，顺道去看望韩道士，神情凄惨，说话语无伦次。韩道士问他怎么，族人讲了实情。韩道士笑着说：『经常赌的人，没有不输的道理。你若能戒赌，我替你把钱全赢回来。』族人说：『倘若能赢回钱，我就把骰子用铁杵砸碎！』韩道士就用纸画了一道符，让他藏在衣带里，嘱咐说：『赢回自己的钱就算，不要得陇望蜀。』又给了他一千钱做本钱，约定赢回后再偿还。

族人大喜，赶忙去了大佛寺。和尚不屑和他赌。族人再三请求，就赌一次，和尚笑着同意了。于是约定以一千钱作为一注，一掷定输赢。和尚先掷，结果没赢没输。族人接过骰子，一掷就赢了。和尚又拿出两千钱做赌注，结果又输了。赌注渐渐增到十余千钱，明明是赢钱的颜色，随着族人的吆喝声却又变成了输钱的颜色。计算着前头输掉的钱数，很快就赢了回来。族人暗想，再赢几千钱更好，于是又赌，结果掷出的颜色越来越差。族人心里很奇怪，起来看看腰带上，道士画的符已经没有了。族人大惊，急忙罢手。把赢的钱拿回庙里，除去偿还道士的外，再去掉后来输的数，计算了一下，正好是一开始带去的钱。族人又惭愧地请韩道士原谅他丢掉符咒的过错。韩道士说：『已经在这里了。我早就嘱咐你不要太贪，你不听，我所以取了回来。』

异史氏说：『天下败家最快的，莫过于赌博；天下最败坏德行的，也莫过于赌博。人一旦深陷其中，像沉入迷海，永远没有尽头。不论是经商还是务农的人，都有自己的本业；读书之人就更应该珍惜光阴。像农民辛苦劳作那样，好好向老师学习经书，才是成家的正路。闲暇时与朋友一聚，谈谈天，稍微喝点酒，也是寄托雅兴的好方式。可是你们却凑一帮狐朋狗友，整夜赌博。

翻箱倒柜，倾尽家里所有的钱财，去从事最危险的游戏；呼叫着来，祈求神灵保佑利令智昏的赌徒。骰子在转盘中转动，像圆圆的珠子走盘；手里拿着的纸牌，就像举着一把团扇。左边偷看别人的牌，右边还要顾着自己的，望穿秋水，一肚子鬼心眼儿渴望取胜；明着示弱而暗地里用劲，施尽一切花招。宾客在家里等待，还在赌场里恋恋不舍；房子着火冒烟了，还只顾着赌盆。废寝忘食，久成赌瘾，口干舌焦，看上去像鬼。

及至等到全军覆没，只好热眼看别人赌博。看赌场上号叫声一片，又觉技痒；看看自己钱袋已空，又灰心丧气。伸长脖子徘徊场边，感到没钱的无奈；垂头丧气，夜深了才回家。侥幸整天埋怨的妻子已睡下了，又怕狗叫声惊醒了她；空空如也的肚子已饿了很久，哪里敢埋怨残汤剩饭。继而卖了房子，抵押了田产，希望能再赢回来；想不到到头来还是竹篮打水一场空。等到一败涂地才反思，已是不齿于人；试问赌场中谁最好，大家都指着那位连裤子都输掉的人。甚至有人饿得无法，铤而走险做了强盗；度日无法，只好依靠妻子的陪嫁，这难道不都是赌博导致的罪过吗？』